唐诗精讲

韩兆琦 著

中国青年出版社

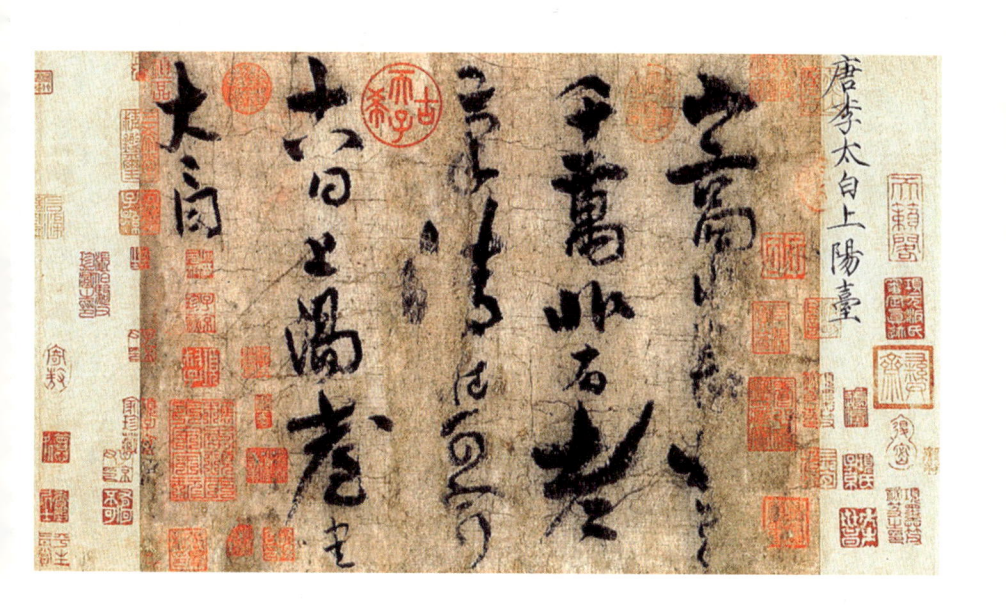

唐 李 白 | 上阳台帖 李白唯一传世的书法真迹

唐 杜 牧丨张好好诗 杜牧唯一传世的以书法形式呈现的诗歌作品（下图为局部）

青罗裙於三下垂袖
一聲離鳳呼鸞紛遝
閑細寫嘗引圓蘆
泉眷未終逸氣之掣雲
衡主公再三歎謂之天
六珠贈之天馬錦副
以水犀梳龍泂勇秋
浪明月游東湖自此
每相見三日以為珠玉
貸隨月滿艷態逾
春行澤層斬輕巧

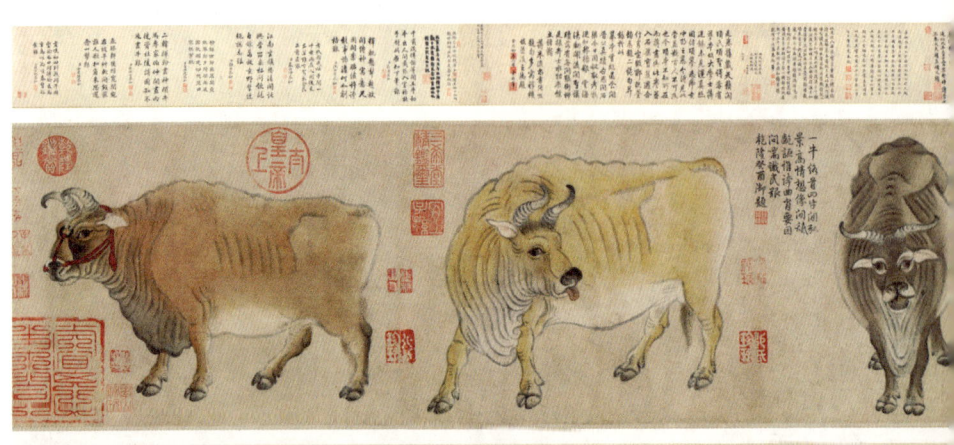

唐 韩 滉 | 五牛图 现存最早的纸本中国画（中、下图为局部）

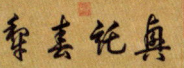

右唐韓晉公五牛題周神
氣磊落希世名筆也首梁
武欲用陶弘景、畫二牛一
以金絡首一目放於水草之
際梁武欲寫其高致不復強
之此圖紹寫其意云予舊題
此圖儼舊藏不知何時歸
太子書房
太子以賜唐古臺平章因侍再
展柳何幸耶
延祐元年三月十三日集賢侍讀學士
正奉大夫趙孟頫又題

善相馬者不於驪黃牝牡而天機
余謂觀畫亦然廬海鄧君玉余示
五牛圖有步者縱者鳴者顧
而䑛者翹首而馳者其天機之妙究
善見之於東草西龍間亦神矣哉
典趙文敏公以為唐韓晉公畫品
顏魯三至輯為希世筆豈有過於
此矣君其寶之 至正十二年春二月

唐 韩滉 | 文苑图 所画为诗人王昌龄与诗友雅集的故事

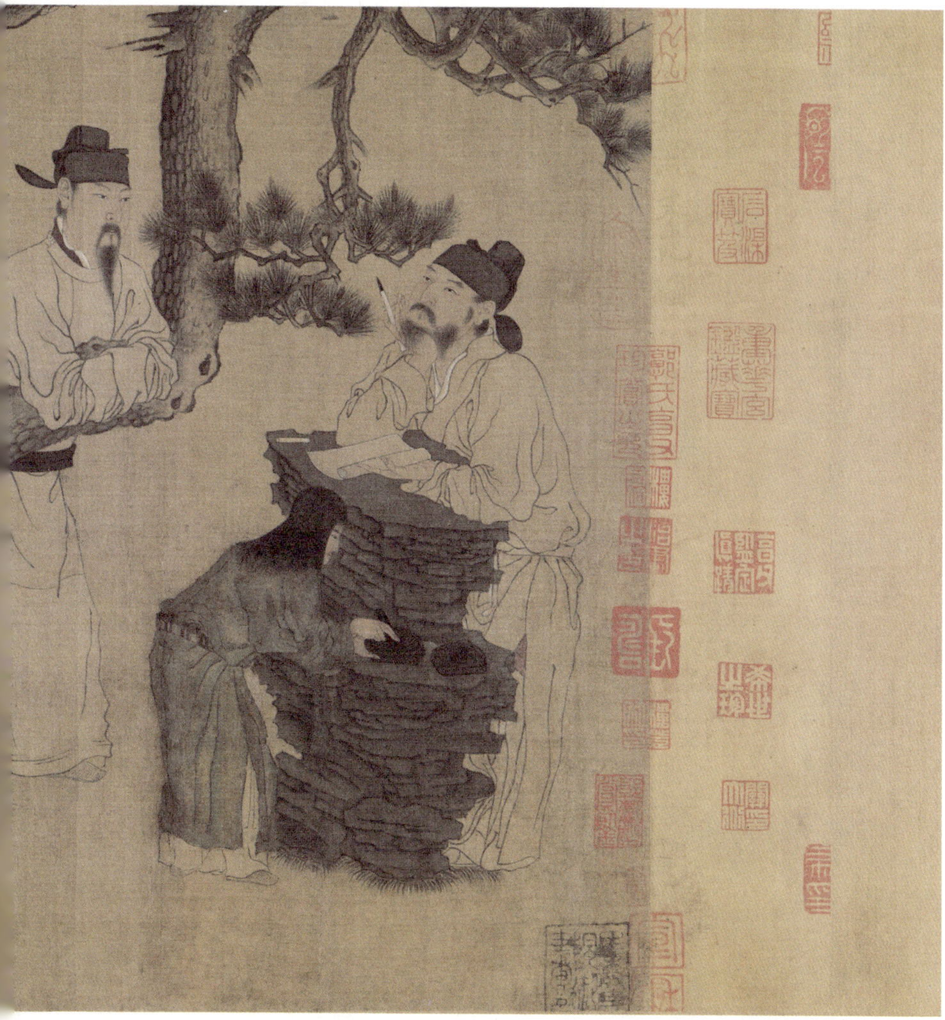

唐 佚 名 | 宫乐图　唐代人物画中最为优秀的作品之一

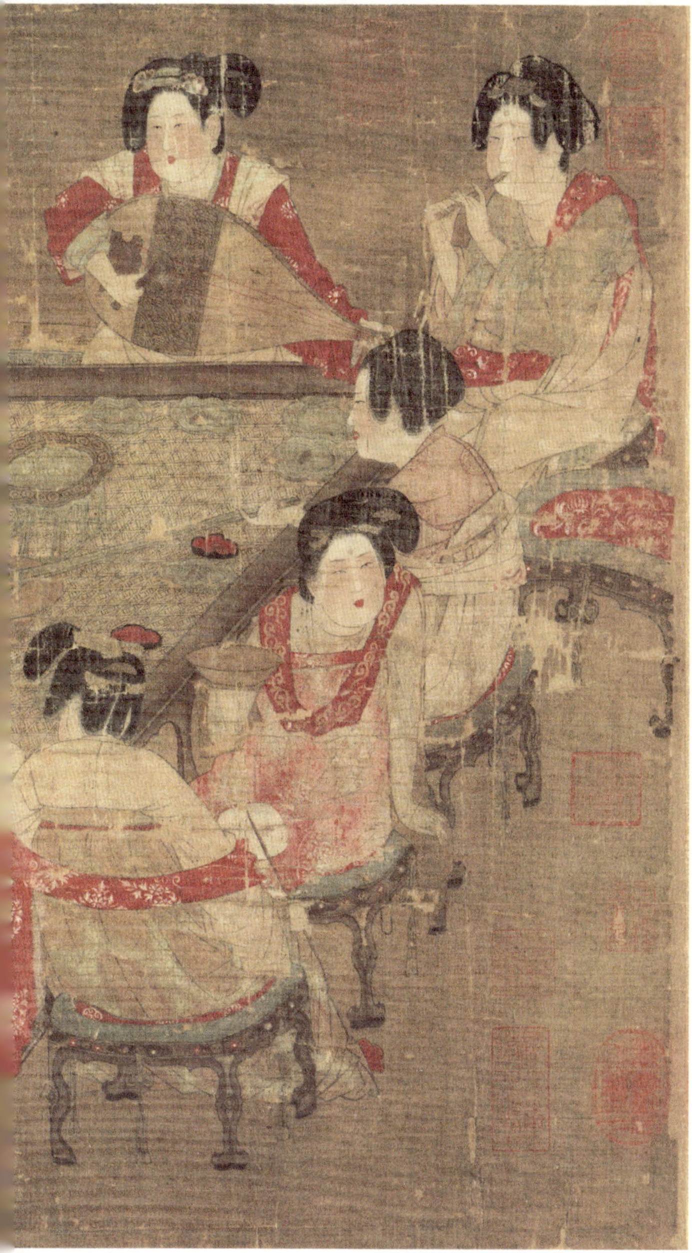

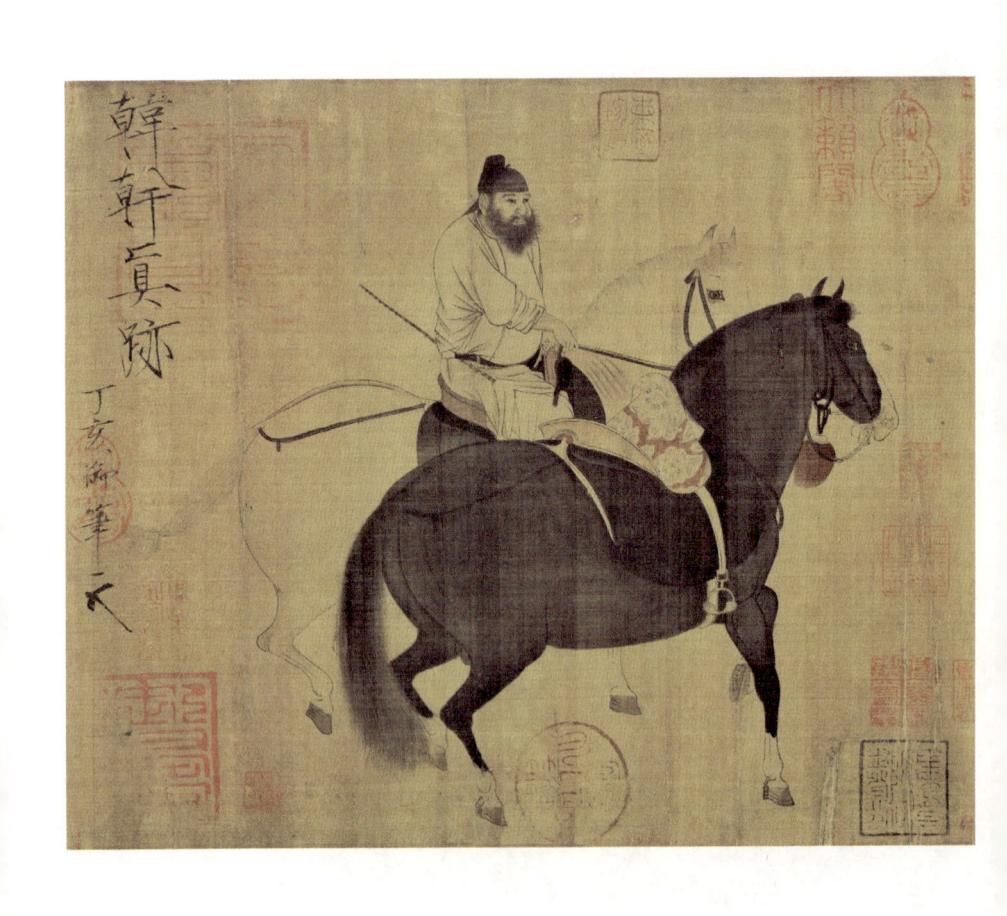

唐　韩　幹｜牧马图　中国古代绘画最早出现的少数几种动物形象之一

目 录

前 言 ———————————————————————— 001

王 勃 ———————————————————————— 005
　　005_ 送杜少府之任蜀川 | 007_ 山　中

杨 炯 ———————————————————————— 008
　　008_ 从军行

刘希夷 ———————————————————————— 010
　　010_ 代悲白头翁

杜审言 ———————————————————————— 012
　　012_ 春日京中有怀 | 013_ 渡湘江

骆宾王 ———————————————————————— 015
　　015_ 易水送人

宋之问 ———————————————————————— 017
　　017_ 渡汉江

沈佺期 ———————————————————————— 019
　　019_ 杂　诗 | 020_ 独不见

郭 震 ———————————————————————— 022
　　022_ 古剑篇

陈子昂 —— 025
025_ 登幽州台歌 | 026_ 晚次乐乡县 | 027_ 送魏大从军

贺知章 —— 029
029_ 咏 柳 | 030_ 回乡偶书

张若虚 —— 032
032_ 春江花月夜

张 旭 —— 038
038_ 山中留客 | 039_ 桃花溪

张九龄 —— 040
040_ 赋得自君之出矣

王之涣 —— 041
041_ 登鹳雀楼 | 042_ 凉州词

王 翰 —— 044
044_ 凉州词

王 湾 —— 046
046_ 次北固山下

孟浩然 —— 048
048_ 望洞庭湖赠张丞相 | 050_ 与诸子登岘山 | 051_ 过故人庄
052_ 春 晓 | 053_ 宿建德江

李 颀 —— 054
054_ 送魏万之京 | 055_ 古从军行

王昌龄 ———————————————————————— 057
057_ 从军行（三首）| 059_ 出　塞 | 060_ 采莲曲
061_ 长信秋词 | 062_ 闺　怨 | 063_ 芙蓉楼送辛渐

祖　咏 ———————————————————————— 064
064_ 望蓟门

王　维 ———————————————————————— 066
066_ 九月九日忆山东兄弟 | 067_ 观　猎 | 069_ 汉江临泛
070_ 使至塞上 | 072_ 终南别业 | 073_ 辋川闲居赠裴秀才迪
075_ 山居秋暝 | 076_ 鹿　柴 | 078_ 竹里馆
079_ 辛夷坞 | 080_ 相　思 | 081_ 送元二使安西

崔　颢 ———————————————————————— 082
082_ 黄鹤楼 | 084_ 雁门胡人歌

李　白 ———————————————————————— 085
085_ 峨眉山月歌 | 086_ 渡荆门送别 | 087_ 襄阳歌
089_ 望天门山 | 090_ 横江词 | 091_ 黄鹤楼送孟浩然之广陵
092_ 山中问答 | 093_ 齐有倜傥生 | 095_ 清平调（三首）
097_ 蜀道难 | 099_ 战城南 | 101_ 关山月 | 102_ 春　思
104_ 子夜吴歌 | 105_ 长相思 | 106_ 长干行
108_ 静夜思 | 108_ 把酒问月 | 110_ 月下独酌
112_ 行路难 | 115_ 将进酒 | 117_ 梦游天姥吟留别
120_ 劳劳亭 | 120_ 登金陵凤凰台
122_ 闻王昌龄左迁龙标遥有此寄
123_ 宣州谢朓楼饯别校书叔云
125_ 独坐敬亭山 | 126_ 秋浦歌十七首（其十五）
126_ 赠汪伦 | 127_ 望庐山瀑布 | 128_ 西上莲花山
130_ 早发白帝城 | 132_ 江上吟

高 適 —————————————————————————— 134
134_ 燕歌行 | 137_ 别董大 | 138_ 送李侍御赴安西

常 建 —————————————————————————— 140
140_ 题破山寺后禅院 | 141_ 塞下曲（二首）

刘长卿 —————————————————————————— 143
143_ 逢雪宿芙蓉山主人

张 继 —————————————————————————— 144
144_ 枫桥夜泊 | 145_ 阊门即事

韩 翃 —————————————————————————— 147
147_ 寒 食

张 谓 —————————————————————————— 149
149_ 早 梅

岑 参 —————————————————————————— 151
151_ 逢入京使 | 152_ 白雪歌送武判官归京
154_ 走马川行奉送封大夫出师西征

皇甫冉 —————————————————————————— 156
156_ 春 思

杜 甫 —————————————————————————— 158
158_ 望 岳 | 160_ 房兵曹胡马 | 161_ 画 鹰
162_ 饮中八仙歌 | 165_ 兵车行 | 168_ 前出塞
169_ 后出塞 | 170_ 月 夜 | 171_ 春 望
173_ 羌 村 | 174_ 石壕吏 | 176_ 新婚别
179_ 垂老别 | 182_ 无家别 | 185_ 赠卫八处士
187_ 蜀 相 | 189_ 客 至 | 190_ 春夜喜雨
192_ 赠花卿 | 193_ 茅屋为秋风所破歌

195_ 闻官军收河南河北 | 197_ 绝　句 | 198_ 旅夜书怀
199_ 秋　兴 | 200_ 咏怀古迹 | 201_ 又呈吴郎
203_ 登　高 | 205_ 江　汉 | 206_ 登岳阳楼
207_ 江南逢李龟年

司空曙 — 209
209_ 别卢秦卿 | 210_ 云阳馆与韩绅宿别
211_ 贼平后送人北归

李　端 — 213
213_ 拜新月 | 214_ 鸣　筝

钱　起 — 215
215_ 暮春归故山草堂

严　武 — 217
217_ 军城早秋

戴叔伦 — 219
219_ 除夜宿石头驿 | 220_ 塞上曲

韦应物 — 221
221_ 滁州西涧

戎　昱 — 223
223_ 移家别湖上亭

卢　纶 — 224
224_ 塞下曲（二首） | 225_ 逢病军人

李　益 — 227
227_ 宫　怨 | 228_ 喜见外弟又言别 | 229_ 从军北征
230_ 塞下曲 | 231_ 夜上受降城闻笛 | 232_ 江南曲

窦叔向 — 234
　　234_ 夏夜宿表兄话旧

柳中庸 — 236
　　236_ 征人怨

孟　郊 — 238
　　238_ 游子吟 | 239_ 古别离 | 240_ 怨　诗
　　241_ 登科后

杨巨源 — 242
　　242_ 城东早春

王　建 — 244
　　244_ 新嫁娘词 | 245_ 十五夜望月

张　籍 — 246
　　246_ 节妇吟 | 248_ 没蕃故人

韩　愈 — 249
　　249_ 山　石 | 251_ 晚　春 | 252_ 左迁至蓝关示侄孙湘
　　253_ 早春呈水部张十八员外

崔　护 — 254
　　254_ 题都城南庄

张仲素 — 255
　　255_ 春闺思 | 256_ 秋闺思（二首）

刘禹锡 — 257
　　257_ 元和十年自朗州承召至京，戏赠看花诸君子
　　258_ 再游玄都观 | 259_ 竹枝词 | 260_ 西塞山怀古

262_ 石头城 | 263_ 乌衣巷 | 264_ 台　城
265_ 酬乐天扬州初逢席上见赠

李　绅 —————————————————————— 267
267_ 悯农（二首）

白居易 —————————————————————— 268
268_ 赋得古原草送别 | 270_ 观刈麦 | 272_ 轻　肥
274_ 卖炭翁 | 276_ 折剑头 | 278_ 长恨歌
285_ 琵琶行 | 290_ 大林寺桃花 | 291_ 思妇眉
292_ 后宫词 | 293_ 暮江吟 | 294_ 钱塘湖春行

柳宗元 —————————————————————— 295
295_ 江　雪
296_ 登柳州城楼寄漳汀封连四州刺史
297_ 与浩初上人同看山寄京华亲故

李　涉 —————————————————————— 299
299_ 井栏砂宿遇夜客

元　稹 —————————————————————— 300
300_ 行　宫 | 301_ 离　思 | 303_ 遣悲怀（三首）

贾　岛 —————————————————————— 306
306_ 寻隐者不遇 | 307_ 题李凝幽居

韩　琮 —————————————————————— 308
308_ 暮春浐水送别

张　祜 —————————————————————— 309
309_ 题金陵渡

朱庆馀 — 311
311_ 闺意献张水部

李 贺 — 313
313_ 雁门太守行 | 315_ 南园（二首）
316_ 金铜仙人辞汉歌

许 浑 — 319
319_ 咸阳城西楼晚眺 | 320_ 塞下曲

杜 牧 — 322
322_ 赤 壁 | 323_ 赠别（二首）| 324_ 遣 怀
325_ 九日齐山登高 | 326_ 清 明 | 327_ 泊秦淮
328_ 江南春 | 329_ 过华清宫 | 330_ 山 行
331_ 秋 夕

温庭筠 — 332
332_ 苏武庙 | 333_ 蔡中郎坟

陈 陶 — 335
335_ 陇西行

李群玉 — 337
337_ 放 鱼

司马札 — 338
338_ 宫 怨

李商隐 — 339
339_ 无 题 | 340_ 宿骆氏亭寄怀崔雍崔衮 | 341_ 贾 生
342_ 夜雨寄北 | 343_ 马 嵬 | 345_ 筹笔驿
346_ 隋宫（二首）| 348_ 嫦 娥 | 349_ 霜 月
350_ 端 居 | 350_ 乐游原

曹 邺
352_ 官仓鼠

韩 氏
353_ 题红叶

曹 松
355_ 己亥岁

罗 隐
357_ 黄　河 | 359_ 西　施 | 359_ 蜂

皮日休
361_ 汴河怀古

陆龟蒙
363_ 新　沙

韦 庄
365_ 台　城 | 366_ 古离别

章 碣
367_ 焚书坑 | 368_ 东都望幸

来 鹄
369_ 云

杜荀鹤
370_ 山中寡妇 | 371_ 再经胡城县

聂夷中
373_ 田　家 | 374_ 伤田家

王 驾 —————————————————————— 375
　　375_ 社　日

陈玉兰 ————————————————————— 377
　　377_ 寄　夫

郑 谷 —————————————————————— 378
　　378_ 淮上与友人别

秦韬玉 ————————————————————— 379
　　379_ 贫　女

金昌绪 ————————————————————— 381
　　381_ 春　怨

太上隐者 ———————————————————— 382
　　382_ 答　人

无名氏 ————————————————————— 383
　　383_ 金缕衣

前　言

在中国三千年的古代文学史上，诗歌是最源远流长的一种文学形式，它的分量占到了古代文学史内容的一半以上。在我国漫长的诗歌发展源流中，许多有名和无名的作家们创造了大量广为后人所喜爱、所传诵的艺术珍品，对此我们应该熟悉它、学习它，也有义务向更多的后来人以及其他国家的人们宣传介绍，让更多的人来了解它。

中国诗歌的发展历史虽然极其漫长，但其最辉煌的时期无疑是在唐代。而唐代诗歌之所以能取得如此辉煌的成就，又是和它以前的一千多年的诗歌发展密不可分的。中国诗歌发展的第一阶段是它的口头创作期，这主要是指先秦两汉。这时期中原地区的主要作品是《诗经》《乐府》；而在南方则有《楚辞》。《诗经》《乐府》都是先在口头流传，后来才被记录下来的。这里面固然也有文人、官吏们的创作，但大多数，尤其是那些可以称为艺术珍品的部分，基本上是来自于民间。《楚辞》在汉代以前，对中原地区的文化似乎没有发生多少影响，到汉代才突出地影响了辞赋的发展，同时在文人诗歌中也开始见到了它的遗音。

中国诗歌发展的第二阶段是文人的模仿、学习、创作期，这主要指从汉末开始，历经魏、晋、南北朝，一直到隋。文人学习汉代乐府进行创作的第一批成果是《古诗十九首》与以三曹、七子为中心的"建安诗歌"，其后重要的诗人还有阮籍、左思、陶渊明、谢灵运、鲍照、谢朓、庾信等。这个时期已经有少数诗人运用他们独具一格的艺术形式写出了相当成熟的作品，如曹操、陶渊明、庾信等，而大多数作家，则正处于一种对新形式的摸索、试验与发展之中。他们对各种体裁，如四言、五言、七言、杂言以及长篇、短篇的摸索试验；他们对各种表现形式，如修辞、对偶、用典、声律等的探讨；他们对各种描写领域，如咏怀、咏史、山水、田园、边塞、闺思等的开拓等等，都为后来唐代诗歌的成熟准备了条件。这是从曹植以来三百多年无数作家集体用心血铺成的道路，迨至庾信，遂到达了唐诗这座完美艺术宫殿的大门口。

唐代是我国诗歌艺术发展的顶峰，这是无可争议的。唐诗反映社会生活的广泛、细致、深入，为以往任何时代的任何艺术所无法比拟，它上至帝王将相，下至田夫野老，中间豪门贵族、军营幕府、歌楼酒肆、神仙侠客、道士僧尼，一切都无所不包。唐代建国以来的重大事件，诸如对外用兵、安史之乱、藩镇割据、朋党之争、外族入侵、宦官专权、农民暴动，都可以从中找到鲜明的反映。当时人们的各个生活侧面，各种活动情景，诸如游宦、从军、山水、田园、宫怨、闺思、悼亡、赠别、咏怀、游仙，没有一样不写得酣畅淋漓。前人创造出的一切形式，诸如乐府、古诗、律诗、绝句、五言、七言、杂言，到此无不得心应手地接过来，用上去，而一切又都用得那么和谐，那么熟练，那么顾盼生辉。

唐诗的高度成熟还表现在一系列大作家的出现上。李白与杜甫是两座不可企及的高山，是两颗永远不落的星辰。李白是以浪漫的手法通过写自我、写个性，表现了唐王朝强大、开放的时代氛围；杜甫是以现实主义的手段通过写社会、写人生，表现了唐王朝由盛转衰的历史图景。李白的思想更宏放，但运用的艺术形式却更多是取自旧有的；杜甫的性格更儒化，但运用的艺术形式却更富有独创性。试分析一下他们所写的"乐府"诗和杜甫对七言律诗的贡献即可得知。此外王维、孟浩然的山水田园，写佛写隐；岑参、高适的边塞从军，写苦写乐；白居易的通俗，韩愈的险峭，李贺的怪谲，孟郊的凄苦，杜牧的轻捷俊爽，李商隐的秾丽缠绵，又无不自有个性，异彩纷呈。总之，中国这种特有的具有"音""形""义"三要素的方块字到了他们笔下，简直被运用到了出神入化的境地。

继唐代诗歌之后，宋代诗人又在唐诗辉煌灿烂的基础上进行了种种发展与开拓，取得了不可忽视的成就；迨至元代、明代、清代，人们对诗歌创作所表现的热情仍然是很高的。但由于诗歌这种艺术形式的潜能在唐代、宋代已经几乎被人们开发净尽，而且到元代、明代、清代时，一些更新、更好、更能深入全面地反映现实生活的艺术形式如戏剧、小说等已经成熟，而当时社会上第一流的天才作家如关汉卿、王实甫、施耐庵、罗贯中、吴承恩、汤显祖、蒲松龄、曹雪芹等，又都已经把主要精力转移到了这些新的艺术形式方面来，所以尽管后来的许多作家用了巨大的力量试图再度"振兴"它，结果收效总是不大。所以元代以后的诗歌数量尽管很多，但读起来总有许多让人觉得似曾相识。启功先生的《论诗绝句》对于我国诗歌发展的总体形势概括说："唐以前诗次第长，三唐气壮顺口嚷。宋人句句出深思，元明以下全凭仿。"这时期倒是有几位不想依傍前人的作家如王冕、唐寅、郑燮、袁枚等显示了个人的面目。

正因为唐诗是我国古代诗歌发展的巅峰，唐人创作是我国古代诗歌艺术的典范，它具有极高的认识价值与欣赏价值，所以长期以来不仅学术界研究它，学校里讲授它，文艺界借鉴它，而且整个社会上的广大读者，不论男女老少，各行各业，几乎没有一个人不喜爱它。至今我们常见幼儿园里的老师、年轻的父母和年长的祖父祖母们在教给两三岁的孩子背诵唐诗。作为一种传统文化，一种精神食粮，唐诗是多么宝贵、多么深入人心啊！

为了让读者能比较方便地阅读到一定数量的经典唐诗，并能精要地把握内容与艺术特点，编选了这本《唐诗精讲》。编选的原则是：一、要让读者能品读到唐诗中思想内容与艺术形式结合得最好的、最精彩的传世之作；二、在不降低思想与艺术水准的前提下，适当照顾唐诗中的不同风格、不同流派，但文字过于艰涩，意旨特别朦胧的作品，这里一般不选；三、注释与讲解力求简明，并力求在精炼的文字中给读者提供更多可资借鉴的内容。

欢迎广大读者批评指正。

北京师范大学　韩兆琦
2014 年 9 月 23 日

王 勃

王勃(649—676),字子安,绛州龙门(今山西河津市)人。唐高宗麟德元年(664)应举及第,授朝散郎。曾为沛王府修撰,后为虢州参军,因罪革职。其父王福畤受其牵连,贬为交趾令。高宗上元三年(676)秋八月,王勃在去交趾探望父亲时,渡其落水,受惊而死。时年二十七岁。

王勃少时即显露才华,与杨炯、卢照邻、骆宾王并称为"初唐四杰"。杜甫在《戏为六绝句》中曾把王、杨、卢、骆的"当时体"称颂为"不废江河万古流"。著有《王子安集》。

送杜少府之任蜀川

城阙辅三秦[1],风烟望五津[2]。
与君离别意,同是宦游人[3]。
海内存知己,天涯若比邻。
无为在歧路[4],儿女共沾巾[5]。

1- 城阙:指京城长安。辅:护卫、夹辅。三秦:今陕西省关中地区,古为秦国。项羽灭秦,分此地为三个侯国,故称"三秦"。
2- 五津:长江自湔堰至犍为有白华津、万里津、江首津、涉头津、江南津等五渡口,合称"五津"。
3- 宦游人:远离家乡出外做官的人。
4- 无为:不要,莫如此。歧路:岔路,指分手的地方。
5- 沾巾:因流泪而沾湿了佩巾。

杜少府是王勃的友人，生平不详。"少府"是县尉的别称，负责治安，其位在县令之下。蜀川，泛指今四川省。"之任蜀川"就是到蜀川的某个县里去任县尉。

作品的第一句写唐代首都长安的地势雄伟，这是作者给友人送别的地方，是作品的立脚点。第二句是写友人要去的地方，抬眼望去，烟笼云遮，遥远得很，一种惜别的心情不用说已经油然而出了。三、四两句是写作者与友人的情谊，是写当时两人的心境：怀才不遇，同病相怜，作者当时还没有进入仕途，固然令人丧气；而友人翻山越岭，万里跋涉地到蜀川去当一名县尉，这又能算是什么呢？而"县尉"本身又是多么让人讨厌的一种职务啊！高适曾在他的《封丘作》中说这个官是"拜迎长官心欲碎，鞭挞黎庶令人悲。归来向家问妻子，举家尽笑今如此"。再说，好朋友在一起，虽说都不得意，但毕竟还有个相互安慰；现在这样天南海北地一分开，那自然就更加凄凉冷落，更加孤苦无聊了。

但王勃是初唐人，他正生活在一个大有作为的时代，他不能再沿着这种倒霉的调子继续向下生发，于是他笔锋一转，唱出了一种旷达豪迈的声音："海内存知己，天涯若比邻。无为在歧路，儿女共沾巾。"这四句是由曹植《赠白马王彪》的诗句中点化而来。曹植的原句是："丈夫志四海，万里犹比邻。恩爱苟不亏，在远分日亲。何必同衾帱，然后展殷勤。忧思成疾疢，无乃儿女仁。"在这里，王勃把曹植的八句归纳概括成了四句，意思一点没少，而语言却更加流利，调门也更加洪亮了。

山 中

长江悲已滞[1]，万里念将归[2]。
况属高风晚[3]，山山黄叶飞。

1- 滞：凝止、停住不流。
2- 念将归：指引起人的归思。
3- 属：当、值。高风：指秋风。

　　这首诗写于王勃漫游蜀中时期。诗人先是移情山水，以江水之悲滞来衬托自己的旅愁归思，使人联想起谢朓的名句"大江流日夜，客心悲未央"。"长江"极言其长，"万里"极言其远，诗人的羁旅之悲也就显得更加凝重、深挚。接着，诗人又写到了山中所见实景。三、四句虽然没有一个字直接言情，但秋风落叶的衰飒之景，恰到好处地比拟了诗人萧瑟的心境和飘零的境况，使所写之景与所抒之情完美结合、彼此渗透，为诗篇注入了极强的感染力量。这首诗虽然是写一种悲思，但意境却显得开阔而深远，引发人的无穷思绪。该诗既是王勃五绝的代表作，也堪称初唐五绝中的佳篇。

杨　炯

　　杨炯（650—693？），华阴（今陕西华阴市）人。十岁举神童，曾任校书郎、崇文馆学士、太子詹事司直。因堂弟参加徐敬业反武则天一事受牵连，被贬为梓州司法参军，后授盈川县令。

　　杨炯是"初唐四杰"之一，擅长五律。其边塞诗写得雄浑刚健。有《盈川集》，存诗三十余首。

从军行

烽火照西京[1]，心中自不平[2]。
牙璋辞凤阙[3]，铁骑绕龙城[4]。
雪暗凋旗画[5]，风多杂鼓声。
宁为百夫长[6]，胜作一书生。

1- 烽火：古代用来报警的火堆。西京：指京城长安。
2- 不平：心中激愤之情难以平静。
3- 牙璋：古代调兵遣将的信符，相合处为牙状，故称牙璋。凤阙：指宫阙。
4- 铁骑：强悍的骑兵，指唐军。龙城：匈奴人祭天和大会诸部的地方，故址在今蒙古人民共和国境内。这里泛指敌方要地。
5- 旗画：旗帜上的花纹图案。
6- "宁为"两句：表现了诗人投笔从戎，弃文就武的思想情绪。唐代文人诗中表现这种情绪的很多，如王维的"岂学书生辈，窗前老一经"；杜甫的"壮士耻为儒"等。百夫长：卒长。泛指古代军队中的下级军官。

《从军行》是乐府旧题，内容多写军旅生活，据《新唐书·高宗纪》载：永隆二年（681），突厥侵扰固原、庆阳一带，礼部尚书裴行俭奉命出征。杨炯当时为崇文馆学士，对此颇有感触，于是他用乐府旧题写了这首诗，歌颂了投笔从戎、保卫边境的爱国精神，表现了自己不甘寂寞，志欲为国立功的思想。

作品的第一、二两句是说，敌人入侵的消息传到首都长安，首都的文武上下群情愤慨，个个摩拳擦掌，志欲从军杀敌。第三、四两句是说唐朝的将士辞别朝廷，大军北上，一直打到敌军的大本营。第五、六两句是写战斗的激烈与北方环境的艰苦，由于雪水的日夜冲刷，旌旗上的图像都已经凋落净尽；在呼啸的北风中，夹杂着进军作战的鼓角声。这里一方面是写战争的悲壮，同时也像是在说战争正未有穷期。巧妙的是，作者在这里并没有写人，这一切都是通过风声雪景传达出来的。早在南朝的鲍照就曾经用过以突出自然环境恶劣来反衬从军将士坚强的方法，其《代出自蓟北门行》中曾说："疾风冲塞起，沙砾自飘扬。马毛缩如猬，角弓不可张。"杨炯这里显然是有所借鉴的。最后两句是诗人直抒自己怀才不遇的愤慨与志欲从军入伍的豪情。作品的风格雄浑刚健，开拓了盛唐边塞诗的先河。今人胡大浚说："这是一首较为成熟的五言律诗，其中表达了诗人慷慨报国的豪情壮志，也反映了唐初士大夫阶层从军塞上、觅取功名的风尚。"

刘希夷

刘希夷（651—678？），字延之，汝州人。唐高宗上元二年（675）进士，一生未曾做官，后被人杀害。刘希夷擅写从军诗和闺情诗，以歌行见长，诗风哀怨、悲苦，有浓厚的感伤情绪。《全唐诗》录存其诗一卷。

代悲白头翁

洛阳城东桃李花[1]，飞来飞去落谁家？
洛阳女儿惜颜色[2]，行逢落花长叹息。
今年花落颜色改，明年花开复谁在？
已见松柏摧为薪[3]，更闻桑田变成海[4]。
古人无复洛城东，今人还对落花风。
年年岁岁花相似，岁岁年年人不同。
寄言全盛红颜子[5]，应怜半死白头翁。
此翁白头真可怜，伊昔红颜美少年[6]。
公子王孙芳树下[7]，清歌妙舞落花前。
光禄池台文锦绣[8]，将军楼阁画神仙[9]。
一朝卧病无相识[10]，三春行乐在谁边[11]？
宛转蛾眉能几时[12]？须臾鹤发乱如丝[13]。
但看古来歌舞地[14]，惟有黄昏鸟雀悲。

1- 洛阳：今河南洛阳市，唐时为陪都，又叫东都。
2- 颜色：指容貌。
3- "已见"句：指松柏被砍伐做柴薪。
4- "更闻"句：比喻世事变化无常。
5- 寄言：传话，这里是"奉劝"的意思。红颜子：指年轻人。
6- 伊：他，他们。
7- 公子王孙：贵族子弟。
8- 光禄：古代官职名，职掌宿卫侍从。文锦绣：指用锦绣装饰池台中物。
9- 将军：指东汉大将军梁冀。
10- 相识：指友人。
11- 三春：指初春、仲春、季春，即春季的三个月。这句话的意思是，当年的游春之乐今天都到哪里去了呢？
12- 宛转蛾眉：指女子描画的线条弯曲的眉毛，代指美女容貌。
13- 须臾：顷刻之间。
14- 但：只要。

　　《代悲白头翁》是一首拟古乐府，诗题也叫《白头吟》。作品充分描写了宇宙间万物变化不息的现象，抒发了一种伤老恨衰的迟暮之情和升沉不定的人世沧桑之感。

　　全诗分两部分，从作品开头到"岁岁年年人不同"为第一部分，写洛阳女子因见落花而伤感，发出了红颜易老、人生短暂的叹息。从"寄言全盛红颜子"到作品结尾为第二部分，写白头老翁的一生经历，抒发了世事变迁、富贵无常的深沉感慨。作品融会了汉魏古诗以及齐梁宫体诗的艺术经验，以极其优美华丽的语言和十分悠扬婉转的声腔，抒发了一种自开天辟地以来人人都曾感受过、也有不少人为此哀伤过，但却从来没有人能够如此酣畅淋漓地以诗的形式将其表达出来的内心感受。这首诗不论是它的思想还是它的艺术形式，在初唐时期都是佼佼者，它直接影响着后来张若虚的《春江花月夜》，甚至一直影响到《红楼梦》中的《葬花诗》。

杜审言

杜审言(645？—708？),字必简,祖籍襄阳(今湖北襄阳市),后迁巩县(今河南巩义市)。唐高宗咸亨元年(670)进士,曾任隰城尉、洛阳丞,后贬为吉州司户参军。武后时授著作佐郎,迁膳部员外郎。中宗神龙初因事流放峰州(今越南河西一带),不久召回为国子监主簿,修文馆直学士。杜审言与崔融、李峤、苏味道合称"文章四友",是唐代近体诗的奠基者之一。其诗格律严谨,对仗工整,尤以五言律诗著称。他是大诗人杜甫的祖父。《全唐诗》存其诗一卷,计四十余首。

春日京中有怀

今年游寓独游秦[1],愁思看春不当春。
上林苑里花徒发[2],细柳营前叶漫新[3]。
公子南桥应尽兴[4],将军西第几留宾[5]。
寄语洛城风日道[6],明年春色倍还人。

1- 游寓:游宦旅居。秦:这里即指长安。
2- 上林苑:秦汉时代的皇家园林猎场,在长安西南。这里用以泛指当时长安的园林。徒发:白白地开放,指自己无心去欣赏。
3- 细柳营:汉代周亚夫的兵营,在长安西北的渭水北岸。叶漫新:柳叶白白地变绿。
4- 南桥:当时的游览之地。尽兴:指贵族子弟们自己玩得高高兴兴。
5- 将军:指汉代的大将军梁冀,汉顺帝梁皇后之兄,有名的权豪。西第:梁冀的一处豪华宅院。几留宾:几曾接纳过宾客贤才?这里说汉事以指唐代权贵。
6- 寄语:传话。

春天是万物滋长、生机勃发的季节，正该用心赏玩，方不辜负大好春光。但诗人有心事萦怀，所以对春色视而不见，以至"看春不当春"。"花徒发""叶漫新"都是对这一情绪的进一步具体阐发。诗人先以曲笔写出了内心别有怀抱，以至失去了游春的兴致。接着运用典故，隐约含蓄地传达了自己失意的烦恼和怀才不遇的愤懑，也是对上文无心赏春原因的说明。最后一联构思新鲜，以拟人化的手法，向洛阳"预订"明年要讨还的春债，一派天真之情跃然纸上，同时，作者也透露出了对洛阳的怀念之情。作品造语新异，气势豪迈。从体式上说，这首诗也是初唐七言律诗中的佼佼者。金圣叹曾说它"为一代律诗前解之定式"，"又遂为律诗后解之定式"；王彦辅也认为杜甫的七律与其祖父相比，"语脉盖有家法"。

渡湘江

迟日园林悲昔游[1]，今春花鸟作边愁[2]。
独怜京国人南窜[3]，不似湘江水北流[4]。

1- 迟日：春日，因《诗经·七月》中有"春日迟迟"之语。悲昔游：回忆昔日的游赏，而深感今日之悲。
2- 作边愁：意谓仿佛连花鸟也显示出了一种被流放边地的愁苦。
3- 京国：指长安。
4- 湘江：湖南省最大的河流，源出广西境内，北流入洞庭湖。

作品约写于唐中宗神龙元年（705），当时武则天病重，张柬之等乘机发动政变，迫使武则天退位，拥立太子李显为帝，是为唐中宗。杜审言、沈佺期、宋之问等都因依附武则天的男宠张易之而被流放岭南。这首诗就是杜审言在被流放峰州（在今越南境内）途中，渡湘水时有感而作。此诗在艺术上最大的特点就是对比、反衬手法在全篇的运用。诗的前两句是今与昔的对比，哀与乐的对比，以园林对照边地，以昔日之乐对照今春之愁。诗的后两句是物与人的对比，南与北的对比，以湘江对照逐客，以江水北流之可羡对照自己南窜之可悲。"一切景语皆情语"，春临大地、花鸟迎人的景象，触动的反而是诗人的悲思愁绪，从而表现了他在颠沛流离中的深深哀怨。

骆宾王

骆宾王（640？—684？），婺州义乌（今浙江义乌市）人。唐高宗时，任长安主簿，后官至侍御史，因多次上奏章议论朝政，获罪入狱。释放后，贬为临海县丞。徐敬业起兵讨伐武则天，他参与其事，写了《代徐敬业传檄天下文》。徐敬业兵败，骆宾王下落不明。骆宾王的作品虽多抒写个人失意愁怨之情，但不刻意雕琢，对扭转初唐浮华诗风，有一定贡献。是"初唐四杰"之一。有《骆临海集》十卷。

易水送人

此地别燕丹[1]，壮士发冲冠[2]。
昔时人已没，今日水犹寒[3]。

1- 燕丹：即燕太子丹，战国末年燕王喜之子。
2- 壮士：指荆轲。
3- 水犹寒：燕太子为向秦王（即日后之秦始皇）报受辱与即将灭国之仇，派荆轲前往行刺。临行时，"太子及宾客知其事者，皆白衣冠以送之。至易水之上，既祖，取道，高渐离击筑，荆轲和而歌，为变徵之声，士皆垂泪涕泣。又前而为歌曰：'风萧萧兮易水寒，壮士一去兮不复还！'复为羽声慷慨，士皆瞋目，发尽上指冠。于是荆轲就车而去，终已不顾"。骆宾王此诗即用了《史记》中的一些词语，借描摹当时的壮烈情景，以抒发自己的今日之情。

易水，在今河北易县。作者在易水之滨送别友人，自然会想起荆轲刺秦王的故事，因此，诗题名为送人，实借历史故事抒怀咏志，表达诗人决心推翻武则天统治，匡复李唐王朝的"报国"热情，后来诗人果然参与了徐敬业的讨武活动。

诗的第一、二句扣住题目，点出历史事件，再现荆轲入秦、太子丹易水相送、壮士一去不复返的悲壮场面。第三、四句话锋一转，抒发诗人自己的情怀，隐现志在"报国"的决心，"今日水犹寒"五字激昂悲壮，气氛凛然，极具表现力。

宋之问

宋之问（656？—712），一名少连，字延清，汾州（今山西汾阳市）人，一说虢州弘农（今河南灵宝市）人。唐高宗上元二年（675）进士。曾依附武则天的宠臣张易之，张易之被杀后，宋之问被贬为泷州（今广东罗定市）参军。不久，逃归洛阳，依附武三思，为修文馆学士。又因受贿贬赵州长史。睿宗即位（710）后被流放钦州，玄宗先天（712）初赐死于流放地。宋之问是宫廷诗人，作品多应制之作，内容空泛，但他讲究声律，文辞华美，对唐代近体诗的发展，尤其是七言律绝形式的完成有一定的贡献。《全唐诗》录存其诗三卷。

渡汉江

岭外音书断[1]，经冬复历春。
近乡情更怯[2]，不敢问来人[3]。

1- 岭外：即岭南。岭指湖南、广东交界的大庾岭。
2- 情：心情。怯：胆怯、紧张。
3- 来人：指来自家乡、熟悉自家情况的人。

唐代大臣张柬之等发动政变杀张易之，逼武则天退位，事在唐中宗神龙元年（705）正月。宋之问因党附张易之而被贬岭南泷州，时间应距此不远。宋之问由岭南逃回洛阳的时间，大约就在第二年的正月，因为到第二年的二月，宋之问就已经又为武三思通风报信，帮着武三思、韦后等诸逆谗害张柬之等人。《渡汉江》写在宋之问由泷州逃回洛阳的途中。汉江，即汉水，发源于陕西，东流入湖北，在武汉市汇入长江。

　　宋之问的人品低下，毫不足取，但这首小诗把一个长时间漂泊在外，故乡的音信杳然，思念家乡，而一旦临近家门却又充满紧张疑虑的人的矛盾复杂心理表现得异常真切，异常明晰。今人马茂元说："因为远客思乡，音书隔断，所以当快要到家的刹那间心情异常紧张，唯恐有什么不幸的消息证实了自己在客中的最坏的设想。'情更怯'正是这种不敢面对现实的变态心理的深刻反映。"刘学锴说："前两句写岭外思乡，后两句写近乡情怯，两种心理看似相反，却是相成。前两句为后面的抒写奠定了基础；后两句又是前两句思想感情的另一种形式的体现和深化。"

沈佺期

沈佺期(656—714？)，字云卿，相州内黄(今河南内黄县)人。唐高宗上元二年(675)进士，曾任通事舍人、给事中等官，后因媚附张易之，被流放驩州(今越南荣市)。唐中宗时，曾任修文馆直学士、中书舍人、太子少詹事，死于唐玄宗开元初。沈佺期与宋之问齐名，时称"沈宋"。擅长七律，被后人称为"律诗之祖"。诗作格律精工，但内容较空泛。《全唐诗》录其诗三卷。

杂　诗

闻道黄龙戍[1]，频年不解兵[2]。
可怜闺里月[3]，长在汉家营[4]。
少妇今春意[5]，良人昨夜情[6]。
谁能将旗鼓[7]，一为取龙城[8]。

1- 黄龙戍：又名黄龙岗，在今辽宁开原市西北，唐代曾派兵驻守其地。
2- 频年：连年。解兵：撤兵，停止战争。
3- 可怜：可叹。
4- 汉家：这里是以汉代唐。
5- 今春意：实即"春春""年年"思念丈夫的心意。
6- 良人：丈夫。昨夜情：实即日日夜夜思念妻子的心情。
7- 将：带领，指挥。旗鼓：这里代指军队。
8- 龙城：匈奴城名，秦汉时匈奴祭天和大会诸部的地方，在今蒙古和硕柴达木湖附近，这里泛指敌巢。

汉魏以来如孔融、曹丕、曹植等都有以"杂诗"为题的作品，内容较广泛，多写离别相思和抒发人生感慨。沈佺期的《杂诗》共有三首，都是写闺中怨情，表达了饱尝战争之苦的普通百姓的共同情绪。这里所选是其第三首，作品除了怨恨"频年不解兵"外，还希望能有良将善于指挥，率领戍边将士一举克敌，早日结束战争，使离散家庭得以团聚并安居乐业。结尾以一问句表达了企盼的情绪。全诗构思精巧而自然，尤其是在选用传统诗歌中意味深厚的"月"这一意象，将闺中思妇与边地征夫联系起来，将月下分离的现在与月下相处的过去联系起来，通过暗含着对比的画面，写出了思念之苦以及战争的残酷，使得结句的诘问更显得分量沉重，意味深长。

独不见

卢家少妇郁金堂[1]，海燕双栖玳瑁梁[2]。
九月寒砧催木叶[3]，十年征戍忆辽阳[4]。
白狼河北音书断[5]，丹凤城南秋夜长[6]。
谁谓含愁独不见[7]，更教明月照流黄[8]。

1- 卢家少妇：语出梁朝萧衍《河中之水歌》"河中之水向东流，洛阳女儿名莫愁……十五嫁为卢家妇，十六生儿字阿侯。"这里用以代指某贵族少妇。郁金堂：以郁金香浸酒和泥涂壁的屋子。
2- 玳瑁：一种与龟相似的海生动物，甲质坚硬光滑有花纹，可制装饰品。玳瑁梁，也称玳梁。涂饰成玳瑁花纹的画梁。

3- 寒砧：寒风中的砧杵声，唐代妇女习惯于秋末冬初为征夫捣衣赶制冬服。
4- 辽阳：今辽宁辽河以东地区，当时是东北边防要地。
5- 白狼河：即今辽宁省南部的大凌河，流经锦州入海。
6- 丹凤城：即京城长安。因汉武帝在长安建凤阙，唐代大明宫前又有丹凤门，故称。
7- 谁谓：为谁的倒装。
8- 流黄：黄紫相间的丝织品，这里指帷帐。

　　《独不见》，为乐府旧题。《乐府解题》说："独不见，伤思而不得见也。"诗题一作《古意》。诗人以委婉缠绵的笔触，描述了一位长安思妇在砧杵声声、落叶萧萧的秋末，身居华屋之中，心驰万里之外，夜不能寐的愁苦情状。初唐诗人拟古乐府写"古意"是一时风气，从这首诗中也可以看出齐梁以来浮艳习气的余韵，但诗人在这里非常善于以环境气氛来烘托主人公的心境，比如以"海燕双栖玳瑁梁"来衬托长安少妇的孤寂，以寒砧、木叶来烘托征戍之苦，以秋夜之长来渲染音书断绝后的思念忧愁，以"明月照流黄"的恼人来抒写思妇的愁肠百结，凄凉无奈。这就使得写景不再是华丽字句的堆积，而是与诗篇所反映的情绪和谐统一了。作品音韵和谐，色彩富丽，对仗工稳，情致婉转，表达凝练，是唐代较早的成熟的七言律诗之一。

郭 震

郭震(656—713),字元振,魏州贵乡(今河北大名县东南)人。唐高宗咸亨四年(673)进士,曾任通泉县尉、凉州都督、安西大都护等官。唐睿宗、玄宗时两次出任宰相,又做过朔方军大总管,后因事遭贬斥而死。郭震的诗豪壮雄奇,很有气魄。《全唐诗》录存其诗二十余首。

古剑篇

君不见昆吾铁冶飞炎烟[1],红光紫气俱赫然[2]。
良工锻炼凡几年, 铸得宝剑名龙泉[3]。
龙泉颜色如霜雪, 良工咨嗟叹奇绝[4]。
琉璃玉匣吐莲花[5], 错镂金环映明月[6]。
正逢天下无风尘[7], 幸得周防君子身[8]。
精光黯黯青蛇色[9], 文章片片绿龟鳞[10]。
非直结交游侠子[11], 亦曾亲近英雄人。
何言中路遭弃捐[12], 零落飘沦古狱边。
虽复沉埋无所用[13], 犹能夜夜气冲天[14]。

1- 昆吾:神话中的一种石头,据说产于西海中的流州,用这种石头冶炼铸造出来的剑,明如水晶,削玉如泥。铁冶:冶铁的工场。
2- 红光:指炉火。紫气:指剑光。赫然:光明闪耀的样子。

3- 龙泉：宝剑名，本名龙渊，古代著名工匠欧冶子所铸。因避唐高祖李渊的讳，时人改称"龙泉"。
4- 咨嗟（jiē）：赞叹声。
5- 琉璃：剑鞘上的装饰。莲花：形容宝剑的光芒。据《吴越春秋》说，越王有一口宝剑，其剑光如莲花出水。
6- 错镂：指雕刻涂饰。金环：指剑柄上的镀金环子。
7- 风尘：烽烟，借指战争。
8- 幸：庆幸。周防：警备防卫。
9- 黯黯：幽冷的样子。
10- 文章：指剑上的花纹。绿龟鳞：据《北堂书钞》等书引晋曹毗《魏都赋》说，有的宝剑上刻有"龟文龙藻"。龟文，指龟甲上的花纹。
11- 非直：不但。游侠子：指古代那些轻生重义、勇于急人之难的人。
12- 何言：谁能想到。中路：中途。弃捐：被抛弃。
13- 沉埋：埋没。
14- 气冲天：宝剑之气冲上九天。据《晋书·张华传》说，宰相张华和善观星气的雷焕发现江西丰城一带有一股紫气上冲牛斗，雷焕说是下有宝剑。于是张华就荐雷焕为丰城县令。雷焕到任后，果然在丰城监狱的屋基下掘得双剑，名太阿，一名龙泉。诗中的"紫气""古狱边""气冲天"都引自这个典故。

　　《古剑篇》是郭震的早年之作，据《诗话总龟》说：郭震任通泉尉时，好侠义，喜宾客，甚至还为非作歹，以致被武则天所召问。当武则天问到他最近写了什么诗的时候，郭震呈上了这首《古剑篇》。武则天读罢，大为赞赏，转身将其递给宰相李峤等人传看，而郭震从此也就受到了武则天的提拔重用。

　　这是一首咏物诗，他借着写宝剑的名义，表达了一个有才干的人受压抑、不被知，而他自己却很积极、很自负，渴望被人知、被人用的思想情绪。全诗十八句，分前后两段。前八句为第一段，写宝剑的形象；后十句为第二段，写宝剑在被弃置、被尘埋中的灵异不凡。作品中融会了许多典故,语言非常流畅,风格健拔豪迈,气势非凡。今人程千帆说:"先写古剑之可贵,后叹其埋没,并指出虽被埋没,仍然紫气冲天,借以比喻英雄人物虽不见重于时,但还是力求有所表现。它事实上也就是一首咏怀诗。"

陈子昂

陈子昂（661—702），字伯玉，梓州射洪（今四川射洪县）人。唐睿宗文明元年（684）进士，武则天时代任麟台正字、右拾遗等职。曾随武攸宜东征契丹，因直言敢谏，得罪权贵，被降职。陈子昂由于政治抱负无法实现，38岁时便辞官还乡。不久被射洪县令段简所害。在文学上陈子昂反对齐梁诗风，提倡汉魏风骨，是唐代诗歌革新的先驱，作品大都内容充实，风格刚健。韩愈在《荐士》一诗中说："国朝盛文章，子昂始高蹈。"对他评价很高。有《陈子昂集》，存诗一百二十余首。

登幽州台歌

前不见古人，　后不见来者。
念天地之悠悠，独怆然而涕下。

武则天万岁通天元年（696），陈子昂随建安王武攸宜东征契丹，曾多次进献破敌计策，结果不但不被采用，反而被由随军参谋降成了军曹。陈子昂悲慨之余，登上蓟北楼（即幽州台，也叫蓟丘，故址在今北京市西），慷慨悲吟，含泪写了七首诗，总题目叫《蓟丘览古赠卢居士藏用》，本诗便是其中的一首。

作品用自由的古歌体，用一种悲愤的语言，抒发了一种生不逢时、怀才不遇的伤感。作品的篇幅虽然极其短小，但内涵丰富，感情浓烈，让人联想的东西很多，其厚度和气势大概只有楚霸王的《垓下歌》可以与之相比。明代黄周星说："诗中自有万古，眼底更无一人，古今诗人多矣，从未有道及此者。此二十字，真可以泣鬼神矣。"今人程千帆说："面对雄浑壮丽的祖国山川，感到在无始无终的宇宙里，自己生活的时代远不是令人满意的。因为所企羡的历史上的卓越人物既已过去，所渴望其出现的将来的卓越人物又没有到来，一阵孤独的感情涌上心头，于是他洒出了自己悲壮的、拒绝寂寞的眼泪。"李泽厚说："陈子昂写这首诗的时候是满腹牢骚、一腔愤慨的，但他表达的却是开创者的高蹈胸怀，一种积极进取、得风气先的伟大孤独感。它豪壮而并不悲痛。"

晚次乐乡县

故乡杳无际[1]，日暮且孤征[2]。
川原迷旧国[3]，道路入边城[4]。
野戍荒烟断[5]，深山古木平[6]。
如何此时恨，嗷嗷夜猿鸣[7]。

1- 杳无际：极言其遥远，不见踪影。
2- 孤征：独自赶路。
3- 旧国：指故乡。这句是说眼前的山川原野，不同于故乡的景色，望之令人迷惘。
4- 边城：边远之城，指乐乡县。乐乡县在先秦时属楚，对中原来说是边远之地。
5- 野戍：指野外的戍楼。断：消失。指被夜色遮断。
6- "深山"句：是说深山上参差不齐的林木，在夜色中看上去模糊一片。

7- 嗷嗷（jiào）：凄厉的猿啼声。此处借用沈约《石塘濑听猿》"嗷嗷夜猿鸣，溶溶晨雾合"诗句，字面全同，而所写情景各异。

这首诗是陈子昂由故乡蜀地东行入京，途经乐乡县（今湖北荆门市北九十里）留宿时所作，抒发了异乡孤客的羁旅之情。首联营造了一种暮色苍茫的气氛，为全诗定下了伤感的基调。第三、四句紧承首联，分别照应第一、二句，把异乡人的感受更推进了一层。接着诗人环顾四周，荒烟与古木，原是诗人征途中可怜的一点安慰，可是也被渐浓渐深的夜色所笼罩、吞没了，此刻诗人的心境，怎能不被孤寂所淹没呢。以上三联都是从视觉感受的角度来写。最后一句则诉诸听觉，以一个抒情性的设问句，直接展示感情的起伏不平，在画面之外又响起猿鸣，有无穷的意味。这首诗寓情于景，结构严谨，笔法细腻。其平淡简远的特色，被评家认为是"王孟二家之祖"（胡应麟《诗薮》）。

送魏大从军

匈奴犹未灭[1]，魏绛复从戎[2]。
怅别三河道[3]，言追六郡雄[4]。
雁山横代北[5]，狐塞接云中[6]。
勿使燕然上[7]，惟留汉将功[8]。

1- 匈奴：北方少数民族，这里借指突厥。《史记·卫将军骠骑列传》中霍去病曾说："匈奴未灭，无以家为也。"这里化用其语。

2- 魏绛：即魏庄子，春秋时晋国大夫，力主与少数民族议和，认为"和戎有五利"。晋悼公采纳了他的意见，使魏绛盟诸戎，消除了边患。事见《左传·襄公四年》。这里以魏绛比魏大，变和戎为从戎，表达了诗人保卫边疆的豪情。

3- 怅别：怀着惆怅、伤感的心情分别。三河：河东、河内、河南，即今河南西北部及山西南部一带，此处指洛阳。

4- 六郡：指金城、陇西、天水、安定、北地、上郡，即今甘肃东部、宁夏南部、陕西北部和内蒙古西南部一带。六郡雄：原指上述地方的豪杰名将，这里专指西汉时的赵充国。

5- 雁山：即雁门山，在今山西代县西北。代北：泛指今山西北部及河北西北部一带。

6- 狐塞：即飞狐口，在今河北涞源县北、蔚县南，地势险要，古为河北平原通往北方边郡的交通咽喉。云中：郡名，战国时始置，治所在今内蒙古托克托县东北。

7- 燕然：山名，即杭爱山，在今蒙古人民共和国境内。

8- 汉将功：指东汉窦宪大破匈奴，在燕然山勒石记功的事情，见《后汉书·窦宪传》。

　　这首诗大约应是陈子昂从宦东都时所作。在他官麟台正字的几年中，突厥不断侵扰北方，武则天也不断遣将出征。这首诗中提到的雁山、代北、狐塞、云中，正是当时的主要战场。魏大从军，即为此。魏大，名不详，因排行第一，故称。作品脱去一般送别诗儿女情长、凄苦悲切的窠臼，而是激励友人为国立功，扬名塞外。全诗一气呵成，反映了作者以天下为己任的豪迈和建功立业的雄心壮志，充满了奋发向上的精神。诗中大量运用指代法和历史典故，贴切自然，恰到好处地表现了诗人激越慷慨的感情世界，借史言怀，风格雄浑，读来震撼人心，催人奋进。

贺知章

贺知章（659—744），字季真，越州永兴（今浙江萧山区）人。武则天证圣元年（695）进士，唐玄宗时任礼部侍郎兼集贤院学士、秘书监。天宝三载（744）回乡归隐，自号"四明狂客"。贺知章为人旷达不羁，不拘礼法，好饮酒，被杜甫称为"饮中八仙"之一。贺知章的诗今存二十余首，大都是应制之作，一些表现个人感受和写景的绝句，写得清新通俗。《全唐诗》录其诗一卷。

咏　柳

碧玉妆成一树高[1]，万条垂下绿丝绦[2]。
不知细叶谁裁出，二月春风似剪刀。

1- 碧玉：青绿色的玉石，这里用来形容春柳的青翠碧绿。妆：装饰、打扮。
2- 丝绦（tāo）：丝带，这里形容千千万万随风舞动的轻柔婀娜的杨柳枝条。

这首小诗，运用一连串新巧的比喻，细致地描绘了春风中杨柳的婀娜姿态，赞美了大好春光，显示了初春时节万物复苏、生机勃勃的景象。今人刘学锴曰："春风是看不见、摸不着的，春风和细叶的关系又是一个复杂的自然现象，可是诗人只一个比喻，就把这一切变得那么生动形象，同时又能给人以丰富的联想。要说这个艺术形象的表现力及其影响，我们还可以看看贺知章以后其他诗人的作品，比如：'焉得并州快剪刀，剪取吴淞半江水'；

'骨重神寒天庙器，一双瞳人剪秋水'（李贺《唐儿歌》）；'诗情也似并刀快，剪得秋光入卷来。'毋庸置疑，这些诗中的'剪刀'和'剪'都创造出了不同的艺术形象，然而要说是贺知章笔下的'剪刀'对这些诗人有所启发，恐怕也不为言过吧。"

回乡偶书

少小离家老大回，　乡音无改鬓毛衰[1]。
儿童相见不相识[2]，笑问客从何处来？

1- 衰：有本作"摧"。
2- 儿童：指自己家里的孩子。

　　《回乡偶书》共有两首，是诗人八十岁重返故乡、刚进家门时的一些感受。这里选的是其中的前一首。偶书，即有感而随意写下来的意思。作品以自然朴素的语言，平易而生动地抒发了作者对故乡既感亲切又觉陌生，以及在言外隐隐流露的久客伤老之情。今人刘永济说："起二句尚是家常语，三、四句始将久客他乡之感用儿童不识之小小情节说来，意趣便生动。"沈祖棻说："人们每称李益《喜见外弟又言别》中'问姓惊初见，称名忆旧容'一联为善于言久别乍逢之情，这首诗的后两句也与李诗有异曲同工之妙。"宋代范晞文说："卢象《还家》诗云：'小弟更孩幼，归来不相识；'贺知章云：'儿童相见不相识，笑问客从何处来，'

语益换而益佳。"

　　清代章燮说："久客回家，儿童相见时情形尽行描出。玩一'客'字，则伤老之意寓内，令读者一时不测，真天然佳句也。"

张若虚

张若虚(660？—720？),扬州(今江苏扬州市)人。曾任兖州兵曹,其他生平事迹不详。唐中宗时,与贺知章、张旭、包融并称"吴中四士"。诗作大多散佚,《全唐诗》仅录存其诗二首。

春江花月夜

春江潮水连海平[1],　海上明月共潮生[2]。
滟滟随波千万里[3],　何处春江无月明!
江流宛转绕芳甸[4],　月照花林皆似霰[5]。
空里流霜不觉飞[6],　汀上白沙看不见[7]。
江天一色无纤尘[8],　皎皎空中孤月轮[9]。
江畔何人初见月?　江月何年初照人?
人生代代无穷已,　江月年年只相似。
不知江月待何人,　但见长江送流水。
白云一片去悠悠,　青枫浦上不胜愁[10]。
谁家今夜扁舟子[11]?　何处相思明月楼?
可怜楼上月徘徊[12],　应照离人妆镜台[13]。
玉户帘中卷不去[14],　捣衣砧上拂还来[15]。
此时相望不相闻,　愿逐月华流照君[16]。
鸿雁长飞光不度[17],　鱼龙潜跃水成文[18]。

昨夜闲潭梦落花[19]，可怜春半不还家。
江水流春去欲尽[20]，江潭落月复西斜。
斜月沉沉藏海雾[21]，碣石潇湘无限路[22]。
不知乘月几人归， 落月摇情满江树[23]。

1- "春江"句：是说江水连接大海，春潮高涨，海潮汹涌，江海连成一片。
2- 共潮生：指明月与海潮一同涌出。
3- 滟滟：原指水波满溢，这里借指水面上波光闪动。
4- 宛转：曲折。芳甸：有花草的原野。
5- 霰（xiàn）：小雪粒，这里是形容月光下的花朵如同雪珠般闪光。
6- 流霜：指月光白如霜，流如水。
7- 汀：即沙洲。
8- 纤尘：细小的尘埃。
9- 皎皎：洁白。
10- 青枫浦：又名双枫浦。在今湖南浏阳市。
11- 扁（piān）舟子：驾小船远游江湖的人。
12- 月徘徊：指楼上月影移动。曹植《七哀诗》有"明月照高楼，流光正徘徊。上有愁思妇，悲叹有余哀"句，诗意正同。
13- 离人：指思妇。
14- 玉户：指华美的屋子。
15- 捣衣砧：捶打衣服的石板。
16- "愿逐"句：是说思妇想化为一缕清辉随着月光照到游子的身上。
17- "鸿雁"句：是说善于长途飞翔的鸿雁也不能随月光飞渡到游子的身边。
18- "鱼龙"句：指鱼龙在水中突然跃起，在水面激起波纹。
19- 闲潭：幽静的江潭。
20- "江水"句：指春光随着滔滔江水流逝而去。
21- 藏海雾：隐藏在海雾中。
22- 碣石：山名，在今河北昌黎县。潇湘：指潇水和湘水，在今湖南省境内。这里以碣石代表北方，以潇湘代表南方。
23- "落月"句：是说江上树上到处都是落月的余晖和缭乱不宁的离情别绪。

《春江花月夜》原来是南朝乐府中的一个题目。张若虚用这个前人的旧题,展示自己的才思,描写了春江上的奇妙月景,抒发了一种淡淡的人生的哀愁和一种缠绵的男女之间的深情怀恋。这首诗不论是其思想内涵还是其艺术成就,都不是当时描写类似内容的其他作品所可比拟的。这首诗共三十六句,前十六句为第一段,总的来说是写春江上的月景;后二十句为第二段,总的来说是写月夜下的男女相思。在第一段里又分两层,前八句是正面描写月景,是写实。你看,"春江潮水连海平,海上明月共潮生。滟滟随波千万里,何处春江无月明。"这是多么浩瀚、多么壮阔的景观啊!因为有潮水,所以我们知道这里离大海不远,但这里又是看不见大海的,看到的只是平满浩瀚的江水滚滚地向东流去。在那天水相接的东方,一轮明月跳出了水面,冉冉地升入中天,再看这时的春江,碧波映着月色,好一派银光闪耀、晶明澄澈的世界啊!接着诗人又描写了江边的绿洲,描写了月光照耀下的花林和水边的沙滩。这时不分江边、江上,也不论林际空间,到处都沉浸在一派如霜似乳的清辉里,纱一般神秘,梦一样轻盈。后八句是写诗人面对如此夜色的丰富联想。其中"江天一色无纤尘,皎皎空中孤月轮"两句既是前八句正面写景的延伸,又是特意提出"月轮",为下面的联想、议论做基础。"江畔何人初见月,江月何年初照人?人生代代无穷已,江月年年只相似。不知江月待何人,但见长江送流水。"作者一下子掠过了短暂的有文字记载的几千年,而神驰到了那无法想象的洪流时代,于是诗人有些怅惘、有些悲哀了。月光似乎是永恒的,江流也几乎是没有多大变化的,可是人生呢?对比之下未免太短暂了。同是这一轮明月，一江春水，它已经照耀过、送走了多少人呢？恐怕比那河滩上的沙砾还要多了吧！越是认识到宇宙的博大就越是感到人身的渺小；越是看到了大自然的美好、久长，就越是感到人生的短暂。古往今来，人皆如此，只是诗人的感觉最敏锐，语言最多情，因而说出了人们想说而说不出的话而已。

　　第二段二十句共分三层，前四句是第一层，是由写景向写离情的过渡。"白云一片去悠悠，青枫浦上不胜愁。"这里的白云、青枫，是眼前景，但同时也是最能勾起离情的东西。白云随风飘走，行踪无定，自古以来常被人们用以比喻游子征夫；枫树呢，早在《楚辞·招魂》中就以"湛湛江水兮上有枫，目极千里兮伤春心"来抒发怀人之痛了。"谁家今夜扁舟子，何处相思明月楼？"两句同时提起游子和思妇的相互怀念，为后两层的分别描写做了引线。中间八句是第二层，是写家中思妇在月下孤独寂寞，想念游子而百无可施、百无聊赖的情景。"可怜楼上月徘徊，应照离人妆镜台。玉户帘中卷不去，捣衣砧上拂还来。"你看这月亮对人是多么有感情啊！在这思妇孤苦寂寞的时候，它总是来陪伴着她，而且是那样的缠绵，那样的执着。这里形式上写得很热烈，实际上是突出了当时环境气氛的冷清。"此时相望不相闻，愿逐月华流照君。鸿雁长飞光不度，鱼龙潜跃水成文。"思妇望不到丈夫的踪影，听不到丈夫的消息。她真想化为一缕青辉随着月光照到远方丈夫的身上，这当然是不可能的。古人又说鱼雁可以为人传书，可是眼下的情景呢，鸿雁乘着月色飞走了，这里的光影它一点也带不走。鱼龙深潜在水底，除偶尔拨起一点水花，没有任何其他的效应。真是寂寞无依，一点办法都没有啊！最后八句是第三层，是写游子对家乡、对妻子的怀念。如果说上一层写思妇怀念游子，诗人还是用的虚拟揣想的话，那么这一层写游子的思乡怀人，写游子的漂泊之感就完全是把自己也融会到里边去了。"昨夜闲潭梦落花，可怜春半不还家。江水流春去欲尽，江潭落月复西斜。"现在花还正开着，可是做梦梦见花已经落了，这表现了人对光阴飞逝的恐惧，对春日不能久留的惋惜，同时更重要的是表现了一种当此良辰好景不能与亲爱的人共同玩赏的失意与懊恼，一种青春易逝、年华不能久驻的漂泊羁旅中的迟暮之悲。"斜月沉沉藏海雾，碣石潇湘无限路。不知乘月几人归，落月摇情满江树。"碣石山在今河北昌黎县城北，潇、湘二水在今湖南省境内，游子和思妇相隔几千里。当皓月临空的时候，大家虽不能见面，但还可以像南朝谢庄说的那样"隔千里兮共明月"，可是现在连月亮也落下去了。在那花好月圆的美满时刻有多少游子思妇能够欢快地相聚呢？不知道。而自己现在在这失去月光的黑夜里望着春江、春花、春树，更觉得这一切都似乎更遥远、更空虚，更使人迷离怅惘了。

　　这首诗集中了大自然里那些最普通、最常见但也是最动人、最美好的东西，给人们编织了一个最普通、最常见但也是最甜蜜、最神奇、最令人向往的境界。苏轼曾经说过："惟江上之清风，与山间之明月，耳得之而为声，目遇之而成色，取之不尽，用之不竭，是造物者之无尽藏也。"它不属于任何人，它可以供任何人所享用，也正因此，它才和人们的关系如此亲近，它才能够如此让人喜爱，让人迷恋。这首诗就正是表达了人们这种谁都有过但是谁也没有能够表达得如此生动、如此明晰的审美享受。闻一多说这首诗是"诗中之诗,顶峰中的顶峰"。这首诗好在哪里呢?第一,它把写景抒情与谈论哲理融为一体,使人在欣赏美景、体会感情的同时,还能品味到一种更深邃、更隽永的自然与人生的道理,从而加深了作品的厚度,使作品在情景交融的基础上,更增加了一种迷惘、空灵的色彩。第二,它把细腻、逼真的景物描绘和丰富的联想融为一体,从而使上下千万年,纵横千万里,天上与人间,有情与无情,有尽与无尽,通通收揽于尺幅之中,编织成为一个美妙绝伦的艺术境界,而这样的境界,在我国古代艺术中是空前的,也几乎是绝后的。第三,它的语言清新流畅,即使用典故也是巧妙地把它融化于自己的叙述之中,浑然无迹,天衣无缝。它四句一换韵,平仄互押,构成一种婉转流丽,回旋起伏,犹如江水一般的滔滔不绝的气势。这首诗与南朝乐府的《西洲曲》明显的有着继承关系,但是它比《西洲曲》大大地发展了、成熟了,更加炉火纯青了。它与刘希夷的《代悲白头翁》也显然存在着思想与艺术上的某种相通,但是它比《代悲白头翁》更健康、更轻快、更充满着人生的活力。这首诗的调子也的确有些低沉,有些悲伤,但是正如李泽厚所说:"尽管悲伤,仍然轻快;虽然叹息,总是轻盈。""永恒的江山,无限的风月,给这些诗人们的是一种少年式的人生哲理和夹着悲伤、怅惘的激励和欢愉。"

张 旭

张旭,生卒年不详,唐睿宗时在世,字伯高,吴郡(今江苏苏州市)人。曾做过常熟县尉和金吾长史等小官。他是唐代著名书法家,善草书,人称"草圣"。张旭又善饮酒,每大醉,号呼狂走,故又称"张颠"。张旭也善写诗,今存诗仅六首,都是清丽流畅的写景绝句。其构思与意境,与他的草书作品有异曲同工之妙。

山中留客

山光物态弄春晖,莫为轻阴便拟归。
纵使晴明无雨色,入云深处亦沾衣。

作品描写了春日山中的迷离景色,表现了主人殷勤留客的情意,出语委婉真切,又富有哲理味。近人俞陛云曰:"此间纵晴雯,亦云气沾衣,长日与云烟为伴,非关山雨欲来,城市中人所稀见也。凡游名山者,每遇云起,咫尺不辨途径,襟袖尽湿,知此诗写山景之确。"今人沈祖棻说:"纵然天气晴明,毫无雨意,但继续攀登,山势愈来愈高,云气也就愈来愈厚,也就必然会沾湿衣裳。这两句是在说理,但他用具体的自然景色及其变化来表达,遂具有了鲜明的形象性。"

桃花溪

隐隐飞桥隔野烟[1]，石矶西畔问渔船[2]：
桃花尽日随流水， 洞在清溪何处边[3]？

1- 飞桥：形容桥很高，凌空欲飞。
2- 石矶：突出水边的巨石。
3- 洞：指《桃花源记》中所写的桃源洞，这里指进入桃花源的入口处。青溪：指桃花溪。

桃花溪：水名，在今湖南桃源县西南，源出桃花山，山有桃源洞，洞口有水入桃花溪，北流入沅江，相传就是陶渊明《桃花源记》中的武陵溪。

这首诗立意新颖，构思精巧。全诗没有一个难字，语言十分通俗，又写得轻松自如，毫无经营做作的痕迹，声韵和谐，景象清新。它采用问讯的方式，"渔船""桃花""洞"等《桃花源记》中的词语，都可以引发人们的联想，所以这首诗被认为是《桃花源记》的浓缩，"四句抵得一篇《桃花源记》"（陈婉俊：《唐诗三百首补注》）。

从意境和画面效果来说，此诗与杜牧的《清明》一诗有异曲同工之妙，都给人以美的艺术享受，只不过杜诗的手法更简捷高超，后来居上了。

这首诗中还隐隐透露了诗人对理想境界感到渺茫难求的怅惘之情，可以引起人们种种美妙的遐想，仿佛一幅淡雅的小画，富有趣味。

张九龄

张九龄(678—740),字子寿,韶州曲江(今广东韶关市)人。唐中宗景龙初年进士,曾任中书侍郎同中书门下平章事、中书令。唐玄宗开元二十四年(736)为李林甫排挤,贬为荆州大都督府长史。张九龄遭贬后所写的《感遇》组诗十二首,风格遒劲,寄托深远,是阮籍《咏怀》诗和陈子昂《感遇》诗的继续,对扭转形式主义诗风做出了贡献。有《曲江集》二十卷。

赋得自君之出矣

自君之出矣,不复理残机[1]。
思君如满月,夜夜减清辉[2]。

1- 残机:残破的织机。残机不能织布成匹,以双关人的不能成双。南朝乐府《子夜歌》:"始欲识郎时,两心望如一。理丝入残机,何悟不成匹。"
2- 减清辉:由月亮的从圆至缺,逐渐消没,以暗喻人的青春消逝,趋于老死。

"赋得某某某"是古人命题作诗的一种形式,如参加考试,练习写作,或朋友集会分头写诗,都可采用这种方式。所出的诗题可能是一个成语,也可能是前人的一句话或一句诗。"自君之出矣"出自三国时徐干的《室思》,其中有:"自君之出矣,明镜暗不治。思君如流水,何有穷已时。"张九龄这首诗就是模拟徐干的原作,加以翻新而成。作品表现了一个年轻妻子对其久出在外丈夫的思念之情,主题毫不新鲜,但比喻新巧,柔媚动人。

王之涣

王之涣（688—742），字季陵，晋阳（今山西太原市）人，后迁居绛州（今山西新绛县）。唐玄宗开元初，曾任冀州衡水县主簿，被人诬陷，辞官而去。晚年出任文安县尉，不久病逝。王之涣为人豪爽，与王昌龄、高适等人交谊很深，常以诗歌唱和赠答。他的诗意境开阔，热情奔放，被乐工歌女传唱一时。后大多散佚，《全唐诗》仅录存其诗六首。

登鹳雀楼

白日依山尽，黄河入海流。
欲穷千里目，更上一层楼。

鹳雀楼，又名鹳鹊楼，旧址在今山西永济市城西南角，因常有鹳鹊栖集其上而得名。宋人沈括在《梦溪笔谈》中说："河中府鹳雀楼三层，前瞻中条，下瞰大河。唐人留诗者甚多，惟李益、王之涣、畅当三篇，能状其景。"

王之涣的这首诗描写了登楼远望所见的壮丽开阔的山川景象，抒发了一种积极豪迈的向上之情。短短四句话，状景说理，形象深刻。近人俞陛云在《诗境浅说》中曾称赞此诗："凡登高能赋者，贵有包举一切之概，前两句写山河胜概，雄伟阔远，兼而有之；后两句复余劲穿札，二十字中有尺幅千里之势。"

诗人在这首诗中也十分讲究炼字造语。如"白日""黄河"对举，色彩鲜明。不仅如此，诗人不用红日、落日，而用白日，极具匠心，因为"白日"给人以光芒四射、灿烂辉煌的印象，可以表现诗人那种积极豪迈的向上精神。又如"千里目"与"一层楼"，不仅对仗工整，而且当它们和"欲穷""更上"两个词搭配起来，又揭示了只有站得高，才能望得远的人生哲理。

凉州词

黄河远上白云间[1]，一片孤城万仞山[2]。
羌笛何须怨杨柳[3]，春风不度玉门关[4]。

1- 黄河：一作"黄沙"。
2- 孤城：指玉门关。
3- 怨杨柳：指吹奏出哀怨的《折杨柳》曲调。
4- 玉门关：在今甘肃敦煌市西北，是古代通往西域的交通要冲。

凉州，唐代的州名，州治姑臧，即今甘肃省武威市。凉州词，是唐代乐府题名，内容多写征戍思乡之苦。王之涣的《凉州词》，描写了黄河地区的开阔荒凉景象，对边防将士的征戍生活表现了深深的关心与同情。明代杨慎说："此诗言恩泽不及于边塞，所谓君门远于万里也。"

这首诗首先是写得境界高远、雄阔。"黄河远上白云间"，既写出了黄河的源远流长，又展示了边地的广漠壮阔。其次，这首诗的后两句用议论的形式，抒写征戍别离之情，含蓄深婉。杨柳指《折杨柳》的曲调，折柳赠别是唐人风尚，因此杨柳是个含有离别意蕴的意象。李白写过"此夜曲中闻折柳，何人不起故园情"。人们不但见了杨柳会引起别愁，连听到《折杨柳》的曲调也会触动离情。但是王之涣不说"闻折柳"，却说"怨杨柳"，既避免了直接引用曲调名，而且"杨柳"两字与第四句中的"春风"两字相勾连，从而使读者引发联想，深化诗意。玉门关外，春风不度，杨柳不青，离人想要折一枝杨柳寄情也不能够。正如程千帆先生在《古诗今选》中所说的："后两句由征人所见转入所怀，由曲中之柳犹可闻，想到关外之柳不可见，层层深入，极尽征戍别离之情。"

这首诗在当时即广为传唱，《唐才子传》曾记载了一个故事，说王之涣"与王昌龄、高適、畅当忘形尔汝，尝共诣旗亭（酒楼），有梨园名部继至。昌龄等曰：'我辈擅诗名，未定甲乙，可观诸伶讴诗，以多者为优。'一伶唱昌龄二绝句，一唱適一绝句。之涣曰：'乐人所唱皆下俚之词。'须臾，一佳妓唱曰：'黄河远上白云间……'复歌二绝，皆之涣词。"这个故事证明了王之涣的诗在当时流传的程度在昌龄与高適之上。

王 翰

　　王翰，生卒年不详，字子羽，并州晋阳（今山西太原市）人。唐睿宗景云元年（710）进士。曾任秘书正字、驾部员外郎、汝州长史，后贬为仙州别驾、道州司马。王翰性情豪放，好游乐饮酒。他的豪放性格在诗中反映为多壮丽之辞。王翰并未去过塞外，但同高适、岑参一样，以边塞诗人著称。《全唐诗》录存其诗十余首。

凉州词

葡萄美酒夜光杯[1]，欲饮琵琶马上催[2]。
醉卧沙场君莫笑，古来征战几人回？

1- 夜光杯：极言其酒杯的名贵。东方朔《海内十洲记》："周穆王时，西胡献'夜光常满杯'，由白玉制成，光明夜照。"
2- 催：催促上马出发。一说指琵琶急促弹奏。

　　王翰的这首《凉州词》与王之涣的那首《凉州词》同负盛名。其诗题、题材相同，但两诗也有许多不同点。首先是选取题材的视角不同。王之涣从宏观角度，写戍边者的生活境遇。王翰则着重描写边塞生活的一个侧面——饮酒，来表现戍边者的心理和情感。

　　其次在表现手法上，王之涣先状写景物，后以议论抒情。王翰则先用葡萄酒、夜光杯等西北地区特有的物产来渲染宴饮气氛，后通过戍边者自白来抒发其逸兴豪情。

第三，王之涣的诗语言幽怨委婉，感情含蓄深沉。王翰的诗则语言明快、节奏跌宕、情绪奔放、气氛热烈。当然作品于旷达、豪纵、谐谑的背后，流露了戍边者极其丰富复杂的情感。清代沈德潜说："故作豪饮之词，然悲感已极。"施补华说："作悲伤语读便浅，作谐谑语读便妙，在学人领悟。"今人喻守真说："意在及时行乐，为将士解嘲。"沈祖棻说："凡是忧伤的感情，如果用悲哀的语言来表达，还不一定能让人感到它的分量；而用与之正好相反的豪迈旷达的语气说出来，就往往使人觉得非常沉重深刻，此诗所写的心情正是如此。"这里既有消极的及时行乐的意味，也有暗自悲伤的情绪，同时还有感叹命运无常，悲极而乐，貌似达观的自我解嘲。但是这首诗的基调是乐观豪爽的，这是与宴饮的题材，那举杯痛饮的热烈气氛相一致的，也是与诗人豪爽开朗的性格相一致的。总之，这首诗反映了盛唐边塞诗的风格特色。

王 湾

王湾,生卒年不详,洛阳(今河南洛阳市)人。唐玄宗先天年间进士,曾任荥阳主簿、洛阳尉等职。王湾是开元时期著名诗人之一,《唐才子传》说他"词翰早著,为天下所称"。但作品大多散失,《全唐诗》录存其诗十首。

次北固山下

客路青山外[1],行舟绿水前[2]。
潮平两岸阔[3],风正一帆悬[4]。
海日生残夜[5],江春入旧年[6]。
乡书何处达[7],归雁洛阳边[8]。

1- 客路:客中路过。青山:指北固山。
2- 绿水:指长江。
3- "潮平"句:是说涨潮时水面与江岸相齐,江面显得分外宽阔。
4- 风正:风顺、风和。
5- "海日"句:是说当残夜还未消退之时,一轮红日已从江面冉冉升起。
6- "江春"句:是说江南春早,旧年尚未逝去,江上已呈露春意。
7- 达:寄到。
8- "归雁"句:是说正在思念故乡洛阳,忽然看见雁群飞过,想请它们捎封信回去。

北固山,在今江苏镇江市北,三面临长江,其势险固。次,途中止宿,这里是"停泊"的意思。诗中描写了诗人泊舟北固山下所见的江南冬末春初景物，虽有"乡书""归雁"句，但并没有沉重的羁旅之愁，所以客中仍有欣赏青山绿水的兴致，心情仍显得比较舒展。"潮平""风正"两句，写出了大江的气派，展示了诗人的胸怀，与李白"山随平野尽，江入大荒流"和杜甫"星垂平野阔，月涌大江流"相比，各有其趣。有了这一联的辽阔，才更显出海上日出、江南春早的勃勃生机。"海日""江春"一联被誉为"诗人以来，少有此句"，张说做丞相时亲手书写贴于政事堂，令为楷式。因为它气象高远，写景入神，内容丰富，而且表现了某种人生境界和生活哲理。最后即景抒情，因见自然界的变化，日复一日，年复一年，而自己做客日久，从而触动归思，想要借归雁传达音信了，可见诗句层次的分明。

孟浩然

　　孟浩然（689—740），襄阳（今湖北襄阳市）人。早年隐居家乡鹿门山读书，40岁入京求仕，欲为世用，却落第而归。张九龄罢相后任荆州长史时，召孟浩然当过一段时间的幕僚，不久病疽而死。孟浩然"才名日高，竟沦明代，终身白衣"，不得不在隐居、漫游中消耗岁月，所以孟浩然的诗多半写求官不成的失意情绪和幽静美丽的山水田园风光，反映现实生活不够广泛；但风格自然流畅，意境清远淡雅，是唐代山水田园诗派的代表作家，与王维齐名，世称"王孟"。有《孟浩然集》，存诗二百余首。

望洞庭湖赠张丞相

八月湖水平[1]，涵虚混太清[2]。
气蒸云梦泽[3]，波撼岳阳城[4]。
欲济无舟楫[5]，端居耻圣明[6]。
坐观垂钓者[7]，徒有羡鱼情[8]。

1-"八月"句：是说八月江汛，长江水涨，湖水满溢，与岸齐平。
2-"涵虚"句：是说湖水浩渺，水天一色，浑然一体。
3-云梦：水泽名。古代云、梦为二泽，长江之南为梦泽，长江之北为云泽，后淤积为陆地，并称云梦泽，约为今湖北东南部、湖南北部一带长江沿岸地区。
4-撼：摇动。岳阳城：即今湖南岳阳市，在洞庭湖东岸。
5-济：渡。楫：船橹。
6-端居：安居、闲居，这里指隐居。耻：愧负。圣明：古人常用"圣明"称颂皇帝和天下太平、人民安乐的时代。

7- 垂钓者：喻指执政者。
8- 羡鱼情：想捕到鱼的心情。《淮南子·说林训》载："临渊羡鱼，不如归而结网。"意思说只羡慕他人，无补于事，应该自己行动起来，这里喻指诗人求仕的心情。

　　洞庭湖，在湖南省北部。张丞相，即张九龄。孟浩然一生大部分时间虽在隐居和漫游中度过，但他的出仕愿望还是十分强烈的。这首诗就是通过描写洞庭湖景象，即景生情，希望张九龄引荐，实现其出仕的愿望。因此，沈德潜说："读此诗，知襄阳非甘于隐遁者。"马茂元先生对此说得更明白："托兴观湖，表示自己并不是安于隐居生活，言外之意是希望对方帮助，不要使自己的主观愿望落了空。"

　　这虽是一首干谒诗，但写得气势雄伟，婉转巧妙，不落俗套。颔联"气蒸云梦泽，波撼岳阳城"两句，与杜甫的"吴楚东南坼，乾坤日夜浮"（《登岳阳楼》）两句成为唐诗中咏洞庭湖的两联千古名句。曾季貍在《艇斋诗话》中对此比较品评道："浩然虽不及老杜"，但"亦自雄壮"。颈联中"欲济无舟楫"一句，从眼前景物生发开去，既说无船渡湖，又说想出仕无人引荐，语意双关，委婉含蓄。诗的最后两句"坐观垂钓者，徒有羡鱼情"，巧妙地运用了"临渊羡鱼，不如归而结网"的典故，不露寒乞相，却又明白无误地表达了自己不愿终老山林，希冀出为世用的急切心情。总之，这首诗写景雄阔，抒情述志婉转巧妙，是孟浩然诗歌"冲澹中有壮逸之气"的代表作品。

与诸子登岘山

人事有代谢[1]，往来成古今。
江山留胜迹[2]，我辈复登临。
水落鱼梁浅[3]，天寒梦泽深[4]。
羊公碑尚在， 读罢泪沾襟。

1- 代谢：指更替变化。
2- 胜迹：指羊公碑等。
3- 鱼梁：襄阳鹿门山附近沔水中的沙洲名。
4- 梦泽：即云梦泽，在湖北南部、湖南北部的长江两岸。

诸子，指同游诸人。岘山，又名岘首山，在今湖北襄阳市南，是晋代名将羊祜镇守襄阳时经常带僚佐们前来登赏的地方。据《晋书·羊祜传》记载，羊祜曾经对同游者慨叹说，自从有了宇宙，就有了这座山；自古以来，像他一样登山远望的人太多了，而后来都埋没而不再被人提起，这一点真令人悲伤。羊祜为官有德政，死后百姓为他在岘山建碑立庙，"望其碑者莫不流涕，杜预因名为堕泪碑。"孟浩然登上岘山，凭吊古迹，看到岘山、鱼梁洲、云梦泽仍与宇宙同在，羊公碑也安然无恙，而羊祜其人其事已经在人事代谢的自然规律下消失得无影无踪，不禁生出宇宙无穷而人生短暂的感慨。山川日月可以长存，而自己却无法主宰命运；羊祜毕竟还做出了一番事业，而自己混迹山林，一无所成，注定以后也终将消失于历史的长河之中。诗人在物是人非的感慨中寄托了自己在政治上失意的悲哀，韵味悠远。

过故人庄

故人具鸡黍[1]，邀我至田家。
绿树村边合[2]，青山郭外斜。
开轩面场圃[3]，把酒话桑麻。
待到重阳日，还来就菊花[4]。

1- 具：备办。鸡黍：鸡和黄米饭，泛指农家待客的丰盛酒饭。
2- 合：四面环绕。
3- 轩：这里指窗。
4- 就菊花：指赏菊饮酒。就：靠近。

孟浩然诗歌成就较高的是他的田园隐逸诗，《过故人庄》是代表作。过故人庄，即"到老朋友的山庄拜访"。作品描写了老朋友山庄的优美风光，赞美了庄户人家的热情淳朴，表现了诗人对田园生活的喜爱之情。

这首诗在艺术上的特色，就如沈德潜在《唐诗别裁集》中评说的"语淡而味终不薄"。语淡，指诗歌语言浅淡，叙述平直。如首联讲述老朋友准备了饭菜，邀请诗人去做客，平平叙来，如拉家常。第三联的"开轩面场圃，把酒话桑麻"，写诗人与老朋友把酒对饮，闲话农事，平淡而自然。这种平和清淡的诗句，与陶渊明描写田园情趣的诗句有着相同的意味。尾联又用了"待到""还来""重阳""菊花"等浅显通俗的词语。总之，全诗运用寻常口头语，按事情发展过程平直地叙来，不雕琢字句，不卖弄技巧，显得极其平淡。但是，这首诗在平淡中又蕴含着深厚的韵味。其味不薄，指的是全诗无处不透露出诗人与老朋友之间那种醇厚真挚的友情味。诗人开始是一"邀"而"至"，不讲客套。最后竟主动提出"待到重阳日，还来就菊花"，不邀自约，不请自来，这充分反映了主客之间那种亲密无间的深情厚谊，全诗就在这种依依不舍而又心情欢畅的融洽气氛中，戛然而止，令人回味无穷。

春　晓

春眠不觉晓，处处闻啼鸟。
夜来风雨声，花落知多少？

　　作品表现了诗人在春天早晨初醒时刹那间的感受，抒发了一种淡淡的闲适、懒散、爱春、惜春的情绪。读着这首诗，我们不由得想起了李清照的《如梦令》："昨夜雨疏风骤，浓睡不消残酒。试问卷帘人，却道海棠依旧。知否？知否？应是绿肥红瘦。"孟浩然和李清照都是在特定的生活环境中养成了他们特殊细腻的审美心理的。春睡、风雨、花落、鸟啼，这都是生活中极琐碎、极平常的事情，但一经他们这种"无事忙"似的郑重写出，便立即也被读者意识到了，这里面的确有一种没有被别人发现的美。

宿建德江

移舟泊烟渚¹，日暮客愁新²。
野旷天低树³，江清月近人⁴。

1- 移舟：移舟近岸。烟渚：傍晚烟雾笼罩着的小洲。
2- 新：鲜明、显豁之意。
3- "野旷"句：是说原野空旷，极目远望，天与地接，远处的天空显得比近处的树木还要低。
4- "江清"句：是说江水清澈，月映水中，俯瞰月影，觉得月亮和舟中的人格外靠近。
　　沈德潜说："下半写景，而客愁自见。"（《唐诗别裁集》）

　　建德江，即新安江流经建德（今属浙江省）的一段。孟浩然四十岁入京师，应进士而不第。为了排遣仕途失意和理想幻灭的忧愤，诗人南寻吴越，希望通过遨游山水得到心灵上的慰藉。这首诗描述的也就是诗人泊舟建德江时所感受到的落寞、惆怅的情怀。诗中第三、四句颇受后人的称道。"野旷"句写旷野无垠，苍苍茫茫，更引发了诗人前途迷茫、人生坎坷的愁绪；"江清"句写江水澄清，使诗人发现毕竟还有一轮孤月显得和自己很亲近，抚慰了孤寂的情怀。然而，明月毕竟驱散不了像茫茫四野、悠悠江水一样阔大无边的客愁，反而更衬托了诗人在天地间的渺小、寂寥。这首诗在情景相生、思与境谐中，显示出一种淡而有味、含而不露的艺术美。

李　颀

　　李颀(690？—751？),祖籍赵郡(今河北赵县),少居嵩阳(今河南登封市)。唐玄宗开元二十三年(735)进士,曾任新乡尉,因久不升迁,而辞官归隐。李颀是盛唐重要诗人,他的诗歌以描写边塞生活的七言歌行最为杰出。风格豪放洒脱,不乏激昂慷慨之音。《全唐诗》录其诗三卷,计一百二十余首。

送魏万之京

朝闻游子唱离歌[1],昨夜微霜初渡河[2]。
鸿雁不堪愁里听[3],云山况是客中过[4]。
关城树色催寒近[5],御苑砧声向晚多[6]。
莫见长安行乐处,空令岁月易蹉跎[7]。

1- 游子:出外远游的人,这里指魏万。离歌:告别之歌。
2- 微霜:指深秋时节。马茂元《唐诗选》解这开头两句说:"他(魏万)这次赴长安,是在秋天一个微霜的夜晚渡过黄河,向西进发的,他在独自唱着离歌的寂寞的旅途中的第二天早上偶然遇到了李颀。"
3- 愁里听:指魏万离乡后正带着满心愁怨,如再听到秋雁的鸣声,将更难以忍受。
4- "云山"句:指魏万身居异乡,见到山山水水,将更引起愁烦。
5- 关城:指潼关,魏万进京所过之地。催寒近:意谓树叶黄落,显示着天气一天比一天冷。
6- 御苑:皇家宫殿,这里借指长安。砧声:捶打衣服的声音。向晚:傍晚。中间四句是作者遥想魏万赴京途中所见的景物和羁旅之情。
7- 令:使。蹉跎:指时光消逝。

这是一首给去长安的朋友的送别诗。魏万,又名颢,山东博平人,李颀的晚辈,曾隐居在王屋山。

作品的第一、二两句提出送别,并描写了送别的时间、景色。第三、四两句是写诗人与魏万两个人的漂泊际遇与分别时的凄苦心情。第五、六两句写了魏万此行要经由及最后要达到的地方。第七、八两句是诗人对晚辈的告诫与慰勉。首句一提"离歌",立刻勾起了人们的满怀愁绪。接着写"微霜",写"鸿雁",写"云山",写"关城树色",写"御苑砧声",于是一股凄凉的哀怨遂浸沉纸背了。而最后向上一扬,显示了初盛唐诗歌的鲜明特色。作品把写景、叙事、抒情融合在一起,写得情真意切,语重心长。近人王文濡说:"从别处叙到京师,不离秋景,觉得别况更加萧疏。结联带勉励意,方与寻常送别不同。"

古从军行

白日登山望烽火[1],黄昏饮马傍交河[2]。
行人刁斗风沙暗[3],公主琵琶幽怨多[4]。
野云万里无城郭,雨雪纷纷连大漠。
胡雁哀鸣夜夜飞,胡儿眼泪双双落[5]。
闻道玉门犹被遮[6],应将性命逐轻车[7]。
年年战骨埋荒外,空见蒲桃入汉家[8]。

1- 望烽火:指观测敌情,守候待命。

2- 饮马傍交河：即饮马于交河边。交河在今新疆吐鲁番西北，这里借以泛指西北边地。

3- 刁斗：古代军中使用的铜制炊具，白天煮饭，夜间敲击巡逻。

4- 公主琵琶：据《汉书》载，汉武帝为同西域少数民族和亲，封江都王刘建之女刘细君为公主，远嫁西域乌孙国王昆莫，细君为解除途中寂寞，令人在马上弹奏琵琶。这里是指军营中响着由羌胡乐器演奏出来的凄凉的乐调。

5- 胡儿：指军营里的少数民族青少年。

6- "闻道"句：据《史记》载，汉武帝太初元年，命贰师将军李广利攻大宛以取良马，久战不利，李广利上书请求收兵，武帝闻之大怒，派人遮断玉门关。玉门：是汉唐时代中原通往西域的门户。被遮：指不令其回来。

7- 逐轻车：跟着轻车将军前往救援。

8- 蒲桃：即葡萄，原产于西域，汉武帝伐大宛，始由西域带回中原。司马迁认为汉武帝的伐大宛纯粹是出于扩张野心，是一次劳民伤财、得不偿失的战争。

　　《从军行》是汉乐府旧题名，属《相和歌·平调曲》。李颀在这里再加一个"古"字，一方面表明这是一个古题，另一方面还表明在这里是用汉朝人的口吻叙事说话。作品描写了深秋季节大西北边塞的肃杀凄凉和战士行人生活的痛苦艰辛，表现了诗人对那种无止无休的无意义战争的怨恨与批判。

　　作品的前八句为第一段，是描写西北边塞的自然景象和那里的艰难的军旅生活。作品一开头就把人带入了一个军情紧急，战士日夜待命的惊心动魄的环境氛围。接着诗人描写了这里的旷野大漠、雨雪风沙、长空的哀雁、巡营的刁斗和军乐中透出的缕缕哀怨。面对这种情景，不要说那些远离家乡、亲人的内地士兵，就是这些当地土生土长的胡人也无不勾起了内心的凄冷与烦愁。

　　作品的后四句是第二段，是抒情、议论，表现了士兵们对这种战争的厌弃与不平。作品形式上是说的汉代，实际上是写的唐代的现实。

王昌龄

王昌龄（698？—756？），字少伯，京兆（今陕西西安市）人。唐玄宗开元十五年（727）进士，曾任秘书省校书郎、汜水尉、江宁丞、龙标尉等小官，一生坎坷不遇。晚年弃官隐居江夏，被刺史闾丘晓所杀。

王昌龄是唐代著名的边塞诗人，好用乐府旧题来抒发战士报国立功的壮志和怀念家乡亲人的心情。他的许多七言绝句脍炙人口，在当时就有"七绝圣手""诗家夫子王江宁"等称誉。《全唐诗》录其诗四卷，计一百八十余首。

从军行（三首）

其一

烽火城西百尺楼[1]，黄昏独坐海风秋[2]。
更吹羌笛关山月[3]，无那金闺万里愁[4]。

其二

青海长云暗雪山[5]，孤城遥望玉门关[6]。
黄沙百战穿金甲[7]，不破楼兰终不还[8]。

其三

大漠风尘日色昏，红旗半卷出辕门[9]。
前军夜战洮河北[10]，已报生擒吐谷浑[11]。

1- 百尺楼：指备置烽火的戍楼。
2- 海风秋：指从西部青海湖刮来的阵阵带有寒意的秋风。
3- 关山月：汉乐府曲调名，多写士兵久戍不归和家人离别的内容。
4- 无那：即"无奈"，无法控制。金闺：华丽的闺房，此指征人的眷属。
5- 青海：湖名，在今青海西宁市西。长云：喻指战云。暗：这里是"笼罩"的意思。雪山：指祁连山。
6- 孤城：诗中将士戍守的边城，远在玉门关外。玉门关：在今甘肃敦煌市西北，是古代通往西域的要道。
7- 金甲：铠甲。
8- 楼兰：汉时西域一小国名，后改名鄯善，在今新疆鄯善县东南，这里泛指侵扰西北边境的敌人。
9- 辕门：军营门。古代军队扎营时，以战车相环，首尾连接，围成军营，出口处两个车辕相向竖起，对称如门，故称。
10- 洮（táo）河：又称洮水，发源于甘肃临潭县西倾山，经临洮县后入黄河。
11- 吐谷（yù）浑（hún）：古部族名，居于洮水西南一带，唐时不断侵扰西北地区，这里泛指敌军首领。

　　《从军行》是乐府旧题名，多写军旅生活。王昌龄的《从军行》共七首，这里选的是其中的第一、四、五首。第一首是写长时间征战在外的士兵，黄昏时独自在戍楼上，面对秋风秋景，听到笛声吹奏《关山月》，从而勾起了难耐的思乡之情。这首诗除了写景打动人心外，更突出的是它不直说士兵自己"难耐"的思乡之情，而是翻进一层，说家中妻子此时正"难耐"地思念着万里之外的征人。清代王尧衢说："'关山月'，笛中曲；黄昏寂寞，独坐凄凉，海风入楼，秋夜怀远，只一句，而层次之中无穷边思。'金闺'指皇家，借用江淹《别赋》中语。金闺在万里之外，当此秋风凄切，岂得不愁？"

　　第二首描写了边疆战士生活环境的险恶与战争的激烈和频

繁，讴歌了戍边将士的高涨士气与献身精神。身上的铁甲已经在风沙野战中磨薄磨穿了，其戍边的时间之久长，边疆气候之险恶，以及所经历的战斗之多可想而知；但与此相反的是，我们从军将士的锐气锋芒却丝毫不减。这种用气候环境的险恶来反衬从军将士斗志昂扬的写法，加强了作品的悲壮气氛。近人俞陛云说："黄沙百战，虽金甲都穿，誓不与骄虏共戴三光，胜概英风可谓壮士矣。东坡《赠张继愿》诗'受降城下紫髯郎，戏马台前古战场。恨君不斩契丹首，金甲牙旗归故乡。'雄杰与此诗相似。"

第三首描写了边防将士首战告捷，夜战获胜的喜悦之情。这首诗避开正面描写，突出渲染气氛，给人留下了驰骋想象的余地，充分体现了绝句诗的含蓄与凝练。

读至此，不禁使人想起毛泽东《渔家傲·反第一次大"围剿"》中的几句："万木霜天红烂漫，天兵怒气冲霄汉。雾满龙冈千嶂暗，齐声唤，前头捉了张辉瓒。"同样传达出战斗获胜的喜悦。

出　塞

秦时明月汉时关[1]，万里长征人未还[2]。
但使龙城飞将在[3]，不教胡马度阴山[4]。

1-"秦时"句：是说秦汉以来边患不断。秦和汉、明月和关，都是互文见义。
2-"万里"句：是说无数出征之人，都死在边防战斗之中，不能回还。
3-飞将：指西汉名将李广。据《汉书·李广传》载：李广为右北平太守，勇敢善战，匈奴为之胆寒，称为"汉之飞将军"。

4- 不教：不使。胡马：指匈奴骑兵。度：越过。阴山：阴山山脉，西起河套，东抵小兴安岭，横跨今内蒙古自治区，是我国古代北部边防的天然屏障，也是当时和匈奴的分界处。

《出塞》是乐府旧题。王昌龄的《出塞》共两首，这里选的是第一首。这首诗，历来评价很高，杨慎称其为"神品"，李攀龙认为它是唐人绝句中的压卷之作。尤其是这首诗的起句，可谓千古绝唱，它在边塞诗中常见的"明月""关"这两个词之前加上了时间限定词"秦""汉"，囊括了绵远悠长的时间跨度和广阔的空间跨度，从而给人以雄浑苍茫之感。这样，眼前的明月、边关也就同一系列战争联系起来，"长征人未还"不只是当代的悲剧，而是自秦汉以来世世代代的悲剧，对"龙城飞将"的渴望也就是世世代代人们的愿望，寥寥七字，气魄极大，统摄全篇。末二句以假设之辞，通过对古代名将的赞赏之情，含蓄、隐约地表达了对当今将领的失望和不满。

采莲曲

荷叶罗裙一色裁[1]，芙蓉向脸两边开[2]。
乱入池中看不见[3]，闻歌始觉有人来[4]。

1- 罗裙：用细软而有疏孔的丝织品制成的裙子。一色裁：像是用同一颜色的衣料剪裁的。
2- 芙蓉：指荷花。

3- 乱入：杂入、混入。看不见：指分不清哪是芙蓉的绿叶红花，哪是少女的绿裙红颜。极言人物形象之美。
4- 闻歌：听到歌声。始觉：才知道。

　　《采莲曲》是乐府旧题，内容多写江南水乡风光和采莲女子的生活情态。王昌龄《采莲曲》共两首，这里选的是第二首。在这幅采莲图中，诗人一直没有让美丽的江南少女直接在画面中出现，而是站在一个旁观者的角度，描摹她们在视觉和听觉上给予人的感受：罗裙融入了荷叶之中，采莲女娇美的脸庞与荷花相互映衬，这些活泼的少女简直与大自然融为一体，使凝神观望者感到人花莫辨，若有若无，使全诗别具一种优美的意境。直到歌声出现，才恍然大悟：采莲女依然掩映于荷花之中。这就更增加了画面的生动意趣，表现了少女们的青春活力，留下了引人遐想的不尽韵味。

长信秋词

奉帚平明金殿开[1]，且将团扇共徘徊[2]。
玉颜不及寒鸦色[3]，犹带昭阳日影来[4]。

1- 奉帚：捧着扫帚，意指打扫宫殿。
2- "且将"句：是说孤寂无聊中，只能以手执团扇打发时光。
3- 寒鸦色：指乌鸦羽毛的乌黑。
4- 昭阳：汉宫殿名，即赵飞燕姊妹所居处。日影：日光。古人常以日喻君王，故日影象征君王的恩宠。

长信，汉宫名。据《汉书·外戚传》载，汉成帝时，班婕妤美秀能文，很受成帝宠爱。后来汉成帝又宠爱赵飞燕姐妹，班婕妤遂请求到长信宫去侍奉太后，从此在凄清寂寞中度过了一生。汉代乐府中的《班婕妤》《婕妤怨》《长信怨》都是反映的这一史实。甚至连《白头吟》也有人说是班婕妤所作。王昌龄的《长信秋词》共有诗五首，这里选的是其中的第三首。这首诗借班婕妤的故事，表现了封建社会中历代失宠宫妃们的苦闷与幽怨。这首诗的精彩之处就在于其比喻的巧妙入神，他说失宠的美人还不如乌鸦，乌鸦还可以飞到昭阳殿里去见皇上，而失宠的美人则只有牢守在这寂寞的长信宫中。

闺 怨

闺中少妇不知愁， 春日凝妆上翠楼[1]。
忽见陌头杨柳色[2]，悔教夫婿觅封侯[3]。

1- 凝妆：盛妆。翠楼：华贵的楼阁。
2- 陌头：这里即指路边。
3- 觅封侯：指从军出征，因为汉代有所谓"非有军功不得封侯"的规定。

"闺怨"是一种专门描写闺中少妇少女思念亲人之情的诗类名，王昌龄就是一位擅于使用七绝来表现这种闺中哀怨的高手。在这首诗里，他展现了一位天真活泼的少妇，在初春季节登楼远眺时突发的心理变化的一刹那，将一个少妇的风韵、情思刻画得淋漓尽致。"杨柳色"有双重含义：第一，杨柳春天发青，春天应该是闺中欢乐的季节，看见杨柳色就会意识到生活中的孤独之感；第二，古代风俗离别时折柳以赠行人，"柳"谐"留"音，寓有留恋之意。因此柳色又会勾起回忆，触动离别之愁。这些都是和第一句相呼应的。

芙蓉楼送辛渐

寒雨连江夜入吴[1]，平明送客楚山孤[2]。
洛阳亲友如相问[3]，一片冰心在玉壶[4]。

1- 连江：满江。吴：春秋时国名，这里指江苏镇江一带。
2- 平明：清晨，天刚亮。楚山：指长江中下游地带的山，这里指镇江对岸的远山。以上两句写送行的地点与当时的节令气候。
3- 洛阳：唐时陪都，是作者曾经去过而今天辛渐要去的地方。
4- "一片"句：是化用鲍照《代白头吟》中"直如朱丝绳，清如玉壶冰"的句意，比喻自己的心地明净纯洁，一尘不染。

芙蓉楼，原名西北楼，唐晋王李恭为润州刺史时改称芙蓉楼，遗址在今江苏镇江市西北。辛渐，作者的友人，生平事迹不详。《芙蓉楼送辛渐》共有诗两首，这里选的是第一首。作品写于唐玄宗天宝元年，当时王昌龄正被贬为江宁县（今南京市）丞。

作品借送人之机，以巧妙的比喻，含蓄地抒发了自己无辜受打击的愤懑，表白自己一贯耿介廉直的操守，请关心自己的亲友们相信、放心。诗的上两句写送别情景，下两句写托寄之言。自述心地莹洁，无尘可滓。

祖　咏

祖咏（699—746？），洛阳（今河南洛阳市）人。唐玄宗开元十二年（724）进士，曾因张说推荐任兵部员外郎，晚年隐居汝水岸边。祖咏的诗大多描写山水风光、田园生活，其文笔淡雅，构思别致。殷璠在《河岳英灵集》中说："咏诗剪刻省静，用思尤苦；气虽不高，调颇凌俗。"《全唐诗》录存其诗一卷，计三十余首。

望蓟门

燕台一望客心惊[1]，笳鼓喧喧汉将营[2]。
万里寒光生积雪[3]，三边曙色动危旌[4]。
沙场烽火连胡月，海畔云山拥蓟城[5]。
少小虽非投笔吏[6]，论功还欲请长缨[7]。

1- 燕台：原为燕昭王所筑的黄金台，这里代称燕地。客：作者自指。
2- 笳：胡笳，北方少数民族的一种乐器，以芦苇或竹制成。汉将营：借汉写唐，指唐兵营。
3- 生积雪：产生于积雪之中。
4- 三边：古代称幽州、并州、凉州为三边，即东北部、北部和西北部的边防地带，这里泛指边地。危旌：插得很高的军旗。
5- 海畔云山：蓟城背靠燕山，面临渤海，故称。
6- 投笔吏：班超年轻时曾为抄文书的小吏，一日投笔长叹："大丈夫无他志略，犹当效傅介子、张骞立功异域，以取封侯，安能久事笔砚间乎！"于是他出使西域立功，被封为定远侯。事见《后汉书·班超传》。

7- 请长缨：西汉时终军曾向汉武帝请求说："愿受长缨，必羁南越王而致之阙下。"（《汉书·终军传》）长缨，长绳。最后两句是说，我小时候虽没能及早地学习班超投笔从戎，但我现在还是和终军一样想为国家效力立功的。

　　蓟门，即今北京市，唐代幽州的首府，也是当时东北地区的军事重镇。作品描写了诗人远望中的蓟门及其周围环境的壮阔，表现了诗人激扬奋发，欲为国立功的豪迈思想。首句点出"望"字，扣紧了题目。接下来的一连五句，铺写了幽州军营及其周围环境形势的险要，这里虽然没有见到一兵一卒，一刀一枪，但却通过闪着寒光的积雪，冲凌夜空的烽火和护卫蓟城的云山，使人感到了一种千军万马也无法比拟的气势和力量；而在这种气势和力量中又似乎蕴含着一种山雨欲来的隐忧。最后两句抒发个人立功报国，誓欲澄清天下的壮志。清人屈复说："通首雄丽，读之生人壮。"

王 维

王维（701—761），字摩诘，原籍太原祁州，后随父迁居蒲州（今山西永济市）。唐玄宗开元九年（721）进士，曾任太乐丞、右拾遗、监察御史、尚书右丞等职，晚年居蓝田辋川，过着亦官亦隐的生活。王维早期作品积极乐观，反映社会生活较为广泛。后期潜心佛事，作品中有较浓厚的悲观厌世情绪。王维和孟浩然齐名，世称"王孟"，是盛唐山水田园诗派的代表作家。王维的诗，语言生动凝练，描写细致传神，意境清幽淡远，兼融画法乐理，风格独特，被苏轼誉为："味摩诘之诗，诗中有画；观摩诘之画，画中有诗。"（《东坡志林·题蓝田烟雨图》），有《王右丞集》二十八卷。

九月九日忆山东兄弟

独在异乡为异客[1]，每逢佳节倍思亲[2]。
遥知兄弟登高处[3]，遍插茱萸少一人[4]。

1- 异乡：异国他乡，这里指诗人所在的长安。
2- 佳节：这里指重阳节。
3- 登高处：登高的时候。
4- 茱萸：一种落叶小乔木，又叫越椒，有浓烈香味，花小色黄，橘红色的籽粒，茎可做药用，能防止恶浊气味的侵袭。古代风俗，重阳节这一天要折茱萸插在头上，认为这样可以去邪避恶。少一人：指只缺少诗人自己。

九月九日，即重阳节。山东，指华山以东地区，诗人的故乡蒲州也包括在内，所以王维称他在家乡的兄弟为"山东兄弟"。

据诗人自注，他写这首诗的时候只有 17 岁。作品以质朴无华的语言直接地道出了客居异地之人"每逢佳节倍思亲"的普遍情绪。由于它具有高度的概括性，能使人产生强烈共鸣，于是遂成了家喻户晓的千古绝唱。沈祖棻对此曾这样评说道："只用'每逢'与'倍'这三个字，不但写出了佳节思亲，而且将平日无时不思之情也有力地暗示了出来。"

这首诗还值得称道的是，诗的三、四两句运用反衬法，不直接写自己思念家乡，却写家乡的兄弟重阳登高折插茱萸时，因发现少了诗人而感到遗憾。这种出乎常情的写法，其艺术效果正如张谦宜所说的"不说我想他，却说他想我，加一倍凄凉"。

观 猎

风劲角弓鸣[1]，将军猎渭城[2]。
草枯鹰眼疾[3]，雪尽马蹄轻[4]。
忽过新丰市[5]，还归细柳营[6]。
回看射雕处[7]，千里暮云平[8]。

1- 角弓：用兽角装饰的良弓。
2- 渭城：即秦时咸阳，在今陕西咸阳市东北。
3- "草枯"句：是说冬季野草枯干，飞禽走兽无所遮蔽，易为猎鹰发现。
4- "雪尽"句：是说积雪化尽了，马跑起来毫无滞碍，显得轻快有力。
5- 新丰市：故址在今陕西临潼区东北。
6- 还（xuán）：立即、马上。细柳营：又叫柳市，汉代名将周亚夫曾在此驻兵，名细柳营，故址在今陕西西安市长安区境内，这里借指打猎将军的驻地。
7- 射雕处：即射猎处。
8- 暮云平：指暮云与地平线相连。

　　从诗的风格气势看，这是王维早期的作品。它描写了一位将军暮冬傍晚在渭城郊外打猎的情景。题名为"观猎"，也就是说当时的环境气氛，将军的才情射艺，一切都是通过诗人的眼睛看到的。作品中具体地写了鹰，写了马，而并没有具体写到人，但这位将军的轻捷飘忽之状已经清楚地浮现于读者眼前了。

　　全诗半写出猎，半写猎归。首联开门见山，以"角弓鸣"三字带出"猎"意。风劲、弦响，气氛紧张，唤起读者对猎手的悬念。这先声夺人的开头，方东树赞道："直如高山坠石，不知其来，令人惊绝。"诗的中间两联承转自如，"草枯"一联，正写'猎'字；"忽过"两句，写猎后光景。尾联以回看射雕之处的景色作结，此景遥接篇首，当初是风起云涌，与出猎时的紧张气氛相应；此时是风定云平，与猎归后的喜悦心境相谐。全诗以紧张始，以宁静终，首尾照应，极有章法。句法之妙，表现为中间两联对偶句运用工稳精巧。此外全诗藏三地名，两处用典，因贴切自然巧妙，使人浑然不觉。字法之妙在于诗人遣词用字凝练生动。"草枯""雪尽"，既写出了渭河平原暮冬季节的典型景观，又为描写雄鹰骏马提供了活动舞台。"忽过""还归"，写行动之迅速、轻快，十分传神。此外，"疾"字写鹰眼，"轻"字写马蹄，极其生动形象。

汉江临泛

楚塞三湘接[1]，荆门九派通[2]。
江流天地外[3]，山色有无中[4]。
郡邑浮前浦[5]，波澜动远空。
襄阳好风日[6]，留醉与山翁[7]。

1- 楚塞：指古代楚国边界，这里指汉水流域一带。三湘：湘水的总称。湘水合漓水称漓湘，合蒸水称蒸湘，合潇水称潇湘，故称三湘。
2- 荆门：指荆门山，在今湖北宜都市西北长江南岸。九派：指支流歧出的长江。九，是多的意思。江河的支流叫派。以上两句的意思是说，汉水从襄阳向东南流去，可以南接三湘，西通荆门。
3- "江流"句：是说汉江滔滔远去，好像一直涌流到天地之外去了。
4- "山色"句：是说两岸重重青山，迷迷蒙蒙，时隐时现，若有若无。
5- 郡邑：泛指汉水两岸的城镇。浦：水滨。
6- 襄阳：即今湖北襄阳市，是当时诗人所处的位置。
7- 山翁：指晋代的山简。曾任镇南将军，镇守襄阳。其人好酒，常携酒出游，喝得大醉而归。

　　汉江，即今汉水，自陕西流入湖北，经襄樊，东南流至汉口入长江。临泛，是指泛舟远眺。这是王维旅游襄樊一带时，乘舟远眺汉水下游的壮阔情景，表现了诗人对大自然的热爱和对逍遥散荡生活的追求。

　　作品的第一、二句，写了王维当时所处的襄阳以及他游船所处的这段汉江的地理位置。在这里，举目向东南眺望，汉水所流向、所遥通的是荆门九派、楚塞三湘。这是诗人眺望中的悬想。

　　作品的中间四句，是诗人在船上眺望时的目力之所见。"江流天地外,山色有无中"两句,写尽江流的浩渺,与望中天地的辽阔,以至于连山影也仿佛若有若无了。这是历来受人称赏,被称为"诗中有画""入画家三昧"的名句。"郡邑浮前浦"的"浮"字,是写水势浩渺,远方的城市如同"浮"在水上。"波澜动远空",是说远处天水相接,江水的波涛好像是在抚拍着天上的白云。这四句的江景描写,在古往今来成千上万的同类作品中可以说是少有其比的。

第七、八两句,是以称赏襄阳的大好美景,并同时称赏陪他泛舟的襄阳地方官作结。他把这位主人比作当年的山简,这就既称道了他的美政,又赞赏了他潇洒飘逸的人品。

使至塞上

单车欲问边[1],属国过居延[2]。
征蓬出汉塞[3],归雁入胡天[4]。
大漠孤烟直[5],长河落日圆[6]。
萧关逢候骑[7],都护在燕然[8]。

1- 单车:谦言自己出使的随员之少,规格之低。问:慰问。
2- 属国过居延:即"过居延属国"。居延属国是汉代的政区名,在今内蒙古额济纳旗南,甘肃武威市西,是王维这次出使要去的地方。
3- 征蓬:随风飘滚的飞蓬,这里是诗人自喻。
4- 归雁:春天向北归去的雁行。这句是说,随着北飞的雁行,我进入到昔日胡人居住的西北地区来了。

5- 孤烟：指边防上传递消息用的烽烟。
6- 长河：黄河。
7- 萧关：古关名，在今宁夏原州区东南，是关中通向塞北的交通要冲。候骑：担负侦察任务的骑兵。
8- 都护：镇守边疆的都护府长官，这里指河西节度使。燕然：山名，即杭爱山，在今蒙古人民共和国境内。这里代指西北地区的最前线。

作品写于唐玄宗开元二十五年（737）春，当时河西节度副使崔希逸战胜吐蕃，王维以监察御史的身份受命去大西北军中慰问，这首诗就是写他这次出使途经今甘肃、宁夏一带所见的情景。作品描写了黄河上游地区的辽阔景象，字里行间洋溢着诗人对祖国疆土如此广远和国家军事力量如此强大无敌的喜悦与自豪。

全诗首尾两联叙事，中间两联写景。诗的第三联是历代读者所激动赞赏的写景名句。《红楼梦》作者曹雪芹借香菱之口说出了自己的感受："'大漠孤烟直，长河落日圆'，想来烟如何直？日自然是圆的。'直'字似无理，'圆'字似太俗。合上书一想，倒像是见了这景的。"高步瀛也说："塞外景象，如在目前。"这两句诗色彩绚丽，意境雄阔，准确生动地描绘了塞外奇特壮丽的风光，故王国维誉之为"千古壮观"。全诗借写壮丽之景，抒豪壮之情，在王维的写景作品中，这种风格的篇章实不多见，表现了其性格的另一个侧面。

从诗中有画的角度来说，这首诗的第二联也值得注意。此联借景设喻，有寄托，但若与第三联联系起来看，这一联中诗人将"征蓬""归雁"安排在整个画面的上下两端，即天点、地点，由此和下一联的孤烟、落日、大漠、长河构成既协调匀称又鲜明醒目的图画，可见王维作为一个诗人兼画家，其构图的技巧是十分高明的。

终南别业

中岁颇好道[1]，晚家南山陲[2]。
兴来每独往，胜事空自知[3]。
行到水穷处，坐看云起时[4]。
偶然值林叟[5]，谈笑无还期。

1- 中岁：中年，这里是诗人自指中年以后。好道：即好佛理。
2- 南山陲：终南山侧，这里即指辋川别墅。
3- 胜事：指山中的乐趣。
4-"行到"二句：近人俞陛云说："行到水穷，若已到尽头，而又看云起矣，见妙境之无穷。可悟处世事变之无穷，求学之义理亦无穷。此二句有一片化机之妙。"（《诗境浅说》）又《宣和画谱》云："'行到水穷处，坐看云起时'，及'白云回望合，青霭入看无'之类，以其句法，皆所谓画也。"
5- 值：逢，遇上。

作品大约写于唐肃宗乾元元年（758）以后，当时王维已官至尚书右丞。但他已经经历了政局的动荡变化，体验到了仕途的凶险，便想超脱红尘。他吃斋奉佛，过起了亦官亦隐的生活。这首诗描写的便是他在终南山辋川别墅的悠闲生活。别业，是"别墅""别居"的雅称。诗的开篇，点出"好道"，即是该诗的骨干。

兴来独往，胜事自知，有着自得其乐、不求人知的意味；行到水穷，坐看云起，既是一幅优美的山水画，也寄寓了绝处逢生、随遇而安、穷变则通的道理。最后一联又突出"偶然"二字，更显出诗人一切随缘的风采。后三联虽都是写事，但句句都暗合难于明言的禅理，使人可以从中悟出无穷的妙境，生发无限的联想。这首诗表达的是如行云流水般自由自在的情绪，同时在语言的表现上也非常自然，不见刻意用力之处，平淡而超脱，与诗中恬淡无为的思想相得益彰。

辋川闲居赠裴秀才迪

寒山转苍翠[1]，秋水日潺湲[2]。
倚仗柴门外，临风听暮蝉。
渡头馀落日，墟里上孤烟[3]。
复值接舆醉[4]，狂歌五柳前[5]。

1- 转：变得。苍翠：暗绿色。
2- 潺湲（yuán）：溪水流淌的声音。
3- 墟里：村落。孤烟：指炊烟。
4- 值：当、碰上。接舆：春秋末年楚国的隐士，曾唱歌讥笑过孔子，这里指裴迪。
5- 五柳：指五柳先生陶渊明，这里是诗人自指。

辋川，即辋川别墅，在今陕西蓝田县终南山下。裴迪，唐代诗人，王维的好友。王维在《山中与裴秀才迪书》中回忆了他俩隐居辋川时"携手赋诗，步仄径，临清流"的情景，足见二人关系之亲密。

　　这首诗描写了辋川别墅秋日傍晚安谧清幽的景色，表现了诗人隐居中闲适愉悦的情趣。诗的首联从总的方面描写了辋川山中的秋景。颔联由写景转到写人。诗人拄着拐杖，站在柴门外，迎着清风，凝神专注地聆听暮蝉的鸣叫声。这"倚""听"两个动词，充分表现了诗人的隐居之乐。这是一种随心所欲、想干什么就干什么、想看什么就看什么、想听什么就听什么的闲情逸致。颈联又回到写景上。如果说首联是远景，此联可算近景。"馀""上"两字生动地描写了渡口落日将沉还未完全沉入水中，村落炊烟刚升还未飘散的景象。读了这两句诗，令人联想到"大漠孤烟直，长河落日圆"。虽然王维在诗中都写了"孤烟"和"落日"，但场景不同，意境也就不同了。"大漠"两句表现一种壮阔之美，这里却展示了一种悠然安谧的田园风光，具有闲适之美。尾联连用两个典故，刻画诗人和友人的形象表现其隐居之乐。

　　全诗以寒山、落日、孤烟点染秋色，以秋水、暮蝉描绘秋声，体现了王维诗歌绘形绘色、融画法乐理于诗中的特色。此外，在结构上，诗人描写山水田园风光和刻画人物形象交替行文，其目的在于以景写情，并注重描写人物在领受佳景时的愉悦闲适心态，从而使诗人闲逸之心性和幽美恬静的环境融成一体，达到了情景交融、物我合一。

山居秋暝

空山新雨后[1]，天气晚来秋[2]。
明月松间照，清泉石上流。
竹喧归浣女[3]，莲动下渔舟[4]。
随意春芳歇[5]，王孙自可留[6]。

1- 空山：指宁静的山野。
2- 晚来秋：指秋日傍晚来临时。
3- 竹喧：竹林中传出喧笑声。浣女：在河边洗衣物的女子。
4-"莲动"句：是说见到水上的莲花摇动，方知有渔船在下面穿行。
5- 随意：任凭、毫不在意。春芳歇：春天的花草凋零。
6- 王孙：本指贵族人家的子孙，这里泛指隐居山林的士大夫。这句诗化自《楚辞·招隐士》："王孙兮归来，山中兮不可以久留。"这里反用其意，是说春天的芳华虽已消歇，秋景也佳，王孙自可留在山中。

《山居秋暝》是王维的代表作，写于诗人隐居辋川别墅之时。辋川山庄秋日傍晚那恬静清丽的景色，与王维"晚年惟好静，万事不关心"的心情十分融洽，因此这首充满诗情画意的诗作，寄托着诗人向往山林生活的闲情逸趣，表达了他的归隐思想。

首联描绘初秋傍晚，空山新雨之后的幽静环境，为下面两联的景物描绘作了映衬。张谦宜说："'空山新雨后，天气晚来秋'，起法高洁，带得通篇俱好。"颔联写林中景色。"明月松间照"是诗人所见，这是无声的静景；"清泉石上流"是诗人所见和所闻，这是有声的动景。颈联换了一种境界，不仅有景，而且有人。诗人写浣女、写渔舟，描绘出山村人民的勤劳善良和无忧无虑，反映了诗人对美好淳朴的理想生活的向往。尾联由写景转到抒情，阐发全诗的旨意：山中秋色令人留恋，诗人愿归隐山林。

在艺术上，这首诗首先是写景如画。如中间两联，静中有动，景中有声，绘声绘色，情景交融，给人以清空明净而又充满生机的美感。其次是语言质朴简洁，字句凝练。王维是水墨山水画家，画风简约淡雅，这首诗的语言风格也是如此。全诗写了声、光、色、态，但色彩并不浓艳，声响并不喧嚣，既无华丽词藻，也无生僻险字，语言疏淡，文字简洁，与其画风一致。诗人还十分注意一些关键字词的运用，使全诗意境和谐完美。如一个"照"字，活现了林影婆娑的景象；一个"流"字，令人仿佛听见泉流石上的淙淙响声。尾联的"春芳歇"与首联的"晚来秋"对照映衬，篇末的"留"字与篇首的"空"字又遥相呼应，传导出诗人决意"留于空山"之志。

鹿　柴

空山不见人[1]，但闻人语响。
返景入深林[2]，复照青苔上。

1- 空山：寂静无人的山。
2- 返景：夕阳的返照。景，同"影"。

鹿柴（zhài）：本义是养鹿的栅栏，这里是指鹿所栖止的地方，是王维自己的辋川别墅中的一景。作品描绘了一幅夕照下的空山深林的图画。诗的前两句是说，空荡荡的山林中，四周一个人影也没有，可是偶尔又能听到一句两句说话的声音不知从什么地方传过来。这里所说的人声是的确存在的，但是其人所处的实际位置却是离此很远的，甚至都可能是远在另一个山头，或另一个河谷。只是因为山中寂静，而且又有一种空谷传声，所以才听得这么清楚，这是任何一个上过山的人都体验过的。正是因为能够听到远处传来的人声，所以才越发显出了这块山谷深林的寂静。正如梁朝王籍所写的"蝉噪林愈静，鸟鸣山更幽"一样，王维这里是用了个"以动写静"的手法。诗的后两句是写几缕淡黄的斜晖透过树干的间隙照进来，落在一层潮湿的翠绿的苔藓上。因为这里长满了苔藓，所以也就说明了这里无人走动，从而突出了这里的寂静。现在是傍晚了，从树干的间隙中平射进来几缕阳光；倘若不是傍晚，这林中有阳光么？没有，完全被茂密的枝叶障蔽了。只有在这个极特殊、极短暂的时刻才能进来一点光线，可见这片深林一天到头是多么幽暗了。这里王维又是用了个"以明衬暗""以热衬冷"的手法。诗的前两句是写的听觉形象，后两句是写的视觉形象。人的视觉、听觉又可以互相补充，所以这首小诗在表现一种寂静幽暗的环境气氛上真可以说得上是到了家了。

竹里馆

独坐幽篁里[1], 弹琴复长啸[2]。
深林人不知， 明月来相照。

1- 幽篁：茂密的竹林。
2- 长啸：打口哨，这是魏晋以来许多"名士"擅长的一种抒情方式。

  竹里馆也是辋川别墅中的一景。从诗的题目与诗的内容看来，这一带是以生长竹子为特点的。所谓"幽篁"（huáng），即茂密的竹林。所谓"长啸"是指打口哨，这是魏晋时期许多人擅长的一种抒情方式，据说他们有人可以打出许多美妙绝伦的音响，可以抒发各种各样的情感。这首诗写了诗人自己在幽静的竹林里弹琴长啸，悠然自得的情景。这里是连一个可以说话的人也没有的，只有天上的一轮明月陪伴着他。这样的孤寂冷清谁受得了呢？但王维却喜欢这样，他觉得只有在这样空旷、寂静、孤独的境地才更便于使自己融化于自然，皈心于佛祖。王维的朋友裴迪在和王维这首诗的时候写道："来过竹里馆，日与道相亲。出入惟山鸟，幽深无世人。"他这里所说的"与道相亲"，正好是点出了王维那首原诗的精神境界。这里的竹林是如此幽静，这里的月光是如此澄澈，而佛教所讲的不就叫人排除一切尘思杂念，而达到澄澈空无，从而享受无穷的乐趣吗？王维在这首小诗里的确是泯灭了物我的界限，忘怀了自身的形迹，而达到心与境的合而为一了。

辛夷坞

木末芙蓉花，山中发红萼。
涧户寂无人，纷纷开且落。

辛夷：木本花名，也叫木笔或木芙蓉。坞：四周高而中央低平的土墩。辛夷坞也是辋川别墅中的一个景点。这首诗写了辋川涧谷中一株辛夷树独自在那里含苞、开放，又默默地独自在那里凋谢、飘零的情景。辛夷树的花苞结在每棵枝条的顶端，其状如笔；辛夷花的颜色是朱红的，开起来如火如荼。但是这涧谷中空无一人，这样美的花竟无人观赏，只有听凭它自开自落，这岂不太可惜，太委屈了吗？这是一种世俗之见。从王维、从佛教的观点看来，这才是脱离了红尘的污染，生在了一块比较干净的土地上。一件东西好就是好，为什么一定要出去炫耀，引得狂蜂浪蝶纠缠不休呢！修庙一定要修到山里还不就是为了清静吗！"涧户寂无人，纷纷开且落"，没有车马的喧嚣，没有酒肉的污浊，没有攀折的痛苦，也没有傲世或媚俗的评论。一切都是自自然然，自生自灭，正如《红楼梦》中林黛玉所说的"质本洁来还洁去"，这就是王维的人生观和价值观。照此推开去，如果我们把这株辛夷花看成是王维的化身，那是绝对可以的。

王维的许多写景诗都形象鲜明，而且有一种禅趣。又因为王维是画家，所以他的诗中有结构，有布局，画面感很强。苏轼说的"味摩诘之诗，诗中有画；观摩诘之画，画中有诗"，绝不是偶然的。

相 思

红豆生南国[1],春来发几枝[2]?
愿君多采撷[3],此物最相思。

1- 红豆:是红豆树、相思子和海红豆等植物种子的统称。这些植物多生长在我国广东、广西等地。
2- 发几枝:又发多少枝,指新生的枝条。
3- 采撷(xié):采摘。

　　红豆产于南方,结实鲜红浑圆,常被用作镶嵌饰物。传说古代有一女子,因丈夫死在边地,哭于树下而死,化为红豆。所以红豆又被称为"相思子",被用以象征友情或爱情。这首诗题目又作《江上赠李龟年》,为表达友情之作。诗中字字朴素无华,仿佛从心中自然流淌而出,毫不修饰,也正代表着心中最真挚的情感,这种自然又不等同于苍白平淡,而是含有引人联想的内涵。开头两句使人想起王维的另两句诗:"来日绮窗前,寒梅著花未",都是选择某种典型的自然物来寄托情思。后两句则使人联想起古诗:"涉江采芙蓉,兰泽多芳草,采之欲遗谁?所思在远道。"采撷植物以表达情怀,已经不单是一种艺术表现手法,而因其容纳了历代诗人骚客寄情的内涵,使这首质朴的小诗也增加了感情的分量。这首诗语浅而情深,似乎不含任何技巧,却打动着世世代代读者的心,从而脍炙人口。

送元二使安西

渭城朝雨浥轻尘[1]，客舍青青柳色新[2]。
劝君更尽一杯酒， 西出阳关无故人[3]。

1- 渭城：秦代为咸阳，故址在今陕西咸阳市东北。浥（yì）：湿润。
2- 客舍：旅舍，即饯别的处所。柳色新：指柳叶被雨水滋润，颜色显得格外青翠。
3- 阳关：古关名。故址在今甘肃敦煌市西南古董滩附近，因在玉门关以南，故称阳关。

元二，姓元，排行第二，其人的生平不详。安西，指唐安西都护府，治所在今新疆库车县境。这首诗因开头为"渭城"二字，诗题又作《渭城曲》。又因为唐人唱此诗，末一句要重复多遍，所以又称《阳关三叠》。作品的前两句是写送别的时间、地点以及当时的环境景色；后两句是送别时对朋友讲的话。其中最精彩、最打动人心的是"西出阳关无故人"一句。这句话既有眼下的依依惜别，又有对朋友日后生活的种种关心与悬念。千言万语、千头万绪，全都概括在了这七个字中。人们对于这首充满深情厚谊的送别诗，历来评价很高。明代唐汝询说："唐人饯别之诗以亿计，独《阳关》擅名。"王尧衢说："情真语切，遂成千古绝调。"李东阳说得最为具体："作诗不可以意徇辞，而须以词达意。词能达意，可歌咏，则可以传。王摩诘'阳关无故人'之句，盛唐以前所未道。此诗一出，一时传诵不足，至为三叠歌之，后之咏别者，千言万语，殆不能出其意之外。"

崔 颢

崔颢（704？—754），汴州（今河南开封市）人。唐玄宗开元十一年（723）进士，天宝中曾任尚书司勋员外郎。崔颢早期诗多写闺情，轻薄浮艳。后来从军出塞，写下了一些激昂奔放的边塞诗。《全唐诗》录其诗一卷，计四十余首。

黄鹤楼

昔人已乘黄鹤去[1]，此地空馀黄鹤楼。
黄鹤一去不复返，白云千载空悠悠[2]。
晴川历历汉阳树[3]，芳草萋萋鹦鹉洲[4]。
日暮乡关何处是[5]？烟波江上使人愁[6]。

1- 昔人：传说中的仙人。其说有二：一说三国时蜀人费文祎跨鹤登仙，曾在黄鹤楼上憩息；一说仙人王子安曾骑黄鹤飞经此地。
2- 悠悠：悠闲舒展的样子，这里形容云彩飘浮的状态。
3- 晴川：指阳光照耀下的汉江。历历：清楚分明的样子。汉阳：汉水南岸，即今武汉市汉阳区，位于长江、汉水夹角地带。
4- 萋萋：指草势繁盛的样子。鹦鹉洲：位于汉阳东南二里长江之中，后被江水冲没。
5- 乡关：故乡。
6- 烟波江上：轻烟薄霭笼罩的江面。

黄鹤楼，旧址在今武汉市长江东岸的黄鹤矶上，背靠蛇山，俯瞰长江。现在的黄鹤楼已东移，改建在蛇山上。

作品的前四句追忆了有关黄鹤楼的神奇传说，表现了一种江山依旧而胜事难寻的空旷落寞之感。后四句写登楼四望，极目所见的壮丽江景，于苍茫迷惘中抒发了一种漂泊怀乡之情。作品的前四句中，三次重复使用了"黄鹤"二字，同时在平仄、对仗上也不甚严整，所以它虽然称作"律诗"，实际上却像是七言歌行。但也正是由于这种行云流水、任情抒发的写法，这才突出地表现了它的自然神韵。

崔颢这首诗，为历代诗家所称道，李白的《登金陵凤凰台》《鹦鹉洲》两诗，就都是模仿此诗之作。但崔诗直举胸臆，气体高浑；白诗寓目山河，别有怀抱。其言皆从心而发，即景而成，意象偶同，胜境各异。

近人俞陛云说："黄鹤楼与岳阳楼并踞江湖之胜，杜少陵、孟襄阳《登岳阳楼》诗，皆就江湖壮阔发挥。黄鹤楼当江汉之交，水天浩荡，登临者每易从此着想。设崔专咏江景，未必能出杜、孟范围。而崔独从'黄鹤楼'三字着想，若谓仙人乘鹤，事属虚无，楼以仙得名，仙去楼空，余者惟天际白云，悠悠千载耳。谓其望云思仙固可，谓其因仙不可知，而对此苍茫，百感交集，尤觉有无穷之感。"

雁门胡人歌

高山代郡东接燕[1],雁门胡人家近边。
解放胡鹰逐塞鸟[2],能将代马猎秋田[3]。
山头野火寒多烧, 雨里孤峰湿作烟[4]。
闻道辽西无斗战[5],时时醉向酒家眠。

1- 代郡:西汉时郡名,郡治在今河北蔚县东北。燕:春秋战国时国名,国都即今北京市。
2- 解:能够。
3- 将:驾驭。
4- 湿作烟:指阴雨时山头的云气蒸腾。
5- 辽西:辽河以西,即今辽宁省锦州、朝阳一带,是古代汉族与东北地区的少数民族经常发生战斗的地方。

　　雁门是西汉时郡名,郡治在今山西左云县西北,古代是汉族与北方少数民族杂居的地方。胡,原指匈奴族,后来也泛指北方其他少数民族。这首诗描写了雁门地区具有高寒特征的深秋季节山川景象,表现了这个地区少数民族青年粗犷洒脱、豪爽放达的性格,以及英武善战的特点,具有浓郁的边地生活特点。全诗格局阔大,朴素中带有雄健,节奏跌宕有致,在平仄上比较别致,并不完全合律。

李 白

　　李白（701—762），字太白，号青莲居士，祖籍陇西成纪（今甘肃秦安县）。隋末，其先人因罪流徙于西域碎叶城，李白就诞生在那里。约五岁时随父迁居绵州昌隆（今四川江油市）青莲乡。青年时期在蜀中就学漫游，成年后，先后漫游了长江、黄河流域的名山胜地。唐玄宗天宝初，应召入京，为供奉翰林。两年后被排挤出长安，开始了新的漫游。安史之乱中，因参加永王李璘幕府，被流放夜郎，中途遇赦东归。晚年漂泊东南一带，后病死于安徽当涂。

　　李白是我国伟大的浪漫主义诗人。他的诗雄奇奔放，想象丰富，夸张大胆新奇，语言清新明快，音律和谐多变。杜甫曾说他"笔落惊风雨，诗成泣鬼神"；杜荀鹤称他为"千古一诗人"。

　　有《李太白集》三十卷，存诗近千首。

峨眉山月歌

峨眉山月半轮秋[1]，影入平羌江水流[2]。
夜发清溪向三峡[3]，思君不见下渝州[4]。

1- 峨眉山：在今四川峨眉山市西南，是著名的游览胜地。
2- 平羌江：即青衣江，从雅安方向流来，经峨眉山东北流至乐山入岷江，再东下即入长江。以上两句是照应他朋友目前所在的地方。
3- 清溪：即清溪驿，在今四川犍为县，犍为在乐山市东南的岷江边上。三峡：即瞿塘峡、巫峡、西陵峡。在今重庆奉节县东直到湖北宜昌市的长江上。
4- 渝州：今重庆一带。

作品写于唐玄宗开元十三年（725）秋，当时诗人在犍为县的清溪驿，正准备沿江东下，作此诗以怀念朋友，并向友人告别。这首绝句在短短二十八字中，连用五处地名，却又不显堆砌，可见作者的才气和功力。诗中只在首句中出现了"月"的意象，却仿佛贯穿于整个诗境中，使得思君之情更加深沉，同时月的清辉笼罩着千里江面，构成了优美的意境，使峨眉山、平羌江、清溪、三峡、渝州的出现不再是简单的纪行，而在抒情、写景中也发挥着作用，把广阔的空间和较长的时间统一起来，诗人的感情与行踪糅合为一个完美的整体。诗句语言浅近，音韵流畅，一气呵成，被论者称为"千秋绝调"。

渡荆门送别

渡远荆门外[1]，来从楚国游[2]。
山随平野尽，江入大荒流[3]。
月下飞天镜，云生结海楼[4]。
仍怜故乡水[5]，万里送行舟[6]。

1- 渡远：指自己远远地从长江上游漂游而来。荆门外：指荆门山以西。
2- 楚国：泛指今湖北、湖南等一带。
3- "山随"二句：苏仲翔曰"'山随平野尽，江入大荒流'二句，太白壮语，与杜甫'星垂平野阔，月涌大江流'二句相敌。"
4- 海楼：即俗所谓"海市蜃楼"。
5- 故乡水：指由四川流下来的长江水。
6- 送行舟：指把自己的船由清溪送到了荆门山以东的楚地。

作品写于唐玄宗开元十三年（725），当时诗人二十五岁，刚刚由四川穿过三峡、荆门，来到今湖北、湖南一带。荆门，即荆门山，在今湖北宜都市西北的长江南岸，与江北的虎牙山隔江相对，形势险要。长江自重庆奉节起进入三峡，两岸连山，一直到过了湖北的荆门山，才开始进入平地。这首诗就正是写了诗人乘船由三峡出来，傍晚经过荆门山时所见到的苍凉景象与所激发起来的思念、留恋故乡之情。

襄阳歌

落日欲没岘山西[1]，倒著接䍦花下迷[2]。
襄阳小儿齐拍手，拦街争唱《白铜鞮》[3]。
旁人借问笑何事，笑杀山公醉似泥[4]。
鸬鹚杓，鹦鹉杯[5]。
百年三万六千日，一日须倾三百杯。
遥看汉水鸭头绿[6]，恰似葡萄初酦醅[7]。
此江若变作春酒，垒曲便筑糟丘台[8]。
千金骏马换小妾[9]，醉坐雕鞍歌《落梅》[10]。
车旁侧挂一壶酒，凤笙龙管行相催[11]。
咸阳市中叹黄犬[12]，何如月下倾金罍[13]？
君不见晋朝羊公一片石[14]，龟头剥落生莓苔[15]。
泪亦不能为之堕，心亦不能为之哀。
清风朗月不用一钱买，玉山自倒非人推[16]。

舒州杓,力士铛[17],李白与尔同死生。

襄王云雨今安在[18]?江水东流猿夜声。

1- 岘(xiān)山:在今湖北襄阳市南,东临汉水。

2- 接䍦(lí):一种白色帽子。

3-《白铜鞮》(dī):南朝童谣名,流行于襄阳一带。

4-"笑杀"以上六句:是说诗人像晋朝的山简一样,日暮归来,烂醉如泥,被儿童拦住拍手唱歌,引起满街人围观喧笑。

5- 鸬鹚杓:一种长柄酒杓,形如长颈水鸟鸬鹚。鹦鹉杯:一种用螺壳制成的酒杯,形状和颜色像鹦鹉嘴。

6- 鸭头绿:一种绿色,而鸭绿又常以指酒。

7-1 酦醅(pō pēi):重酿而未滤过的酒。

8- 糟丘台:即用酒糟垒成的高台。相传桀纣都曾以酒为池,以糟为丘。

9- 骏马换小妾:反用三国时曹彰的故事,《独异志》说他一次遇到一匹骏马。就用美妾把它换回来。李白此处要用名马去换歌妓,以显其豪放。

10-《落梅》:即《梅花落》的曲调。

11- 催:劝酒。

12-"咸阳"句:据《史记》载,秦二世二年,李斯被腰斩于咸阳市,临刑时对他的儿子说:"吾欲与若复牵黄犬,出上蔡(李斯的故乡)东门,逐狡兔,岂可得乎?"

13- 罍(léi):酒器。

14- 羊公:即羊祜。一片石:指"堕泪碑"。羊祜镇守襄阳时,常游岘山,死后,襄阳人在岘山立碑纪念,见者多感伤流泪,被称为"堕泪碑"。

15- 龟头:指碑,古时碑座多刻成大龟的形象。

16- 玉山:比喻人的形体仪容之美。《世说新语·容止》说,嵇康酒醉,"傀俄若玉山之将崩"。

17- 舒州杓:舒州产的酒杓。力士铛(chēng):一种瓷制饮器。

18- 襄王云雨:据宋玉《神女赋》,楚襄王曾游于云梦之台,梦与巫山神女相会。

《襄阳歌》大约作于唐玄宗开元十三年(725),当时诗人刚沿江出川,在江汉一带漫游。襄阳是唐郡名,郡治即今湖北襄阳市。

因其地处江汉之间，当南北交通要冲，所以历来为兵家必争之地。

　　作品由襄阳的地方景色，联想到发生在这里的许多历史事件，用醉歌的形式，抒发了他对历史、对社会人生的深沉感慨。作品的前六句，是借着历史上好酒的人物山简，来给自己的醉酒形象画像。中间从"鸬鹚杓"到"凤笙龙管行相催"十一句，写自己要尽一切时间，尽一切方式，不顾一切地醉酒行乐。从"咸阳市中叹黄犬"到"江水东流猿夜声"的后十二句，写历史上不论是留骂名的，留美名的，以至于帝王、神仙，至今一切都归于空无，计算起来最实惠的只有喝酒，只有及时行乐。作品描写的虽然是醉态，但形式却活泼新颖；诗人所表现的生活作风虽然很放诞，但却并不颓废。诗人给自己勾勒出一个天真烂漫的醉汉形象，表现的是他对人世间自由、自然生活的追求与陶醉。他既是用醉眼来看周围的一切，又于醉眼中表现出对历史、对人生的清醒认识。他似醉非醉，似醒非醒，感情奔放，想象丰富，充分显示了李白诗歌的浪漫主义特色。

望天门山

天门中断楚江开[1]，碧水东流至此回[2]。
两岸青山相对出[3]，孤帆一片日边来[4]。

1- 中断：中间断开了一个缺口。楚江：指长江，因安徽为古代楚地。所以流经这里的一段长江称为楚江。

2- 至此回：指东流的长江在这一带转而向北流去。
3- 两岸青山：指博望山与梁山。相对出：互相对峙而出。这是从船中看山，如同山在移动。
4- 日边来：指孤舟从水天相接处驶来，远远望去，仿佛来自日边。

　　天门山，在今安徽当涂县与和县界临的长江两岸，东岸为东梁山，又名博望山，西岸为西梁山，两山夹江对峙，形如天设门户，故合称"天门山"。这首诗就是描写长江流经当涂一段的雄伟壮丽的景色。开篇气魄即十分宏大，写出了江水冲破天门浩荡而去的壮阔之势，蕴含着巨大的生命力，显示了冲破一切阻碍的神奇力量。而水势的回旋则又衬出了山的奇险。第三句的"出"字为诗眼，使画面具有了动态美，逼真地表现了舟行江上，远处的天门山以特有姿态扑面而来，迎接着远客。末句传神地从孤帆的角度描绘其乘风破浪、越来越接近天门山的情景。诗句语言明快，气势飞动，青山、碧水、白帆共同构成一幅色彩鲜明的画卷，其中抒情主人公的形象也呼之欲出，有着刚健豪迈的阳刚之美。

横江词

横江馆前津吏迎[1]，　向余东指海云生。
"郎今欲渡缘何事[2]？如此风波不可行！"

1- 馆：馆驿，官家为过往办事人员提供食宿及交通工具的驿站。津吏：管理渡口的人员。

2- 郎：对年轻贵族子弟的敬称。

　　作品大约写于唐玄宗开元十三年（725），当时李白二十五岁，曾漫游襄阳、汉口，南下洞庭，东至南京、扬州等地。横江，即横江浦，在今安徽和县东南的长江边上，隔江就是险要的采石矶。

　　李白《横江词》共六首，这里选的是第五首。从横江浦观看长江江面，有时风平浪静，景色宜人，有时则风急浪高，惊险可怕。这首诗所写即是欲渡的诗人与津吏在风波袭来之前的一段对话。在短短一首绝句中采用问答体，决定了其语言必须十分简约。

　　在李白诗中，津吏的形象十分活跃，他的神情、手势、性格、经验都栩栩如生，而他的问话中又包含了诗人的话，可见笔墨的凝练。有的评论者认为，此诗以眼前景表现了当时的政治形势，传达出诗人心头的政治预感，预感一场大的动乱将要到来，这种观点似乎显得有些牵强。倒不如说，在津吏淳朴的语言中，包含着某种可供人思索的隽永的人生哲理。

黄鹤楼送孟浩然之广陵

　　故人西辞黄鹤楼[1]，烟花三月下扬州[2]。
　　孤帆远影碧空尽，唯见长江天际流。

1- 黄鹤楼：旧址在今武汉市蛇山的黄鹄矶上，相传三国时费文祎曾乘黄鹤于此升仙而去。旧楼已毁多年，今武汉之黄鹤楼乃近年新造。
2- 扬州：即今江苏扬州市，当时为广陵郡的郡治所在地。

这首诗大约作于唐玄宗开元十八年（730）春，当时李白刚出川不久，正在襄阳、武汉一带漫游。孟浩然是在前一年进京应试，落第而归；于那年春天又要东游吴越，于是李白在武汉为之送行。这一年李白 30 岁，孟浩然 42 岁。

作品的第一句点出送别的地点，第二句点出送别的时间和孟浩然要去的地方。三、四两句描写朋友走后江上所呈现的空旷景象，言有尽而意无穷，是李白绝句中的神品之一。

宋代陆游说："太白登此楼送孟浩然诗云：'孤帆远影碧空尽，唯见长江天际流。'盖帆樯映远山尤可观，非江行久不能知也。"今人刘永济说："行者已远，而送者犹伫立，正以见其依恋之切，非交深之友不能有此深情也。善写情者不贵质言，但将别时情景有感于心者写出，即可使诵其诗者发生同感也。"

山中问答

问余何事栖碧山 [1]，笑而不答心自闲。
桃花流水窅然去 [2]，别有天地非人间。

1- 何事：为什么。也有本作"何意"。
2- 窅（yǎo）然：同"杳然"，悄悄地。不声不响而又悠然不迫的样子。

这首诗题目一作《山中答俗人》，则首句问话的主语是所谓"俗人"。"笑而不答"四个字，神态宛在眼前，可见诗人对栖居碧山的妙处了然于心，自得其乐，这一句宕开一笔，增添了诗句摇曳生姿的魅力。接着的一句描写了山中自然美景，实际是对问题的"不答之答"。落花流水，本来是容易引起人衰飒、消极的联想的景物，但诗人对此却感到无比喜悦，因为对于热爱天然的李白来说，花当开则开，该谢则谢，开时有其繁盛的美，谢时随流水悠然而去，同样是一种美的境界。末句则举出了诗篇主旨，指出碧山中这片天然、宁静的天地，实非"人间"所能相比。人间究竟怎样，诗到这里戛然而止，给人留下回味的余地和想象的空间。全诗仅四句，有问、有答、有描绘、有议论，转接自然，轻盈流利，传达出了诗人的情趣。

齐有倜傥生

齐有倜傥生[1]，鲁连特高妙[2]。
明月出海底[3]，一朝开光曜[4]。
却秦振英声，后世仰末照。
意轻千金赠，顾向平原笑[5]。
吾亦澹荡人[6]，拂衣可同调[7]。

1- 倜傥（tì tǎng）：是豪迈、洒脱而不受世俗礼法拘束的意思。
2- 鲁连：指战国时代齐国的鲁仲连。《史记》中有传。
3- 明月：即夜光珠。
4- 光曜（yào）：光辉。
5-"意轻"二句：鲁仲连帮助赵国坚定信念击退秦军后，平原君赵胜以千金相赠，鲁仲连笑道："所为贵于天下之士者，为人排患释难解纷乱而无取也。即有取者，是商贾之事也，而连不忍为也。"于是辞别平原君而去。

6- 澹荡：淡泊潇洒，不受拘束，不求名利。
7- 拂衣：指事成拂衣而去。同调：谓志趣相合。

《齐有倜傥生》是李白《古风五十九首》中的第十首。《古风五十九首》并非一时一地之作，乃后来编集时将其编在了一起，与汉末的《古诗十九首》命名相似。从《齐有倜傥生》的思想风格看，这是李白早期的作品，它热情地歌颂了救弱扶倾、反抗强暴、功成身退、不事王侯的鲁仲连，并把鲁仲连引为同调，表达了诗人要学习鲁仲连，想做一个任侠行义、不慕荣利、不受羁绊、清高放任的侠义英雄的愿望。

开头四句，先是从总体上赞颂了鲁仲连的品德和为人，作者把他比作一颗来自海底的明月珠，晶莹透彻，光辉无比。

中间四句概括了前面说过的鲁仲连斥责辛垣衍，协助赵国抗秦的整个故事，用简练的笔墨塑造了鲁仲连这个英雄人物的形象。这个人物所做的这件事，使他的英名遍播天下，而且千年万载永不休止地让后人仰慕着他的光辉。

末两句点明了主题，表现了李白的思想性格。李白敬慕鲁仲连，把他引为知己，不是偶然的。李白自幼雄心很大，幻想极多，他得意时想当宰相，当大将；不得意时也想当神仙，当隐士。遇到一些不公平的事情，又想当游侠，当刺客。他景慕鲁仲连，就和他时常萦绕心中的当游侠的幻想分不开。既要为国立功，为民解倒悬之苦，干得轰轰烈烈，名垂千古，又要功成不受赏，不慕权势，表现得极其清高。这是古代一部分士大夫们所追求的一种自认为最高尚的人生理想，而鲁仲连恰好就是这么一种人。这首诗表现了李白思想的一个重要方面。它与积极奋发、蔑视权贵、追求神仙、饮酒狎妓等并存不悖。

清平调（三首）

其一
云想衣裳花想容[1]，春风拂槛露华浓[2]。
若非群玉山头见[3]，会向瑶台月下逢[4]。

其二
一枝红艳露凝香，云雨巫山枉断肠[5]。
借问汉宫谁得似？可怜飞燕倚新妆[6]。

其三
名花倾国两相欢[7]，长得君王带笑看。
解释春风无限恨[8]，沉香亭北倚阑干[9]。

1- 想：向往，企及。不说人像云像花，而说云与花向往企及妃子，翻进一层。
2- 露华：露水、露珠。
3- 群玉山：《穆天子传》中的山名，后被传说为仙女居住的地方。
4- 瑶台：神仙家传说的西王母居住的地方。二句都是说杨贵妃简直是仙女，不像是凡人。
5- 云雨巫山：指巫山神女。宋玉《高唐赋》中的神女曾说她"旦为朝云，暮为行雨，朝朝暮暮，阳台之下。"枉断肠：指宋玉笔下的巫山神女只是一种虚构，只能叫楚怀王、楚顷襄王日思夜想，不能像杨贵妃这样是一个实在的丽人。

6- 飞燕：赵飞燕，汉成帝的皇后，古代著名的美女。事见《汉书·外戚传》。倚新妆：意思是赵飞燕只有穿着新衣裳才能和杨贵妃相比，根本没有杨贵妃这样的丽质天成。李白用赵飞燕比杨贵妃，只是取其形象美一端，没有别的意思。人们传说高力士以赵飞燕品德不好，向杨贵妃进行挑拨，说李白这首诗带有讽刺，而后代读诗者也有人认为其中确有讽刺，这就近似于后代的"文字狱"了。

7- 名花：指牡丹。倾国：指杨贵妃，因汉代李延年写美人有"一笑倾人城，再笑倾人国"之句。

8- 解释：消除，这里是使人忘却的意思。春风无限恨：指光阴荏苒，时光短暂，青春易过等等。

9- 沉香亭：以沉香木构建的亭子。倚阑干：指唐明皇与杨贵妃一同倚栏杆赏牡丹花。

　　这三首诗是李白在长安供奉翰林时所作。一日，宫中牡丹盛开，唐玄宗与杨贵妃同往观赏，因命翰林学士李白撰写新词，李白奉诏而作。三首诗同写杨妃之美，而角度不同，相互呼应，诗的主题则是玄宗所说的"赏名花，对妃子"。

　　第一首从"仙"着眼，仿佛可以见到"风吹仙袂飘飘举"的袅娜身姿。以带露的牡丹映衬贵妃的风姿，写出了华贵雍容的气象，更以群玉山、瑶台等仙境，把贵妃的形象塑造得迷离恍惚，绰约多姿。

　　第二首写杨贵妃天然的美，胜过巫山神女和赵飞燕，是抑古而扬今的手法。第三首从仙境和古人又返回现实。再次将"名花"与"倾国"之色的美人融为一体，既是写花，又是写人，更突出了杨贵妃的国色天香。这三首诗，读来觉得春光扑面，人花相映，风流旖旎，可见其艺术表现的成功。

蜀道难

噫吁嚱[1]，危乎高哉！蜀道之难难于上青天！
蚕丛及鱼凫[2]，开国何茫然！
尔来四万八千岁[3]，不与秦塞通人烟[4]。
西当太白有鸟道[5]，可以横绝峨眉巅[6]。
地崩山摧壮士死[7]，然后天梯石栈相钩连[8]。
上有六龙回日之高标[9]，下有冲波逆折之回川。
黄鹤之飞尚不得过，猿猱欲度愁攀援。
青泥何盘盘[10]，百步九折萦岩峦。
扪参历井仰胁息[11]，以手抚膺坐长叹。
问君西游何时还？畏途巉岩不可攀[12]。
但见悲鸟号古木，雄飞雌从绕林间。
又闻子规啼夜月[13]，愁空山。
蜀道之难难于上青天，使人听此凋朱颜[14]！
连峰去天不盈尺[15]，枯松倒挂倚绝壁。
飞湍瀑流争喧豗[16]，砯崖转石万壑雷[17]。
其险也如此，嗟尔远道之人，胡为乎来哉！
剑阁峥嵘而崔嵬[18]，一夫当关，万夫莫开[19]。
所守或匪亲[20]，化为狼与豺[21]。
朝避猛虎，夕避长蛇[22]，磨牙吮血，杀人如麻。
锦城虽云乐[23]，不如早还家。
蜀道之难难于上青天，侧身西望长咨嗟[24]！

1- 噫吁嚱（yī xū xī）：三字都是惊叹词，蜀地方言。

2- 蚕丛、鱼凫（fú）：传说中古代蜀国的两个开国君王。

3- "尔来"句：形容自蚕丛、鱼凫开国以来年代久远。

4- 秦塞：即秦国。因秦国四面有关山，被称为"四塞之国"。

5- 西当太白：指由长安西行入蜀，首先对着的是太白山。太白山在今西安市西南，是关中一带的最高山峰。鸟道：鸟才能飞过的山道。

6- 峨眉：山名，在今四川峨眉山市西南。

7- "地崩"句：古代传说。据《华阳国志》说："秦惠王知蜀王好色，许嫁五女于蜀。蜀遣五丁迎之。还到梓潼，见一大蛇入穴中，一人揽其尾掣之，不禁。至五人相助，大呼拽蛇，山崩时压杀五人及秦五女并将从，而山分为五岭。"

8- 天梯：山路高峻如同登天的梯子。石栈（zhàn）：在高山险绝处，凿岩架木修成的路，叫栈道。

9- 六龙回日：传说羲和驾着六条龙拉的车，每日载着太阳自东往西运行，至蜀地为高山所挡，六龙只好倒转车子回去。

10- 青泥：山岭名，在今陕西略阳县西北，是唐代由秦入蜀的要道。

11- 参、井：都是星宿名。古人把地上区域与天上的星宿相对应，叫作分野。参是蜀的分野，井是秦的分野。胁息：屏住气不敢呼吸。

12- 巉岩：险峻的山岩。

13- 子规：即杜鹃鸟。

14- 凋朱颜：面容失色，憔悴。

15- "连峰"句：指山峰距离青天不满一尺。

16- 喧豗（huī）：瀑布激流的喧闹声。

17- 砯（pīng）：水击岩石的声音，此处当动词用。

18- 剑阁：在今四川剑阁县北，即大剑山和小剑山之间一条三十里长的栈道，又名剑门关，地势险要。

19- "一夫"两句：化用西晋张载《剑阁铭》："一人荷戟，万夫趑趄，形胜之地，匪亲勿居。"

20- 或匪亲：若非可信之人。

21- 狼与豺：残害人的野兽，这里指残害百姓的恶势力。

22- 猛虎、长蛇：与豺、狼相同，都是暗喻恶势力。

23- 锦城：指成都。因成都古代曾以产锦著名，故称之为"锦城"。它是唐代最繁华的商业城市之一。

24- 咨嗟：叹息。

《蜀道难》是乐府曲调名，这是李白用旧题写作的新词，大约作于唐玄宗天宝初年（742—755）。诗人博采各种传说和民谚，以雄奇奔放的笔调，驰骋丰富的想象，描绘了一幅奇丽惊险的蜀道画卷，同时也流露了诗人对人生的感慨和对社会问题的关切，是一首浪漫主义的杰作。

　　全诗可分为四段，从开头到"天梯石栈相钩连"为第一段，表现了蜀道的险峻不同寻常。从"上有六龙回日之高标"到"以手抚膺坐长叹"为第二段，极写山势的高危，以烘托蜀道的艰难。从"问君西游何时还"到"胡为乎来哉"为第三段，通过渲染蜀道沿途荒凉悲凄的气氛，进一步表现蜀道的艰难。从"剑阁峥嵘而崔嵬"到结尾为第四段，描写了蜀中要塞剑阁的形势险要，引出诗人对时局的隐忧和对人生的感慨。整首诗把想象、夸张和神话传说巧妙地融为一体，而其中又以"蜀道之难难于上青天"为主旋律，在诗中反复提起，句式也由三、四、五、七直至十一言交互使用，构成了一种天马行空、激流汹涌的壮阔气势。由于这首诗的出现，遂使历来描写蜀道的诗文为之黯然失色。

战城南

　　去年战，桑干源[1]；今年战，葱河道[2]。
　　洗兵条支海上波[3]，放马天山雪中草[4]。
　　万里长征战，三军尽衰老。
　　匈奴以杀戮为耕作[5]，古来惟见白骨黄沙田。

秦家筑城备胡处[6]，汉家还有烽火燃。

烽火燃不息，征战无已时！

野战格斗死[7]，败马号鸣向天悲。

乌鸢啄人肠，衔飞上挂枯树枝。

士卒涂草莽[8]，将军空尔为[9]。

乃知兵者是凶器[10]，圣人不得已而用之。

1- 桑干：河名，发源于今山西朔城区南，东北流经今山西大同市南，再往东流向北京，下游今称为永定河。
2- 葱河：即葱岭河，在今新疆喀什市西南。两次战争本来相隔五年，诗人说"去年""今年"，极言其对战争频繁的不满。
3- 洗兵：指行军遇雨，这里即指行军。条支：当时的西域国名，在今伊朗境内。其地古有大湖，通波斯湾。
4- 天山：在今新疆乌鲁木齐市南。
5- 以杀戮为耕作：指以打猎捕杀野兽为生，也包含有好杀人的意思。
6- 筑城：即指筑万里长城，秦长城西起今甘肃临洮县，东北行至今内蒙古呼和浩特市，再东行至今辽宁沈阳市，再东南折向今朝鲜平壤市。
7- "野战格斗死"四句：汉乐府《战城南》古辞有"枭骑格斗死，驽马徘徊鸣"及"野死不葬乌可食"诸语，李白这里是化用其意，并渲染之。
8- 涂草莽：指鲜血肝脑洒染在野草上。
9- 空尔为：意谓你们又能够怎么样呢？俗话说"一将成名万骨枯"，难道你们面对这种尸横遍野的情景，就能够心安理得吗？
10- 兵者是凶器：《老子》云："兵者不祥之器，非君子之器，不得已而用之。"至《六韬》又作："圣人号兵为凶器，不得已而用之。"

　　《战城南》是汉乐府古题，这里诗人借古题以反映唐代社会现实。作品大约写于唐玄宗天宝七、八年（748、749），当时诗人正在梁、宋（今河南开封、商丘）一带客游。早在天宝元年，河东节度使王忠嗣就曾与邻近少数民族大战于桑干河，至天宝六年，朝廷又派高仙芝翻越葱岭远征小勃律（西方氏族），天宝七八年间，又与吐蕃连续作战。一宗宗战事，给人民带来深重灾难。

  诗人以他忧国悯民的情怀，写下这一诗篇，联系丰富的历史教训，批判了战事的频繁，揭露了战争的残酷和不义，展示了战争给百姓带来的不幸，最后直接点明主题，从侧面谴责了穷兵黩武。在艺术上，诗句音韵铿锵，以复沓的重叠和鲜明的对举，有力地表达了主题。该诗富有奔放的气势和鲜明的节奏感，显示了李白作品的特有风格。

关山月

明月出天山[1]，苍茫云海间。
长风几万里，吹度玉门关。
汉下白登道[2]，胡窥青海湾[3]。
由来征战地，不见有人还。
戍客望边色[4]，思归多苦颜。
高楼当此夜[5]，叹息未应闲。

1- 天山：即祁连山，在今甘肃西北部。
2- 白登：山名，在今山西大同市附近。汉高祖刘邦与匈奴曾在白登作战，被围困了七天。
3- 青海湾：即今青海湖周围地区，是唐军与吐蕃连年征战之地。
4- 边色：边疆的景象。一作"边邑"。
5- 高楼：即闺楼，这里指征人的妻子。

《关山月》是乐府旧题，属于《横吹曲辞》。《乐府古题要解》说："《关山月》，伤离别也。"李白这首诗借用古题，以写古事的口吻，反映了战争给人民带来的痛苦。

　　诗的前四句描绘的是诗人想象中的古战场图景。一轮明月在天山上升起，出没于苍茫云海之间，照耀着荒凉的古战场。万里长风吹过边塞玉门关，一派萧瑟凄凉景象。接着，诗人又由古战场而想到古往今来征战不已的情景。当年汉高祖刘邦亲自征讨匈奴，中了冒顿单于的诱敌之计，被围困在白登七天。到了唐初，唐军与吐蕃又在青海湾一带连年发生战争。在历代的战争中，幸生还故乡的人实在寥寥无几。这几句描写的跨度很大，虽然并没有实写战争的激烈和残酷，但是战争历久不息、残酷激烈的情景已经表现得很充分了。残酷的战争给人民带来了深重的灾难，因而诗人又想到了远征的战士和家乡的亲人两地相思的情景。戍边的战士们由于思念家乡和亲人而愁容满面，故乡的亲人们在这样的月夜里一定也在为思念远征的亲人而不停地叹息。全诗简洁明快，情景交融。诗人驰骋"想落天外"的丰富想象，突破时间和空间的限制，深刻地揭示了战争造成的巨大牺牲和给人民带来的痛苦。

春　思

燕草如碧丝，秦桑低绿枝[1]。
当君怀归日，是妾断肠时。
春风不相识，何事入罗帷[2]？

1- 丝、枝：谐音双关，"丝"谐"思"，"枝"谐"知"。
2- 罗帷：罗帐。

    "春"字在古诗中常常有双重含意，既指自然界的春天，又比喻男女间的爱情。《春思》这首诗，写的就是一位留居秦地的少妇，面对春日的景色，勾起的对远戍燕地丈夫的深切怀念。

    秦地比燕北要暖和得多，所以当少妇看到秦地柔桑茂密低垂的时候，她便想象到燕北的春草也该丝丝缕缕，遍地生发了。诗人打破常规，不是先写眼前景色，而是先写想象中的燕地景象，然后返回来写眼前景象，更突出了女主人对丈夫的思念。这两句还运用了谐音双关的手法，以"丝"谐"思"，以"枝"谐"知"，从字音、景色到喻意处处蕴含着女主人对丈夫的深情，相知与相思，既含蓄，又感人。而当春天降临燕地，勾起丈夫怀归之心时，女主人则因思念丈夫日久，已柔肠欲断了。这两句紧承上文，把丈夫思归与少妇思念丈夫对比起来写，既表现了少妇对丈夫的了解，又突出了少妇深切的思念。少妇因思念丈夫而不能成眠，撩人的春风又偏偏吹进闺房，吹动罗帐，这就更加勾起了她的思念。晋代《子夜四时歌》说："春风复多情，吹我罗裳开。"李白用"不相识""何事"反诘语气，更显得天真活泼。萧士赟说："末句喻此心贞洁，非外物所能动。"这两句既表现了女主人爱情的深挚，又表现了她的忠贞。

    这首诗短小精悍，写景抒情朴实自然，又妙趣横生，不落俗套，模仿民歌口语更添活泼气氛。在短短的六句中，比兴、夸张、对比等修辞手法都用得恰到好处，是一首感染力很强的爱情诗。

子夜吴歌

长安一片月，万户捣衣声。
秋风吹不尽，总是玉关情。
何日平胡虏，良人罢远征？

  题又作《子夜四时歌》，共四首，写春夏秋冬四时，这是第三首，即《秋歌》。六朝乐府《清商曲·吴声歌曲》中即有《子夜四时歌》，因属吴声曲，所以又称《子夜吴歌》，内容多写女子思念情人的哀怨，形式为四句一段。李白继承此体而有所发展，每段六句，抒写了女子思念征夫的怨情。

  这首诗一开头就描绘了一幅有声有色的图景：正当秋高气爽的时候，在一轮明月照耀下，长安城里千家万户都传出了捣衣的声音。

  捣衣，古时制衣的布帛须先放在砧上用杵捣平捣软。秋夜、月光，都特别容易引起人们对亲人的思念，而家家准备换季寒衣时发出的此起彼伏的捣衣声仿佛敲在少妇们的心上，更增强了深切的哀怨气氛。这种思念之情就像那吹不尽的秋风，使她们时刻怀念着玉门关外远戍的亲人。哪年哪月才能结束战争，与亲人团聚，过和平宁静的生活啊！良人，即丈夫。最后这两句，更加强烈地表现了少妇们对亲人的怀念之情，同时也把全诗的思想境界大大提高了一步，表达了劳动人民渴望和平的善良愿望。全诗情景交融，感情充沛，虽未直接写人，而那些思念丈夫的少妇的形象跃然纸上。最后以少妇们直述心声结尾，更加自然真切，激动人心。

长相思

长相思，在长安。
络纬秋啼金井阑[1]，微霜凄凄簟色寒[2]。
孤灯不明思欲绝，　卷帷望月空长叹。
美人如花隔云端。
上有青冥之高天，　下有渌水之波澜。
天长路远魂飞苦，　梦魂不到关山难。
长相思，摧心肝。

1- 络纬：虫名，即纺织娘。金井阑：用金彩涂饰的井的护栏。意指诗人所居的邸舍是比较华贵的所在。
2- 簟（diàn）：竹席。

"长相思"三字本是汉魏古诗中常见语，如"上言长相思，下言久离别"，"生当复来归，死当长相思"，六朝诗人多用以名篇，属乐府《杂曲歌辞》，李白此诗即拟其格。诗篇借对美人的相思之苦表现了理想不得实现的苦闷。诗的前半部分用秋声秋景感物而起兴，通过秋月秋霜、秋灯秋虫之夜的凄清氛围的渲染，描绘了一位孤独者沉痛的相思之苦和美人可望而不可即的无奈。后半部分转而写魂牵梦绕的执着和天长路远的追求之苦，而这一追求又是毫无结果的，只能以"长相思，摧心肝"作结。这首诗想象奇妙飞动，写情蕴藉有思致，在形式上具对称整饬之美，抒情淋漓尽致。诗中反复抒写的是男女相思，但似具有托兴的意味，别有怀抱。

长干行

妾发初覆额，　折花门前剧[1]。

郎骑竹马来，　绕床弄青梅[2]。

同居长干里，　两小无嫌猜。

十四为君妇，　羞颜未尝开。

低头向暗壁，　千唤不一回。

十五始展眉，　愿同尘与灰[3]。

常存抱柱信[4]，岂上望夫台[5]。

十六君远行，　瞿塘滟滪堆[6]。

五月不可触[7]，猿声天上哀。

门前迟行迹，　一一生绿苔。

苔深不能扫，　落叶秋风早。

八月蝴蝶黄[8]，双飞西园草。

感此伤妾心，　坐愁红颜老。

早晚下三巴[9]，预将书报家。

相迎不道远，　直至长风沙[10]。

1- 剧：游戏。
2- 竹马、青梅：均指幼儿游戏之物，后世以青梅竹马为成语。表示青年男女自幼亲昵嬉戏，结下良缘。
3- "愿同"句：是说愿与丈夫同生共死，永不分离。
4- 抱柱信：指守信义。《庄子·盗跖篇》说："尾生与女子期于梁（桥）下，女子不来，水至不去，抱梁柱而死。"
5- 望夫台：有好几处。一说在忠州（今重庆忠县）南。相传古代有人久出不归，其妻日日登台眺望，最后化为石头。

6- 瞿塘：长江三峡之一。滟滪堆：为瞿塘峡口江心突起的巨石，是长江中著名险滩（建国后已被炸去）。
7- "五月"句：指五月江水高涨，滟滪堆露出水面不多，行船更险。
8- "八月"句：八月为中秋。秋天蝴蝶多为黄色。
9- 早晚：犹言"何时"。三巴：巴郡、巴东、巴西的总称，指四川东部地区。
10- 长风沙：地名，在今安徽安庆市东长江边。

《长干行》是乐府旧题。长干是古金陵的里巷名。在今南京市南，居民多从事商业。李白的《长干行》共两首，内容都是写商妇的爱情与离愁。

这是第一首，它以一个商人少妇自述的口吻，抒写了她对远出经商的丈夫的怀念。全诗大致依照时间顺序展开，开头六句写女主人与丈夫童年时一起嬉戏的欢乐情景；"十四为君妇"以下八句，进一步写这对夫妇婚后爱情的发展；"十六君远行"以下十二句，集中描写了这位少妇受尽相思煎熬的情景；最后四句是写她幻想日后见面时的热烈激情。

这首诗在艺术上的突出特点是长于细节描写和心理描写。通过这些细节和心理描写，诗人勾勒出了一幅女主人公性格、感情发展变化的总体图，表现了她对爱情和幸福的热烈追求与向往。作品的用语朴实自然，完全像是顺口流出；而其中"十四""十五""十六"的依次铺陈，以及"顶针格"的使用，又充分体现了李白向民歌学习的特点。尤其是那种一连几次的随坡就势的换韵，既增添了语调上的起伏婉转，又加强了"骏马下注千丈坡"的冲决一切的气势，从而更加突出了女主人公对其丈夫的灼热的爱与其思念丈夫的急切心情。

静夜思

床前明月光,疑是地上霜。
举头望明月,低头思故乡。

  这是一首自命新题的乐府诗。这首小诗既没有奇特的想象,也没有华丽的辞藻和复杂的内涵,它只是用一种自然的口语,写出了远客思乡之情,却如此打动人心,成为千百年来脍炙人口的佳作。"作诗无今古,欲造平淡难","看似寻常最奇崛,成如容易却艰辛"。《静夜思》也正属于这类诗。它所描述的情景,是作客他乡的人都曾体会到的,但在经诗人写出之前,还不能成为一种境界;而一经诗人以艺术的语言说出,即觉得别有风韵。这种平淡自然之诗,看似随手拈来,其实还是在于作者有真情实感,独有兴会而又用语贴切、善于表达罢了。

把酒问月

青天有月来几时? 我今停杯一问之。
人攀明月不可得, 月行却与人相随。
皎如飞镜临丹阙[1], 绿烟灭尽清辉发[2]。
但见宵从海上来, 宁知晓向云间没?
白兔捣药秋复春[3], 嫦娥孤栖与谁邻[4]?
今人不见古时月, 今月曾经照古人。

古人今人若流水， 共看明月皆如此。

唯愿当歌对酒时， 月光长照金樽里[5]。

1- 丹阙：红色的宫阙。
2- 绿烟：指遮蔽月光的云影。
3- 白兔捣药：神话传说，月宫中有白兔年复一年不辞辛劳地捣药。
4- 嫦娥：古代神话中后羿的妻子，相传她偷吃了后羿的不死之药，飞升奔月。
5- 樽：古代盛酒器具。

　　宇宙间的许多事物，特别是天上的日月星辰，自古以来就是人类心中一个诱人的谜。那些富有浪漫主义气质的诗人，总爱驰骋丰富的想象，探索其中的奥秘。从屈原的《天问》，到李白的《把酒问月》，再到苏轼的《水调歌头》（"明月几时有"），可以说是一脉相承。李白这首诗，描绘了明月的神秘与美丽，表现了诗人感叹时光如水、人生短暂和及时行乐的思想。

　　"青天有月来几时？我今停杯一问之。"劈头一问，甚有气势。读者可以从中感受到诗人渴望解开自然之谜的迫切心情。同时，这两句又起着统领全诗的作用。苏轼《水调歌头》开头说："明月几时有？把酒问青天。"就是化用了这两句的意思。

　　从"人攀明月不可得"，到"嫦娥孤栖与谁邻"八句，诗人塑造了一个既可亲可爱又神秘奇妙的明月形象。天上的明月高不可攀，又总是与人万里相随、依依不舍。她像一面高悬的明镜，照临着世上的宫殿；她像一位妙龄少女，轻轻揭开云烟织成的面纱，露出她那光彩照人的面容。夜幕降临，她从大海上冉冉升起；晨曦中，她又悄悄地隐没在云间。如此年年月月循环不已，谁能说清是什么道理？那传说中的白兔，为什么要年复一年地捣药？那美丽的嫦娥，该有多么寂寞孤单？李白在这里写白兔与嫦娥的辛勤、孤独，也流露了他自身的孤苦情怀。

从"今人不见古时月"到结尾这六句，诗人又从明月联想到了历史和人生，发出了深沉的感慨。天上从古到今都是一个明月，而人类却一代一代更替不已。明月是永恒的，人生是短暂的，何不抓紧时间及时行乐呢？这里化用了曹操《短歌行》中"对酒当歌，人生几何"两句。而"月光长照金樽里"一句，既是行乐的场景，又紧扣问月的主题，还与开篇"我今停杯一问之"相呼应，使人回味无穷。

这首诗语言平易流畅，含蕴却十分丰富。作者塑造的明月形象，既高洁又孤独，恰如才华出众而遭遇坎坷的诗人自身。面对永恒的时间，诗人加倍地感到人生短暂，分外伤怀。全篇从酒写到月，从月的美丽写到月的运行，再写到月的传说，又由月引出感慨，最后又回到月下饮酒，层层深入，转接自然，不见斧凿之痕，意境十分完美。

月下独酌

花间一壶酒，　独酌无相亲。
举杯邀明月，　对影成三人[1]。
月既不解饮[2]，影徒随我身。
暂伴月将影[3]，行乐须及春。

我歌月徘徊，我舞影零乱。
醒时同交欢，醉后各分散。
永结无情游[4]，相期邈云汉[5]。

1- 三人：指月亮、作者和作者的身影。
2- 不解饮：不会饮酒。
3- 将：和、与。
4- 无情游：因月亮及影子均非人类，故称之为脱离世俗人情的一种交游。
5- 邈（miǎo）：远。云汉：本指银河，这里借指太空仙境。

"花间一壶酒，独酌无相亲。举杯邀明月，对影成三人。"诗人一出场，就是一个极度孤独寂寞的形象。他没有伴侣，没有知己，没有人听他倾诉内心的悲欢，只能独自在花间自斟自饮，借酒浇愁。这时他忽发奇想，把天上的明月和月光下自己的影子邀来共饮，于是包括自己在内，一下子变成了三个人。清代章燮说："天上之月、杯中之影、独酌之人，映成三人也。从寂静中，做得如许闹热，真仙笔也。"这种虚幻的热闹场面，更深刻地反映了诗人内心的孤独苦闷。

"月既不解饮，影徒随我身。暂伴月将影，行乐须及春。"诗人请月亮和自己的影子一起入席，但是月亮和影子既不会饮酒，更不会倾听诗人诉说心曲，叫他如何排解忧闷呢？于是他只好让明月与影子陪着自己趁着春暖花开的时节及时行乐。

"我歌月徘徊，我舞影零乱。醒时同交欢，醉后各分散。永结无情游，相期邈云汉。"这里写他与明月和身影的亲密关系。当诗人酒酣耳热、忘形高歌的时候，明月便在云间徘徊，依依不去，仿佛在倾听他的歌声；当诗人在月下起舞的时候，自己的身影也摇动不已，仿佛在与他一同舞蹈。明月和身影仿佛理解他的心意，醒着的时候与他一起欢乐，等到自己酩酊大醉、躺在床上的时候，明月与身影也就不再前来打扰。这是多么合人心意的两个好朋友啊！因此，他下决心要和明月及身影永远结成伙伴，并且还互相约定要一齐到那邈远的上天仙境中去。云汉，本指银河，这里借指仙境。

这首诗题为"月下独酌"，紧扣这个"独"字，反复抒写了世无知音的孤独寂寞之感。诗人运用丰富的想象，把无情无生命的明月和身影写得仿佛有情有义，表面上是自得其乐的热闹场面，实际上凄凉孤单、悲切苦闷。加之反复咏叹，层层推进，更增强了诗的感染力量。

行路难

金樽清酒斗十千[1]，玉盘珍羞直万钱[2]。
停杯投箸不能食[3]，拔剑四顾心茫然。
欲渡黄河冰塞川，将登太行雪满山[4]。
闲来垂钓碧溪上，忽复乘舟梦日边[5]。
行路难，行路难，多歧路，今安在[6]？
长风破浪会有时[7]，直挂云帆济沧海[8]！

1- 斗十千：一斗酒值十千钱，是说酒美价高。语出曹植《名都篇》："归来宴平乐，美酒斗十千。"

2- 珍羞：精美的菜肴。
3- 箸：筷子。
4- 太行：山脉名，在今河北、河南、山西三省之间。
5-"闲来"：二句：是说有些人功名事业的成就是出于偶然的。传说吕尚（姜太公）年老不得志，在磻（pán）溪（今陕西宝鸡市东南）钓鱼，后遇周文王得以重用；伊尹梦乘舟过日月之边，不久受到成汤的征聘。诗人用此典故，表示人生遭遇变幻莫测。
6- 歧路：岔路。
7- 长风破浪：《宋书·宗悫（què）传》说，宗悫年少时，其叔父问他志向是什么，宗悫说："愿乘长风，破万里浪。"长大后果成为刘宋名将，屡立战功。
8- 济：渡。

　　《行路难》是乐府旧题，属《杂曲歌辞》。《乐府古题要解》说："《行路难》，备言世路艰难及离别伤悲之意。"李白原诗共三首，这是第一首。这首诗大约作于天宝三年（744）李白被谗离开长安时，表现了他的苦闷与抑郁不平，以及冲破艰难、实现理想的信心。

　　诗的前四句侧重写作者内心的苦闷和抑郁。送别的筵席上，朋友们不惜千金，以美酒佳肴招待李白。一向嗜酒如命的李白却一反常态，推开酒杯，放下筷子，吃不进也喝不进，他拔出宝剑，举目四顾，恨不能斩断这难言的愁绪，然而又一片茫然，不知所措。这里用盛宴反衬诗人内心的苦闷，用停、投、拔、顾四个连续的动作，形象地反映诗人内心的烦乱，虽无一字涉及世事的艰难，读者已可以体味到其中的不平了。

　　接着第五到第八句，进一步写了人生道路的艰难和诗人矛盾复杂的心情。诗人化用鲍照《舞鹤赋》中"冰塞长川，雪满群山"之句，紧承上文"心茫然"，用"欲渡黄河冰塞川，将登太行雪满山"两个形象的比喻句,表现人生道路上的艰难险阻。这正是满怀匡时济世的热望受诏入京,却遭到佞幸谗害而被赐金放还的李白当时心情的真实写照。面对这样的挫折,诗人欲进不能,欲退不甘。他也曾想从此隐退,像严子陵那样垂钓清溪,不问政事,但他更希望着能有重施才华抱负的机会。当年姜太公不是垂钓渭滨而得遇文王,伊尹在被商汤任用之前不是梦见自己乘舟绕日月而过吗?显然,诗人不是那种性格软弱、经不起挫折的人。他要继续追求,他有信心战胜人生道路上的艰难。

从第九句到结尾,诗人的激情已不可遏止了。他大声疾呼:"行路难,行路难,多歧路,今安在?"虽然他决心继续探索追求,但现实生活中人生的道路实在太艰难、歧路太多了,这叫人如何是好呢?但是不管多么艰难,诗人也决不肯屈服。他坚信自己的理想一定能够实现,一定能够乘长风破万里浪,高挂云帆,横渡沧海。这个形象的比喻,生动地表达了诗人的坚定信念,诗人的激情也达到了高潮。

这首诗的一个突出特点,是感情激荡起伏,变化多端。开篇写"金樽美酒""玉盘珍羞",仿佛是欢乐的宴会场景。但紧接着便"停杯投箸""拔剑四顾",又充满了内心的苦闷。继而慨叹"冰塞川""雪满山",令人感到绝望。笔锋一转,又仿佛看到了姜太公和伊尹,令人充满了希望。接下去四个急促的三字短句,与作者进退失据、极度苦闷的心情相适应,跌进了感情的谷底。而结尾又力挽狂澜,唱出了高昂乐观的调子。这种感情上的大起大落,充分反映了黑暗的现实与诗人的宏大理想之间的矛盾,反映了诗人倔强、自信的性格。

将进酒

君不见黄河之水天上来， 奔流到海不复回。

君不见高堂明镜悲白发[1]，朝如青丝暮成雪。

人生得意须尽欢， 莫使金樽空对月。

天生我材必有用， 千金散尽还复来。

烹羊宰牛且为乐， 会须一饮三百杯[2]。

岑夫子，丹丘生[3]，将进酒，杯莫停。

与君歌一曲，请君为我倾耳听。

钟鼓馔玉不足贵[4]，但愿长醉不复醒。

古来圣贤皆寂寞， 惟有饮者留其名。

陈王昔时宴平乐， 斗酒十千恣欢谑[5]。

主人何为言少钱， 径须沽取对君酌[6]。

五花马，千金裘[7]，呼儿将出换美酒， 与尔同销万古愁[8]。

1- 高堂：高大的厅堂。
2- 会须：会当、应该。
3- 岑夫子：即岑勋。丹丘生：即元丹丘。两人都是李白的好友。
4- 钟鼓：指富贵人家宴饮时演奏的音乐。馔玉：精美珍贵的食品。
5- "陈王"两句：是说曹植（曾封为陈王）从前在平乐台大宴宾客时，曾用了最名贵的酒，和客人们尽情地欢娱戏谑。
6- 径须沽取：应该毫不犹豫地去买酒。
7- 五花马：指名贵的马。千金裘：价值千金的皮衣。
8- 万古愁：无穷无尽的烦恼忧愁。一说指历代怀才不遇者的苦闷忧愁。

将（jiāng），请。将进酒，即现在之所谓"请干杯"。《将进酒》是乐府古题名，属于《鼓吹曲》中的《铙歌》，这里是李白按照旧题写作的新词。作品约写于唐玄宗天宝四年（745），李白受排挤离开长安后。当时诗人45岁。

作品的前十句抒发了诗人怀才不遇，而又深感人生易老的悲哀。但这时的唐帝国毕竟还算是一种"盛世"，它的强大国力还在自觉不自觉地鼓舞着当时的士大夫们积极上进，奋发图强，所以李白在失意的悲哀中仍能透露着"天生我材必有用"的充分自信。"岑夫子，丹邱生"以下六个小句，呼着名字向朋友劝酒，紧紧地扣上了题目。"钟鼓馔玉不足贵"以下十二句，是诗人对朋友的劝酒辞。"古来圣贤皆寂寞，惟有饮者留其名"，这是择其一偏而极言之，是一种奔放豪迈者的牢骚。最后又引出曹植当日的狂豪来和自己作比，自己尽管没有曹植当时的经济条件，但自己拼出去卖裘卖马，也要和朋友们尽情地乐此一回。整首诗把深广的忧愤与强烈的自信，把苦闷的内心与狂放的举止巧妙地结合了起来，这正是诗人真实的思想与他充满矛盾的个性的自然流露。

作品发语突兀，一张嘴就如同滚滚江河从天而下。接着它大起大落，由悲而乐，由乐而狂，又由狂转为愤激，最后归于深沉的悲愁。为了充分表现这种感情的巨大变化，作者大量使用了夸张的笔法。在句式上以七言为主，又间以三、五、十言句，使节奏的疾徐变化与感情的起伏跳跃高度地结合了起来。

梦游天姥吟留别

海客谈瀛洲[1]，烟涛微茫信难求[2]。
越人语天姥[3]，云霓明灭或可睹[4]。
天姥连天向天横， 势拔五岳掩赤城[5]。
天台四万八千丈[6]，对此欲倒东南倾[7]。
我欲因之梦吴越， 一夜飞度镜湖月[8]。
湖月照我影，送我至剡溪[9]。
谢公宿处今尚在[10]，渌水荡漾清猿啼[11]。
脚著谢公屐[12]，身登青云梯[13]。
半壁见海日[14]，空中闻天鸡[15]。
千岩万转路不定， 迷花倚石忽已暝[16]。
熊咆龙吟殷岩泉[17]，栗深林兮惊层巅。
云青青兮欲雨，水澹澹兮生烟[18]。
列缺霹雳[19]，丘峦崩摧。
洞天石扉[20]，訇然中开[21]。
青冥浩荡不见底[22]，日月照耀金银台[23]。
霓为衣兮风为马[24]，云之君兮纷纷而来下[25]。
虎鼓瑟兮鸾回车[26]，仙之人兮列如麻。
忽魂悸以魄动[27]，怳惊起而长嗟[28]。
惟觉时之枕席， 失向来之烟霞[29]。
世间行乐亦如此，古来万事东流水。
别君去兮何时还[30]？且放白鹿青崖间[31]，须行即骑访名山[32]。
安能摧眉折腰事权贵[33]，使我不得开心颜！

1- 海客：旅行海外的归客。瀛洲：神话传说中东海上的仙山。
2- 微茫：依稀仿佛，模糊不清的样子。信：实在。难求：难于访求。
3- 越人：越地即今浙江一带的人。
4- 云霓明灭：指天姥山在云彩中时隐时现。
5- 势拔五岳：山势高出于五岳。五岳，指东岳泰山、西岳华山、中岳嵩山、北岳恒山、南岳衡山。掩赤城：遮掩了赤城山。赤城山，在浙江省天台县北六里。
6- 天台：山名，在今浙江天台县东北，与天姥山遥遥相对。
7- "对此"句：是说天台山虽然很高，但与其西北的天姥山相比就显得低矮了，就像在东南面拜倒下去似的。
8- 镜湖：又名鉴湖或庆湖，在今浙江绍兴市南。
9- 剡（shàn）溪：水名，在今浙江嵊州市，为曹娥江上游。
10- 谢公：指谢灵运。他是南北朝时的宋朝诗人，好游山玩水，曾在天姥山游览，寄宿于剡溪。有"暝投剡中宿，明登天姥岑"（《登临海峤》）的诗句。
11- 渌（lù）水：清清的溪水。
12- 谢公屐：谢灵运为游山而特制的木屐，上山则去其前齿，下山则去其后齿。
13- 青云梯：指高入云霄的山路，好像登天的梯子。谢灵运《登石门最高顶》："惜无同怀客，共登青云梯。"
14- 半壁：陡峭的半山腰。海日：海上升起的红日。
15- 天鸡：传说中的神鸡。据《述异记》载："尔南有桃都山，上有大树名曰桃都，枝相去三千里，上有天鸡。日初出照此木，天鸡则鸣，天下之鸡皆随之鸣。"
16- 迷花：因赏花而迷路。暝：日落天黑。
17- 殷（yǐn）：多指雷声，形容声音宏大。此处作动词用，即震响的意思。
18- 澹澹：水波荡漾的样子。
19- 列缺：闪电。
20- 洞天：道家称神仙所居之地为洞天，这里指洞中别有天地。石扉：石门。
21- 訇：同"轰"，象声词，指巨大的声响。
22- 青冥：青天高空。浩荡：茫无边际的样子。这句指洞府中天地广阔。
23- 金银台：指神仙居处。郭璞《游仙诗》说："神仙排云出，但见金银台。"
24- 霓：彩虹的一种，色比虹淡，其七色排列次序与虹相反。
25- 云之君：即云之神。这里泛指自天而降的众仙。
26- 虎鼓瑟：语出张衡《西京赋》："白虎鼓瑟，苍龙吹篪。"
27- 魂悸、魄动：即惊心动魄。
28- 怳（huǎng）：同"恍"，神情不定的样子。"忽""怳"二字都来自《庄子》。

29- 向来：刚才，指梦境中。烟霞：通常是山水的代称，这里指梦中所见的奇景。
30- 别君：离别东鲁的朋友。这句是扣"留别"之题。
31- 放：放养。白鹿：传说中仙人的坐骑。《乐府诗集》载王子乔《古辞》云："骑白鹿，云中游。"
32- 须行：要走的时候。
33- 摧眉：即低头。折腰：弯腰。陶渊明弃官归隐前曾说过："吾不能为五斗米折腰向乡里小儿！"（《晋书·隐逸传》）

　　天姥（mǔ），山名，在今浙江新昌县东。相传登山的人听到过仙人天姥的歌声，因名为天姥山。天姥山一带，自晋以来就是名流隐居的地方，李白早有到此一游的愿望。

　　天宝三载（744），他被赐金放还，离开长安，游历梁、宋、齐、鲁，回到东鲁家居；不久便又离家，南游吴越。这首诗便是告别东鲁的朋友时所作，故诗题又名《别东鲁诸公》。诗以梦游的手法驰骋想象，创造了一个奇异瑰丽的神仙世界，抒发了作者政治上受挫的抑郁，表达了他追求自由、不甘忍辱奉事权贵的志向。李白受道教影响较深，他曾说过："五岳寻仙不辞远，一生好入名山游。"他把神仙世界当作没有权贵、没有黑暗现象的无限美好的境界来追求，借以抒发"人生在世不称意"的幽愤，寄托渴望自由和个性解放的思想。

　　作品的开头四句以神仙居住的"瀛洲"作衬，点出了本诗要写的天姥山，很快地进入了诗题。接下来的四句，想象了自己听说的天姥山的其高无比，粗粗地勾勒了一个天姥山的大致轮廓。从"我欲因之梦吴越"一直到"仙之人兮列如麻"，是写诗人梦游天姥山的情景，是本诗的主体部分。从"忽魂悸以魄动"到结尾，是写梦醒以后的空虚失意，和对现实人生的愤慨与不平，表现了一种希望托迹山林,而不愿与黑暗官场同流合污的思想情绪。

作品的头绪清楚,结构明晰,把美丽的神话与幻想、夸张等浪漫主义手法巧妙地结合使用,描绘了一幅奇谲多变、含蕴丰富的图景,诗人内心的激情也随之起伏奔腾,的确具有很强的感染力。

劳劳亭

天下伤心处,劳劳送客亭。
春风知别苦,不遣柳条青。

作品的写作年代不详,大约是诗人离开长安,又游罢齐鲁,赴江东远游吴越时途经金陵(今南京市)时所作。劳劳亭旧址在今南京市南部。作品别出心裁,将春风拟人化,以春风的不遣杨柳发青来试图取消或至少是推迟人的离别为意,以突出人间离别的痛苦,构思非常新颖。

登金陵凤凰台

凤凰台上凤凰游, 凤去台空江自流。
吴宫花草埋幽径[1],晋代衣冠成古丘[2]。
三山半落青天外[3],一水中分白鹭洲[4]。
总为浮云能蔽日[5],长安不见使人愁。

1- 吴宫：三国时孙权所建的吴国的宫殿。吴国是历史上第一个在金陵建都的王朝。埋幽径：指宫廷中的路径被乱生的花草所掩盖，极言时过境迁，宫殿荒废无人之状。
2- 晋代：司马氏建立的王朝，开始建都于洛阳，史称西晋。永嘉之乱后，西晋被匈奴人所灭，司马睿逃到金陵重新建国，史称东晋，是在金陵（当时叫建康）建都的第二个王朝。衣冠：指有头脸的上层人物。
3- 三山：在今南京市西南长江东岸，以有三峰得名。长江自西南流来，此山突出江中，当其冲要。半落青天外：极言其高。
4- 一水：指长江。白鹭洲：旧址在南京城西的长江中，因江水到此左右分流，故曰"中分"。后因河道北移，此洲遂与南岸相连，旧景不复存在。今南京之白鹭洲乃明代开国功臣徐达的花园，与李白诗所云没有关系。
5- 浮云：比喻在朝的奸谗小人。蔽日：比喻蒙蔽君主。《古诗十九首》云："浮云蔽白日，游子不顾反。"

　　作品大约写于唐玄宗天宝四年到十四年之间，时诗人已因受排挤而离开了朝廷。在这期间，他曾先在齐鲁，后又到吴越地区游历。金陵是六朝故都，又是南北往来的必经之地，诗人曾多次到此游访，并写了许多诗文以记其胜，《登金陵凤凰台》就是其中有代表性的作品之一。凤凰台旧址在今南京市南的凤凰山上，据说南朝刘宋元嘉年间曾有三只凤凰飞降此山，于是便在那里修了凤凰台。关于李白这首诗的写作缘起与作品的内容，宋代刘克庄说："古人服善，李白登黄鹤楼，有'眼前有景道不得，崔颢题诗在上头'之语，至金陵乃作《凤凰台》诗以拟之。今观二诗，真敌手棋也。"

　　作品的第一、二句点出"凤凰台"，扣紧题目。第三、四句吟咏凤凰台所处的今南京市的历史典故，发思古之幽情。第五、六句写登凤凰台举目所见的周遭景色。第七、八句写远眺长安方向,发报国无门之感慨。元代方回说:"太白此诗与崔颢《黄鹤楼》相似,格律气势,未易甲乙。此诗以'凤凰台'为名,不过起二句,已尽之矣。下六句乃登台而观望之景也。三四怀古人不见,五六七八咏今日之景而慨帝都之不可见。登台而望,所感深矣。"

闻王昌龄左迁龙标遥有此寄

杨花落尽子规啼[1],闻道龙标过五溪[2]。
我寄愁心与明月, 随君直到夜郎西[3]。

1- 杨花落尽:有本作"扬州花落",有人据此以为此诗作于天宝八年(749),因为这一年李白到过扬州。
2- 龙标:这里指王昌龄。过五溪:去了比五溪更远的地方。五溪指今湖南西部与贵州交界处的辰溪、酉溪、巫溪、武溪、沅溪。
3- 夜郎:唐县名,县治在今湖南芷江西南,与龙标(今湖南洪江西南)相距甚近,故李白诗连带及之。意谓你到哪里,我的友情就像明月似的跟你到哪里。

作品写于唐玄宗天宝三年到十二年(744—753)之间的某一个春天,当时李白已离开长安,先后在齐鲁、燕赵、洛阳、淮泗、会稽诸地游历。王昌龄是盛唐的著名诗人,先曾任江宁(今南京市)丞,因"不护细行"被左迁(贬官)为龙标(今湖南洪江市西南)尉,李白听说后,写此诗寄赠王昌龄,表现了自己对朋友左迁的同情与慰勉。

作品的第一、二句是点出听说朋友远贬以及自己写作此诗的时间；第三、四两句是写自己对朋友此事、此行的关心、同情与安慰。作品最巧妙的地方是诗人把自己对朋友的这种关心、同情比作了无地不存、无处不见。且又万古长新的月光，这就把那种人间看不见、摸不着的美好情谊，表现得既形象而又深刻了。

宣州谢朓楼饯别校书叔云

弃我去者，昨日之日不可留；
乱我心者，今日之日多烦忧。
长风万里送秋雁， 对此可以酣高楼[1]。
蓬莱文章建安骨[2]，中间小谢又清发[3]。
俱怀逸兴壮思飞[4]，欲上青天揽明月。
抽刀断水水更流， 举杯消愁愁更愁。
人生在世不称意[5]，明朝散发弄扁舟[6]。

1- 对此：即面对上句所言的秋景。
2- 蓬莱：传说中的海上三神山之一，据说是仙人收藏图书典籍的地方。汉代皇帝藏书处叫东观，因其收藏丰富，学者把它比为传说中的蓬莱山。这里的蓬莱是借指唐代的秘书省，唐人多以蓬山、蓬阁指称秘书省。李云是秘书省校书郎，故称他的文章为"蓬莱文章"。建安骨：建安是东汉献帝年号（196—219），当时曹操父子和建安七子等所写的诗，风格刚健遒劲，后人称为"建安风骨"。这句是说李云的文章有建安风骨。
3- 小谢：即谢朓。世称谢灵运为大谢，谢朓为小谢。清发：指清新秀发的诗风。唐汝询解释此句说："子（李云）校书蓬莱宫，文有建安风骨；我（李白）若小谢，亦清发多奇。"（《唐诗解》）

4- 逸兴：超逸的兴致、雅兴。壮思：豪壮的思绪。
5-不称意：不如意。
6-散发：古人束发戴冠，散发有不受拘束、放荡不羁和不再出仕两重意思。弄扁舟：这里用的是范蠡"乘扁舟浮于江湖"的典故。

  宣州，即今安徽宣城市。谢朓楼，又名谢公楼、北楼，南齐诗人谢朓为宣城太守时所建，唐末改称叠嶂楼。遗址在今安徽城市内。谢朓是最受李白崇敬的南朝诗人，李白曾多次在自己的诗中赞赏谢朓。《宣州谢朓楼饯别校书叔云》大约作于唐玄宗天宝十二年（753），当时李白在宣州一带漫游。李白的族叔李云，当时为校书郎，这首诗就是李白在谢朓楼上为李云饯别时所作。但这首诗的诗题又叫《陪侍御叔华登楼歌》，李华与李云不是一个人，二题必有一误。

  这首诗题为"饯别"，但实际上从头到尾都是在抒发诗人自己的怀才不遇与愤世不平。作品的前六句是直吐诗人面对大地高天、秋风秋雁所产生的无法消解的英雄无用武之地的无限哀怨。中间四句是借建安风骨以比喻其族叔李云，借先辈诗人谢朓以比喻自己，他认为这些人都是"俱怀逸兴壮思飞，欲上青天揽明月"的。但实际上主要还是在表现他自己，是说自己的才华盖世，可惜的只是无人理解，无人看重。最后四句是在以决绝语发牢骚，声明从此要和现时官场、现时的上流社会划清界限，要去当隐士，决不再到上流社会里去瞎搀和。但实际上这也只是表明了李白此时此地的一种情绪而已，换一个环境，换一首别的诗，说不定李白就又要去说别的了。

  就此诗而论，作品的发端奇特，吐语惊人。境界开旷，气势豪壮。"抽刀断水水更流"句，给李后主的"一江春水向东流"无限思考。全诗波澜迭起，瞬息万变，充分表现了诗人深沉激烈的内心矛盾。幻想与现实，又交织得十分妥帖；篇幅很短，而变化极大，是此诗特别值得重视的独特成就。

独坐敬亭山

众鸟高飞尽，孤云独去闲。
相看两不厌，只有敬亭山。

作品大约写于唐玄宗天宝十二年（753）秋天，当时诗人正在今安徽宣州区一带游寓。敬亭山在宣州区北五里，是游览胜地，早在南朝时谢朓就对它有过精彩描述。这首诗描写了敬亭山的秀丽幽静，抒发了一种厌弃世俗又孤独寂寞的情绪。诗人坐对敬亭山，颇得孤独看山之趣，所以"独"字是全诗骨干。众鸟飞尽，则与鸟群为伴而不可得，但鸟既飞尽，也就无鸟声扰乱人心，更能欣赏山的幽趣。鸟散尽了，连一片孤云也独游去了，此刻天地空旷，孑然一身，反而更能欣赏孤云的"闲"，孤云即我，我即孤云，舒卷自如，行止在我。这两句是从侧面写看山之趣。第三、四句则是正面写看山之趣，把山拟人化，"我见青山多妩媚，料青山见我应如是"（辛弃疾词），并用"只有"二字突出敬亭山，表明只有志同道合者才能莫逆于心，显示了诗人不随流俗的品质。

秋浦歌十七首（其十五）

白发三千丈，缘愁似个长[1]。
不知明镜里，何处得秋霜[2]？

1- 缘：因为。个：这个，这么。
2- 秋霜：以喻白发。当时李白五十三岁。

作品大约写于唐玄宗天宝十二年（753），当时诗人在今安徽、江苏一带游历。秋浦在今安徽贵池区西。李白的《秋浦歌》共十七首，这里所选的是其中的第十五首。作品以浪漫主义的激情，以一个豪迈壮士的口吻。抒发了一个知识分子功名未立、头发已白的怀才不遇的悲哀。

赠汪伦

李白乘舟将欲行，忽闻岸上踏歌声。
桃花潭水深千尺，不及汪伦送我情。

作品大约写于唐玄宗天宝十四年（755），当时李白从秋浦（今安徽贵池区）前往泾县游桃花潭，受到了当地人汪伦的热情款待。李白离去时遂作这首赠诗。诗的前两句为叙事，展示了一幅离别的画面。但送行者并没有直接出现，而是只闻其声，不见其人，但人已"呼之欲出"了。后两句为抒情，不直接以深湛的桃花潭水比喻汪伦的送别之意，而说水深尚不及人情之深，于是感情又翻进一层。李白一生交友甚广，汪伦并非其久交，其离别之情也并非特别深刻，但由于诗中体现的豪气极易打动人心，所以深受后人赞赏，广为流传，李白与汪伦的友情也就给人们留下了特别深的印象。

望庐山瀑布

日照香炉生紫烟[1]，遥看瀑布挂前川。
飞流直下三千尺， 疑是银河落九天。

1- 香炉：即香炉峰，在庐山东南部。紫烟：傍晚山头的云气呈紫色。

作品大约写于唐肃宗至德元年（756）夏秋之间。当时安禄山的叛军攻陷两京，中原大乱，李白正隐居于庐山。

作品的前两句描写了傍晚时分遥望香炉峰侧大瀑布的实际景象，为后两句的夸张、想象奠定了基础。作品的第三句在眼睛所见实际景象的基础上夸张想象，为第四句惊人之语的爆出运足了气、打好了底。"疑是银河落九天"，这是多么石破天惊，而又是多么现成、多么自然、多么美好的想象啊！银河横在夜空，人人抬头都能看见；银河高不可及，但人人心头都积蓄着许多有关银河的故事与遐想，有人从黄河乘槎转到了银河上不就是其中的一个吗？而现在李白面对香炉峰瀑布惊呼：看哪！浩浩的银河水从九天上泄落到我们庐山上来了！于是一种铺天盖地的景象，一股雷霆万钧、千军万马也无法比拟的气势，就一齐涌现到读者眼前来了。

从古到今，写瀑布的诗词成千上万，但没有任何一篇比李白这首更精炼、更壮观、更家喻户晓的了。

西上莲花山

西上莲花山， 迢迢见明星[1]。
素手把芙蓉[2]，虚步蹑太清[3]。
霓裳曳广带[4]，飘拂升天行。
邀我至云台[5]，高揖卫叔卿[6]。
恍恍与之去， 驾鸿凌紫冥[7]。
俯视洛阳川， 茫茫走胡兵[8]。
流血涂野草， 豺狼尽冠缨[9]。

1- 明星：神话中的华山仙女名。《太平广记》："明星玉女者，居华山，服玉浆。白日升天。"
2- 芙蓉：莲花的别名。
3- 虚步：凌空而行。蹑：踏。太清：太空，道家语。
4- 霓裳：用彩虹做成的衣裳，仙人所穿。
5- 云台：华山东北部的高峰。
6- 卫叔卿：传说中居于华山的神仙。《神仙传》说他曾乘云车，驾白鹿去见汉武帝，以为武帝喜好神仙方术，见之必加优礼。但武帝只把他作臣子看待，使他大失所望，飘然而去。
7- 紫冥：紫色的高宅。
8- 胡兵：指安史叛军。因叛军中多奚、契丹等北方少数民族人，故称。
9- 豺狼：指安禄山部下官员及其依附者。

　　《西上莲花山》是《古风》五十九首中的第十九首。这首诗大约作于至德元年（756），即安史之乱爆发的第二年春天，是一首用游仙体写的古诗。游仙体是一种借描述"仙境"以寄托作者思想感情的诗歌，魏晋以来的游仙诗多数宣扬隐逸出世的思想。李白突破了这种局限，在这首诗中抒发了忧国忧民的沉痛感情，表现了他内心的矛盾和痛苦。

　　诗的前六句描写作者来到想象中的仙境的情景。在高耸入云的莲花山上，作者远远地看见了仙女明星。她那洁白的手中拿着美丽的莲花，漫步在清澈明净的太空中。她那虹霓似的衣裳拖着宽阔的飘带，清风吹拂，飘然向天宫升去。碧空、仙女、莲花、虹霓，一切都是那样纯洁，那样美丽，那样令人神往。透过这幅美妙的仙女升天图，我们可以看到作者对美好事物的无限憧憬与向往。

　　接着从第七句到第十句，作者写了他遨游仙境的情景：仙女邀请他来到华山云台峰，与仙人卫叔卿长揖见礼；恍惚之间随之而去，驾着鸿雁凌空飞翔。作者仿佛摆脱了人间的一切烦恼，进入了一个自由自在的世界。李白也曾应召供奉翰林，后来遭到谗毁而离开朝廷，这段遭遇与卫叔卿颇为相似，所以他把卫叔卿引为同调，幻想像他那样飘然世外。

　　然而，诗人并未沉醉在美丽的仙境之中。诗的后四句笔锋陡转,用简练的笔墨,高度概括地描写了叛军控制下中原地区的一片惨景:从高空俯视洛阳一带,到处都是横行肆虐的胡兵。他们残酷地屠杀无辜的百姓,血流遍野,惨不忍睹。而那些吃人肉喝人血的豺狼们却一个个穿着朝衣、戴着朝冠,都成了骑在人民头上的新贵。看到这幅人间惨景,诗人怎能不为国家的前途和人民的命运而深深地忧虑呢?所以虽然全诗至此戛然而止,但作者关心时局、忧国忧民的心情已尽在不言之中了。据史书记载,安禄山早有叛心,昏庸的唐玄宗却毫无准备。叛乱爆发后,唐军仓促应战,节节败退,洛阳一带很快就被叛军占领,都城长安受到严重威胁。在这种危急的情况下,朝廷依然拿不出退敌良策。这就是此诗的写作背景。

这首诗在艺术构思上的一个突出特点,是巧妙地运用对比反衬手法,大大增强了感染力。作者在前半段描写了一幅美妙纯洁的神仙境界,与后半段描写的血腥污秽的人间形成了强烈的对比。这两种景象中,又蕴含着作者的理想与现实,出世思想和用世思想之间的尖锐矛盾。诗的风格也是前半段悠扬飘逸,后半段悲壮沉郁。读者很容易通过这种强烈的反差,感受到作者对现实的强烈不满和对理想的追求,体会到作者深沉复杂的内心矛盾。

早发白帝城

朝辞白帝彩云间[1],千里江陵一日还。
两岸猿声啼不住, 轻舟已过万重山。

1- 白帝：白帝城，即今重庆奉节县，古时亦称夔州。最早叫鱼腹，西汉末公孙述割据四川时，将此改称白帝城。李白本自巫山县出发，巫山在白帝城东不远，而《水经注》又是说的"白帝"，故李白也就说"朝辞白帝"了。彩云间：极言其地势之高。

作品写于唐肃宗乾元二年（759）春。两年前李白因参加永王李璘幕府事，被唐肃宗拘捕治罪，系于浔阳（今江西九江市）。乾元元年被判长流夜郎（今贵州正安县北），于是李白遂沿长江逆流而上，远赴贵州。待至到达巫山县时，适逢朝廷宣布大赦，李白遂又从巫山县乘船顺流而下。因为遇赦免罪，内心喜悦，所以诗的调子分外轻快。

作品所描写的是他从白帝城乘船顺江而下，通过三峡，直达江陵的情景。作品里有他亲眼所见的三峡的奇丽风光，有他既惊奇又喜悦的实际感受，但毫无疑问，他也是从郦道元《水经注》有关三峡的描写中找到了切入点，并从那里直接借用了许多现成的描写方式。《水经注》有关描写的原文是："自三峡七百里中，两岸连山，略无阙处，重岩叠嶂，隐天蔽日，自非亭午夜分，不见曦月。至于夏水襄陵，沿溯阻绝，或王命急宣，有时朝发白帝，暮到江陵，其间千二百里，虽乘奔御风，不以疾也。"又说："每至晴初霜旦，林寒涧肃，常有高猿长啸，属引凄异，空谷传响，哀转久绝，故渔者歌曰：'巴东三峡巫峡长，猿鸣三声泪沾裳。'"当然，李白这四句诗显然是更凝练，更动人，更青出于蓝了。

关于这首诗的用词造句，清人施补华说："太白七绝，天才超逸而神韵随之，如'朝辞白帝彩云间，千里江陵一日还'，如此迅捷，则轻舟之过万山不待言矣。中间却用'两岸猿声啼不住'

一句垫之，无此句则直而无味，有此句走处仍留，急语须缓，可悟用笔之妙。"今人吴小如说："'千里''一日''万重山'，当然都不免是夸张说法，唯独'两岸'的'两'字，却是实写。而全诗之妙，恰在这个'两'字上。正因为两岸都有山，都有猿啼，所以才'左右逢源'；也正因为'左右逢源'，才见出船上人目不暇接、耳不暇接的神情来，这才能从紧张中见出愉快。假使风景只有一面，即使再好也难免单调，而这首诗也就只剩下一个平面，没有锋棱挺秀、空灵飞动之感了。"

江上吟

木兰之枻沙棠舟[1]，玉箫金管坐两头。
美酒樽中置千斛[2]，载妓随波任去留。
仙人有待乘黄鹤[3]，海客无心随白鸥[4]。
屈平辞赋悬日月[5]，楚王台榭空山丘[6]。
兴酣落笔摇五岳，诗成笑傲凌沧洲[7]。
功名富贵若长在，汉水亦应西北流。

1- 枻（yì）：同"楫"，船桨。沙棠：树木名，据《山海经》说，沙棠出昆仑山上，人吃了它的果实"入水不溺"。
2- 樽：酒杯。斛：量器名，十斗为一斛。
3- "仙人"句：是采用仙人子安乘鹤而去的传说。
4- "海客"句：采用《列子·黄帝篇》中的一则寓言，大意是古时有一个人住在海边，非常喜欢白鸥，每天清晨都到海边去，常有成百白鸥飞集他的身旁。
5- 屈平：即屈原。悬日月：指屈原的诗赋如日月高悬于天，光耀四照，永世长存。

6- 楚王：指楚怀王。空山丘：指台榭荡然无存，只剩山丘。
7- 沧洲：水边之地。一说泛指江海间高士隐逸之地。
8- 汉水：即汉江，发源于陕西省，从西北方流向东南方，至湖北汉口入长江。说它"亦应西北流"，就是说它倒流，比喻不可能实现。

《江上吟》又名《江上游》，大约作于唐玄宗开元十三到十四年（725—726）之间，在作者出川后漫游江汉一带的时期。作品反映了诗人追求自由、鄙视功名富贵并立志著述的思想。作品的前四句写诗人载酒游江的豪华排场，以及其对如此"壮游"的开心快意；中间四句写诗人蔑弃功名富贵，志欲当神仙、做隐士，同时又以写诗自豪，志欲以伟大诗人留名后世的豪迈情怀。后四句写诗人以能写出好诗为骄傲，相信只有好诗、只有伟大诗人可以传之永久，而帝王将相、功名富贵等则不过是过眼烟云、稍纵即逝，是一去永不复返的。最后一句中提出"汉水"，它既是用来与功名富贵相比的绝好的眼前物，同时又是在全诗的收束处扣题，交代出了这次"壮游"以及这次豪迈吟诗的地点，顺手拈来，天衣无缝。

李白是一个生性豪放的人，他所说的这些都不是假话，他当时的确是这么想过的。但李白同时又是一个功名心很强的人，他一生几乎时时刻刻都在梦想着建功立业、济世救民。试看，后来不仅是唐玄宗，甚至还有永王李璘轻轻地一招呼他，他就立刻乐滋滋地赶着去了嘛！所以我们读李白的诗，不能理解过于直观，可以说这真实地反映了他思想中的一个侧面。这首诗语言华丽、前后照应，把比喻、夸张、对比、反衬和历史典故巧妙地熔于一炉，五彩缤纷，生动感人。

高　適

高適（706—765），字达夫，渤海郡蓨（tiáo）县（今河北景县）人。早年家贫，曾客游梁、宋间。后为河西节度使哥舒翰掌书记，屡次升迁，官至西川节度使、散骑常侍、封渤海县侯。在唐代诗人中是最飞黄腾达的一个。《旧唐书》说："有唐以来，诗人之达者，惟適而已。"高適是盛唐著名边塞诗人，与岑参齐名，世称"高岑"。高適曾两度到过边远地区，对边塞生活有较深体会，他的边塞诗反映了当时的边疆形势，赞颂了守边士卒的英勇斗志，揭露了某些将帅的骄奢淫逸。有《高常侍集》。

燕歌行

开元二十六年，客有从御史大夫张公[1]出塞而还者，作《燕歌行》以示適，感征戍之事，因而和焉。

汉家烟尘在东北[2]，　汉将辞家破残贼。
男儿本自重横行[3]，　天子非常赐颜色[4]。
摐金伐鼓下榆关[5]，　旌旆逶迤碣石间[6]。
校尉羽书飞瀚海[7]，　单于猎火照狼山[8]。
山川萧条极边土[9]，　胡骑凭陵杂风雨[10]。
战士军前半死生[11]，　美人帐下犹歌舞[12]！
大漠穷秋塞草腓[13]，　孤城落日斗兵稀[14]。

身当恩遇恒轻敌[15]，力尽关山未解围。
铁衣远戍辛勤久[16]，玉箸应啼别离后[17]。
少妇城南欲断肠[18]，征人蓟北空回首[19]。
边庭飘飖那可度[20]，绝域苍茫更何有[21]！
杀气三时作阵云[22]，寒声一夜传刁斗[23]。
相看白刃血纷纷[24]，死节从来岂顾勋[25]？
君不见沙场征战苦，至今犹忆李将军[26]！

1- 张公：指张守珪，官拜辅国大将军、右羽林大将军兼御史大夫，曾带兵抗击契丹。开元二十六年（738）其部将赵堪等假借张守珪之命，令平卢使乌知义击契丹、奚余部于潢水之北，先胜后败。张守珪不据实上报，而是贿赂公使，隐瞒实情，谎报军功，事情败露，贬为括州刺史。
2- 汉家：借汉喻唐。
3- 横行：指在战场上驰骋于敌军之中，无人能够抵挡。语出《史记·季布列传》，"樊哙曰：'臣愿得十万众，横行匈奴中'。"
4- 非常：特别、格外。赐颜色：赏脸，给以宠遇。
5- 摐（chuāng）金伐鼓：鸣钲击鼓，指大军在一派军乐声中长驱直入。榆关：即今山海关。
6- 旌旆：泛指军旗。逶迤：宛曲而连绵不绝的样子。碣石：山名，在今河北乐亭县。
7- 校尉：武官名。羽书：调兵遣将的紧急文书。
8- 单于：匈奴首领的通称。狼山：即狼居胥山，在今内蒙古自治区中部。
9- 极边土：直到边境的尽头。
10- 凭陵：有所凭恃而侵凌别人。杂风雨：风雨交加，形容敌军来势凶猛，有如暴风骤雨。
11- 军前：指战场上。半死生：死生各半，伤亡惨重。
12- 帐下：指中军主帅的营帐。
13- 穷秋：深秋。腓：病，指草变黄枯。一作"衰"。
14- 斗兵稀：指唐军伤亡过重所剩无多。
15- 身当恩遇：身受朝廷的恩宠和重用。
16- 铁衣：铠甲，借指士兵。

17- 玉箸：玉筷。古代诗文中形容妇女双泪直流。
18- 城南：长安城南，泛指征人家属所在地。
19- 蓟北：蓟门以北，泛指当时的东北边地。
20- 飘飘：指边地狂风的迅猛，喻指局势动荡不稳。
21- 绝域：边远、偏僻之地。更何有：一作"何所有"。
22- 杀气：凶恶的气氛。三时：指早、中、晚三时，即一整天。阵云：战场上空的乌云。极言战争险恶，气氛紧张。
23- 一夜：彻夜。
24- 白刃：雪亮的刀刃。
25- 死节：指奋不顾身，为国捐躯。岂顾勋：难道是为了个人得功受赏？
26- 李将军：指李广。《史记·李将军列传》说李广不仅英勇善战，而且关心士卒。诗人用此典，兼取李广捍御强敌与爱护士卒两层含义。

　　《燕歌行》是乐府古题名，以描写当时东北部地区的征战生活为主。这里是高适采用旧题而写作的新词。作品写于唐玄宗开元二十六年（738），当时诗人32岁。他之所以要写这首诗，正如诗前的序中所说，是因为有一位朋友从幽州节度使张守珪的军中回来，向他讲了军中许多令人不快的事情，并把他自己写的一首《燕歌行》给高适看。关于张守珪两次隐瞒失败、谎报军功的问题，高适早有所闻，这次又听了朋友的讲述，读了他的诗，心中有许多感慨，于是写了这首诗。

　　作品的前八句写东北边疆警报传来，唐朝将士踏上征程，开赴前线。第二个八句写双方激战，唐军失利。诗人在对比中揭示战败的原因在于将帅的骄与奢。第三个八句写唐军由攻转为守。因为久戍，于是引出前方战士和后方家人的相互思念之情。结尾四句通过诗人的直接议论，写出了战士的高尚情怀和对良将的向往。这首诗不是简单地歌颂胜利、炫耀兵威，也不是一概地谴责战争、抒发哀怨，而是比较深刻地概括了开元至天宝年间唐代边疆战争与唐军内部所存在的矛盾现实，在较为广阔的背景上多侧面地再现了当时的边塞生活，因此这首诗在描写军旅、边塞的作品中具有特殊地位。

这首诗在艺术上值得注意的有三点。其一是诗人为了表现战士的爱国精神和复杂的内心活动，特别注意环境与气氛的描写。如诗人用山川萧条、塞草枯黄、边庭飘飖、绝域苍茫等，写出了边塞地区自然环境的险恶；通过"杀气""阵云""白刃""血纷纷"等，渲染了战争气氛之残酷。其二是对比手法的运用。如出师时"摐金伐鼓""旌旆逶迤"的浩大声势与"孤城落日斗兵稀"的败后凄凉；"战士军前半死生"与"美人帐下犹歌舞"等等。最后的怀念汉代名将李广，也是对当今将帅的一种对比与讽刺。第三是诗的语言，它四句一换韵，而且平仄相间，从而形成一种抑扬起伏、滔滔不绝的气势。在句式上，它大量使用排比对偶，从而使这首流利的七言歌行又增加了一种律诗的抑扬顿挫的韵律。今人刘开扬说："此诗多对偶句，功力深，笔力亦到，非他人可及。"

别董大

千里黄云白日曛[1]，北风吹雁雪纷纷[2]。
莫愁前路无知己，天下谁人不识君？

1- "千里"句：是说千里长天，风沙弥漫，太阳和白云都因此蒙上一层黄色而昏暗无光。
2- 北风吹雁：北风劲吹，大雁南飞。

  这是高适早年的一首送别诗，原作二首，这是其中的第一首。董大，高适友人，生平不详。有注者认为他可能是唐玄宗时代著名的琴客。刘永济在《唐人绝句精华》中说："送别诗不作离别可怜之词，而有'谁不识君'之壮语，知董大必豪士而未达者。"高适写这首诗时，也正处于不得意的漫游时期。他在《别董大》之二中写道："六翮飘飘私自怜，一离京洛十余年。丈夫贫贱应未足，今日相逢无酒钱。"可见诗人和友人董大的境遇一样，所以他这"天下谁人不识君"的壮语，既是劝慰、鼓励友人，同时也是对自己的一种慰藉。

  由于诗人是以开朗的胸襟、豪迈的语调来对待离别，激励朋友的，因此可以说这是继王勃《送杜少府之任蜀川》后又一首情调高昂、别具一格的送别之作。

送李侍御赴安西

行子对飞蓬[1]，金鞭指铁骢[2]。
功名万里外[3]，心事一杯中[4]。
虏障燕支北[5]，秦城太白东[6]。
离魂莫惆怅[7]，看取宝刀雄[8]。

1- 行子：旅行在外的人，这里指李侍御。
2- 铁骢：青白色相杂的战马。
3- "功名"句：是说到万里之外去建功立业。
4- "心事"句：是说在席上杯酒叙情。
5- 虏障：即遮虏障。汉武帝于太初三年（前102），命强弩都尉路博德所筑，故址在今内蒙古自治区额济纳旗境。这里代指李侍御要去的地方。燕支：山名，又名焉支山，在甘肃山丹县东南。
6- 秦城：指京城长安，交代诗人为朋友的送别地点。太白：山名，在陕西太白县南。
7- 离魂：指离别时的心情。
8- 宝刀雄：指在边地作战，为国建立军功。

这首诗写于唐玄宗天宝十一年（752）秋，诗人入哥舒翰幕府之前。当时高适在长安。侍御，是殿中侍御史的简称。安西即安西都护府，治所在今新疆库车县。这是一首送别诗，却一洗一般离别诗黯然销魂、低回流连的意味，以开阔的意境、豪迈的气势，勉励友人不要被惆怅之情消磨了意志，而要以安靖边疆、建功立业为抱负。诗中充满了信心和力量，既是送友，也是自勉，抒发的正是诗人自己的志向，所以更显得发自肺腑，情感真挚，浑厚深沉。

常 建

常建（708—765？），长安（今陕西西安市）人。唐玄宗开元十五年（727）进士，曾任盱眙县尉。常建写过不少山水田园诗，边塞诗亦写得不同凡响，别具一格。有《常建集》四卷，存诗五十余首。

题破山寺后禅院

清晨入古寺， 初日照高林[1]。
竹径通幽处， 禅房花木深。
山光悦鸟性[2]，潭影空人心[3]。
万籁此俱寂[4]，但馀钟磬音[5]。

1- 高林：佛家称僧徒聚集之处。这里即指禅院。
2- "山光"句：是说秀美的山光使飞鸟的性情欢悦。
3- "潭影"句：是说潭水清澈，临潭顾影，不觉心中一切俗念都涤除殆尽了。
4- 万籁：指一切声响。
5- 钟磬：僧人念经，鸣钟表示开始，击磬表示结束。

　　破山寺，又名兴福寺，在今江苏常熟市虞山北麓。后禅院是寺中僧人所居之处。古代寺院分前后院，前院供佛，后院居住。诗中抒写了清晨游后禅院的观感，描述了其中的深幽、寂静，赞美了超脱尘俗、怡悦无忧的佛境。其中"竹径通幽处,禅房花木深"，

"山光悦鸟性,潭影空人心"两联,暗含着禅机,诗人仿佛领悟到了无穷的奥妙,心中的尘俗杂念,顿时荡涤。此时,人世间的其他声响似乎都寂灭了,只有钟磬所传达的佛音引导人们进入纯净的境界。读者也从这景致之中领略到了佛理的神髓。全诗笔调古朴,情致闲淡,描写省净,写理耐人寻味而又不落痕迹。

塞下曲(二首)

其一
玉帛朝回望帝乡[1],乌孙归去不称王[2]。
天涯静处无征战, 兵气销为日月光[3]。

其二
北海阴风动地来[4],明君祠上望龙堆[5]。
骷髅皆是长城卒[6],日暮沙场飞作灰。

1- 玉帛:这里指朝见帝王时敬献的礼品。朝回:朝拜之后回国。望:回望,依恋不舍的样子。
2- 乌孙:汉代西域国名,与西汉王朝通婚友好。不称王:指自己不再称王,以臣服于汉王朝。
3- 兵气:战争的气氛。
4- 北海:指俄国境内的贝加尔湖。阴风:北风。
5- 明君祠:即王昭君的祠堂。龙堆:白龙堆的简称,在今新疆东部罗布泊以东的大沙漠上。
6- "骷髅"句:化用秦时民歌"生男慎勿举,生女哺用脯。不见长城下,尸骸相撑柱"的句子。

常建的《塞下曲》共有四首，这里选的是其中第一、二首。两首诗一正一反，表达了作者对和平与战争的态度。

　　第一首立足于民族和睦的高度，选取汉武帝与乌孙国结好的历史题材，称颂了化干戈为玉帛的太平景象，表达了诗人对于各民族间友好相处的美好愿望，声调高亢而响亮，结句雄健而有神。

　　第二首描绘了荒凉凄惨的塞外风光，通过对战场惨象的描写，对历来的战争牺牲表达了深沉的感慨，对劳动人民所蒙受的战争苦难，寄寓了无限的悲惋与同情。古今多少征战，多少士卒委身沙场、备尝艰苦、露尸异域，然而这一切的结果又如何呢？唐玄宗晚年，开边黩武，好大喜功，诗人一方面特拈出民族关系史上美好的一页加以称颂，一方面又展示了令人触目惊心的战争惨象，都是针对时弊而发的。

刘长卿

刘长卿(709？—786？)，字文房，河间(今河北河间市)人。曾任长洲县尉、南巴县尉、淮西鄂岳转运留后、睦州司马、随州刺史。刘长卿擅长五言，自诩为"五言长城"。有《刘随州诗集》，存诗四百余首。

逢雪宿芙蓉山主人

日暮苍山远，天寒白屋贫。
柴门闻犬吠，风雪夜归人。

芙蓉山，地点不详，因用芙蓉命名的山很多，如山东临沂、湖南桂阳、福建等地都有芙蓉山。这首诗描写了诗人雪夜投宿山村人家的情景。全诗四句，每句都是一个独立的画面，连属起来，又构成一幅疏密得宜、动静相映的风雪夜归图，充分显示了诗人高超的写景艺术。这首诗虽无一字抒情，但所描绘的景物中又没有一处不是寄寓着诗人那种孤寂落寞的情怀。今人周本淳说："日暮逢雪，借宿贫家，入夜犬吠，风雪中尚有归人，即此贫家之人，凄苦可想。出语遒丽，使人几觉为图画，故传颂千古。"

张 继

张继,生卒年不详,字懿孙,襄州(今湖北襄阳市)人。唐玄宗天宝十二年(753)进士,做过盐铁判官、检校祠部员外郎。死于洪州(今江西南昌市)。张继的诗写景状物,清丽自然,含义深刻,富有韵味。有《张祠部诗集》一卷,存诗四十余首。《全唐诗》录其诗一卷。

枫桥夜泊

月落乌啼霜满天, 江枫渔火对愁眠[1]。
姑苏城外寒山寺[2],夜半钟声到客船。

1- 渔火:渔船上的灯火。愁眠:指诗人怀着羁旅乡愁躺在船上,无法入睡。
2- 姑苏:苏州的别称,因苏州西南有姑苏山而得名。寒山寺:在枫桥西一里。寺建于南朝梁代,原名妙利普明塔院。相传唐初诗僧寒山曾住此寺,因而得名。

这首诗生动地描写了深秋季节冷落的自然景观和江南水乡幽静的地理环境,含蓄地抒发了诗人夜泊小舟时的孤愁情怀。诗的最后一句不但衬托了夜的静谧,而且揭示了夜的深永,富有哲理。它既是写景,更是抒情,将诗人因愁绪而深夜不眠的情景表现了出来。由于这首诗意境清远,韵味无穷,人们广为传诵,以致使寻常无奇的苏州城西的枫桥和寒山寺遂成了名闻中外的游览胜地。

关于夜半闻钟的问题，历史上有人提出疑问，如宋代欧阳修说："诗人贪求好句而理有不通，亦语病也。唐人有云：'姑苏城外寒山寺，夜半钟声到客船'句则佳矣，其如三更不是打钟时？"接着又有人出来辩护，说是半夜确有打钟这一说。其实这些人都过于穿凿了，还是明代王应麟的看法好，他说："'夜半钟声到客船'，谈者纷纷，皆为昔人愚弄。诗家借景立言，惟在声律之调，兴会之和，区区事实，彼岂暇计？无论夜半是非，即钟声闻否，未可知也。"

阊门即事

耕夫召募逐楼船[1]，春草青青万顷田[2]。
试上吴门窥郡郭[3]，清明几处有新烟[4]？

1- 楼船：指兵船。"逐楼船"，即随着兵船出发了。
2- "春草"句：是说万顷农田无人耕作，长满了青草。
3- 吴门：即阊门。郡郭：这里指近郊。
4- 新烟：古代风俗，清明前的寒食节禁止烧火，到了清明节重新起火。

唐诗中关于战争的作品很多，或表达建功立业的豪迈，或批判不义之战给人民带来的灾难，一般都写得慷慨激越，相比之下，这首诗初读似乎比较平淡。但由于作者在其中注入了真挚的感慨，也就别有一种朴素的感染力。阊门，指苏州城的西门。"阊门即事"即登阊门的即景抒怀。首句指出了诗人被触动的起因：耕夫被招募,无法安居乐业,诗人也就无心欣赏大好的春光,在他眼中,见到的只是人烟稀少、田园荒芜、民生凋敝的景象。诗人对唐王朝频繁的战争有所谴责,同时又感到无能为力,于是借诗作真诚地披露了一个有爱民之心的封建士大夫的思想苦闷,具有一定的典型性和较强的现实性。

韩 翃

韩翃，生卒年不详，字君平，南阳（今河南南阳市）人。唐玄宗天宝十三年（754）进士，历任节度使幕僚、驾部郎中、中书舍人等职。韩翃是大历十才子之一，唐高仲武《中兴间气集》说他的诗"兴致繁富，一篇一咏，朝士珍之。"《全唐诗》录存其诗三卷。

寒 食

春城无处不飞花， 寒食东风御柳斜[1]。
日暮汉宫传蜡烛[2]，轻烟散入五侯家[3]。

1- 御柳：指御苑中或御河岸上的柳树。当时风俗，寒食节每家折柳枝插门，以示纪念。
2- 汉宫：借指唐宫。传蜡烛：寒食禁火后，宫中以点燃的烛做火种，传赐近臣。
3- 五侯：指汉桓帝时的宦官单超、徐璜、具瑷、左悺、唐衡，此五人在同一天里都被封为列侯。这里隐指唐代的宦官近臣。

寒食是我国古代的传统节日，一般在冬至后一百零五天，清明前两天。按风俗家家禁火，只吃现成食物，故名寒食。时值暮春，故景色宜人。这首诗的前两句即写寒食之景，可以想见城中万紫千红、柳条随风袅娜的情态，把春色描摹得生气勃勃，十分动人。末二句扣住"赐烛"，从烛而自然牵合到五侯之家，写得极富诗情画意，同时自然而然使人产生一种联想，体会到更多言外之意。因为风光无处不同，家家禁火，而独汉宫传烛，这也就带有特权的意味，而优先享受到这种特权的，则是五侯之家，它使人联想到中唐以来，宦官专权，政治日趋腐败，也正如汉末，暗含讽喻之意。然而从字面上又可以仅理解为对皇帝恩泽的颂扬。这也正是这首诗的含不尽之意于言外的含蓄之美。诗中"春城无处不飞花"一句，唐德宗很欣赏。《唐诗纪事》记载，当时有两个韩翃，德宗派韩翃知制诰，中书问派哪个韩翃，德宗说，派"春城无处不飞花"的韩翃。这一佳句至今流传人口。

张 谓

张谓（711？—777？），字正言，河内（今河南沁阳市）人。唐玄宗天宝年间进士，曾在伊西节度使封常清幕下任职。唐代宗大历年间任潭州刺史、礼部侍郎。《全唐诗》录存其诗一卷。

早 梅

一树寒梅白玉条[1]，迥临村路傍溪桥[2]。
不知近水花先发[3]，疑是经冬雪未销。

1- 寒梅：因梅花早春开放，天气还冷，所以称"寒梅"。白玉条：梅树枝上开满白花，好像缀满白玉的枝条。
2- 迥临：远远地对着。
3- 近水：靠近溪水，因而地气较暖。

自古以来，不少诗人都对梅花情有独钟，或咏梅的风韵，或颂梅的风格，而在其中往往体现着诗人自己的境界。张谓这首诗，则侧重写出"早"字，从似玉似雪、近水先发的梅花着笔，写出了早梅的形神，同时通过转折交错、首尾照应的笔法，描绘了诗人探索寻觅的认识过程，表现出诗人与寒梅在精神上的吸引与契合。在诗人笔下，梅与雪有着不解之缘。卢梅坡"梅须逊雪三分白，雪却输梅一段香"是直接将二者比较；许浑"素艳雪凝树"形容梅花似雪，与张谓疑白梅为残雪的着眼点又有不同；王安石"遥知不是雪，为有暗香来"，同为疑梅与雪，却又是从嗅觉出发点破了疑惑。可见张谓此诗有着独特的角度，可以使读者从中领略到悠然的韵味和不尽的欣喜。

岑 参

岑参（715？—770），南阳（今河南南阳市）人。唐玄宗天宝三载（744）进士。曾两次赴西北边塞任幕僚。唐肃宗至德年间回朝后，曾任右补阙、虢州长史、嘉州刺史等职。岑参是盛唐杰出的边塞诗人，由于他较长时间在西北边塞从军，对军旅生活、边地风光、西北少数民族的风俗民情都有深切感受，因此他所创作的八十多首边塞诗笔力刚劲雄奇、景象壮丽瑰异、气势豪迈奔放，在唐代诗歌中自成一家，与高适齐名，世称"高岑"。有《岑嘉州集》，存诗四百余首。

逢入京使

故园东望路漫漫[1]，双袖龙钟泪不干[2]。
马上相逢无纸笔，凭君传语报平安。

1- 故园：故乡。岑参的老家在南阳，长安也有住所，都在东方。"故园东望"，即东望故园。
2- 龙钟：湿漉漉的样子。

这首诗写于唐玄宗八年（749）岑参第一次远赴安西任职的途中。作品表现了诗人在西行途中突遇东归使者所迸发的一种寂寞思乡之情，四句信口而成，不加雕琢，而把一种人人都会有，但却谁都没有说过的话说出来了。贺知章久出乍归时不是说过"儿童相见不相识，笑问客从何处来？"其精彩处也在这里。"眼前景致口头语，便是诗家绝妙词"，前人给总结得多么好哇。

白雪歌送武判官归京

北风卷地白草折[1],胡天八月即飞雪。
忽如一夜春风来, 千树万树梨花开。
散入珠帘湿罗幕[2],狐裘不暖锦衾薄。
将军角弓不得控[3],都护铁衣冷难着[4]。
瀚海阑干百丈冰[5],愁云惨淡万里凝。
中军置酒饮归客[6],胡琴琵琶与羌笛。
纷纷暮雪下辕门[7],风掣红旗冻不翻[8]。
轮台东门送君去[9],去时雪满天山路[10]。
山回路转不见君, 雪上空留马行处[11]。

1- 白草:西北地区生长的一种牧草,又称芨芨草,生命力强,秋天变白,经冬枯而不萎。
2- 散入珠帘:指雪花随风飘入帘内。罗幕:绫罗制成的帷幕。
3- 不得控:拉不开。
4- 都护:唐时置六都护府,各设大都护一员,这里代指较高的军官。
5- 瀚海:大沙漠。阑干:纵横交错的样子。
6- 中军:主帅的营帐。归客:指武判官。
7- 辕门:军营的大门。
8- 掣:拽、拉。冻不翻:指红旗冻得僵硬,风吹飘不起来。
9- 轮台:地名,在今新疆米泉市境内。
10- 天山:横亘于新疆维吾尔自治区,东西长三千多公里。
11- 马行处:马蹄走过的痕迹。

作品约写于唐玄宗天宝十三年(754)秋,当时岑参正在北庭都护、伊西节度使封常清幕中当判官。诗人借着给他的前任武判官回长安送行之机,描写了大西北军营中的热烈生活和大西北自然环境的壮丽景象,抒发了一种积极乐观的蓬勃向上之情。

全诗共分两段,前十句为第一段,写边塞雪景;后八句为第二段,以白雪为背景写送别。第一段写雪景从远到近,诗人由胡地早寒、雪落树上,直到雪花飘入屋内;第二段写送别则从近到远,诗人先写中军帐饯行,然后送客到营门,最后客人离去,诗人伫足目送,直至远到望不见了。这样的结构,就像电影镜头,逐步推近,又逐步移远,写得有变化、有层次。另外作者紧扣诗题,以咏雪为主线,四写"雪"字。第一次写于送别之前,"胡天八月即飞雪";第二次写于饯别之时,"纷纷暮雪下辕门";第三次写于临别之际,"去时雪满天山路";第四次写于送别之后,"雪上空留马行处"。这四处"雪"字,既渲染了西北边塞的奇寒景象,又紧扣了主题,构思十分精巧。

其次,诗人充分利用七言歌行体换韵的特点,使换韵与转换画面相结合。诗中多次转韵,有时二句一转,有时四句一转,转韵时画面、场景随之转换更迭。全诗的音韵、诗情与画面相配合,读来有声有色,生动形象。

这首诗和《走马川行》堪称岑参边塞诗之双绝。若论两诗区别,则《走马川行》一诗奇而壮,这首诗则奇而婉。正如马茂元先生说岑参有时"巧妙地运用一种细腻而柔和的南方情调,渗入于豪健朴野的北国歌唱之中,使两者融合无间。《白雪歌送武判官归京》更显得妩媚多姿,别饶韵致。"

走马川行奉送封大夫出师西征

君不见走马川行雪海边[1],平沙莽莽黄入天。
轮台九月风夜吼[2],一川碎石大如斗[3],随风满地石乱走。
匈奴草黄马正肥[4],金山西见烟尘飞[5],汉家大将西出师[6]。
将军金甲夜不脱[7],半夜军行戈相拨[8],风头如刀面如割。
马毛带雪汗气蒸,五花连钱旋作冰[9],幕中草檄砚水凝[10]。
虏骑闻之应胆慑[11],料知短兵不敢接[12],车师西门伫献捷[13]。

1- 雪海：即今乌鲁木齐市西北的北沙窝雪原。
2- 轮台：即今新疆米泉市境内,当时封常清驻军于此。
3- 一川：指整个旧河床。
4- 匈奴：代指入侵者。
5- 金山：即今博格达山。
6- 汉家大将：指封常清。
7- 金甲：铠甲。
8- 戈相拨：指夜间行军兵器互相碰撞。
9- 五花、连钱：都是良马名。
10- 草檄：书写文告。
11- 虏骑：指入侵者的骑兵。
12- 短兵：指刀、剑一类的短兵器。
13-车师：汉代西域国名,唐时为安西都护府所在地,在今新疆吐鲁番市西北。
伫：久立、静候。献捷：献上俘获的东西。

　　作品写于唐玄宗天宝十三年(754)秋,岑参任北庭都护、伊西节度使封常清幕府判官时。走马川,又名且末河,即今新疆乌鲁木齐市西北的玛那斯河。走马川行,是岑参为自己此诗所命的乐府题目。封大夫：即指封常清，他任节度使时还挂着御史大夫的职衔。西征，有人认为即西征播仙，但此事史无记载；播仙在轮台之南，说"西征"也不对。从作品内容看，这是为其长官率师出征而写的一首送行诗。它所表现的不是一场已经结束的军事行动，而是在军队出击前诗人所预想的一种行军作战并取得辉煌胜利的情景，其目的是以此来鼓舞士气，壮我军威。由于诗人十分熟悉大西北的自然环境和当时当地的军旅生活，所以写出来气势壮阔，情景逼真，仿佛是一曲慷慨高亢、热情洋溢的战歌，读之令人激奋。

全诗十八句，可分三个部分。第一部分六句，写风沙之大以突出环境险恶，为全诗渲染了气氛；第二部分九句，写唐军出征时将士军容整肃严明，威武坚毅，不畏艰险；第三部分三句，通过"应""料知"等推测语，写诗人预祝出征胜利，迅即凯旋。

方东树说此诗"奇才奇气，风发泉涌"，指的是这首诗写景奇而壮。那莽莽入天的黄沙、那飞沙走石的狂风、那汗气蒸腾的奔马等等，都是令人难忘的塞外豪壮奇景，它们为唐军出征增添了豪情壮采。诗篇虽多是写景色、写气候，而没有着意写人，但是其中那支有我无敌、不可战胜的军队，已经有声有色地出现在读者面前。

这首诗在用韵上也有特色。程千帆先生说此诗："句句用韵，三句一转，先平后仄，交替到底，音节亢烈。于整齐中见变化，变化中含统一，富于创造性，是以语言的音响，传达生活音响的成功范例。"这话再恰当不过了。

皇甫冉

皇甫冉（716—769），字茂政，安定（今甘肃泾川县）人，后避地丹阳（今江苏丹阳市）。天宝十五年进士，曾为河南节度使王缙掌书记，又入朝为右补阙。《全唐诗》有其诗二卷。

春 思

莺啼燕语报新年， 马邑龙堆路几千[1]。

家住层城临汉苑[2]，心随明月到胡天。

机中锦字论长恨[3]，楼上花枝笑独眠。

为问元戎窦车骑[4]，何时返旆勒燕然[5]？

1- 马邑：汉县名，县治在今山西朔城区东北。龙堆：即白龙堆沙漠，在今甘肃玉门关与新疆罗布泊之间，接近古楼兰国。以上二地都是汉代经常与西北地区的少数民族发生战争的地方，这里用以指女主人公的丈夫出征戍守的所在。

2- 层城：高城，指首都长安。汉苑：汉王朝的宫殿、园林。

3- 机中锦字：前秦时窦滔往任襄阳刺史，携其妾前往，留其妻苏蕙在家。苏蕙悲苦，遂在锦上织成了一篇回文诗。纵横反复，都能成文。其夫读后，很受感动，遂也将其接去。见《璇玑图诗读法》。

4- 元戎：大将军，犹今之所谓元帅。窦车骑：指东汉和帝时的车骑将军窦宪，曾率军远征，大破北匈奴，在燕然山，即今蒙古境内的杭爱山上刻石记功而回。见《后汉书·窦宪传》。

5- 返旆（pèi）：犹言回师。旆是军中的大旗。勒：将文字刻在山石上。

天宝十五年之前，唐王朝曾多次向边疆地区少数民族用兵，给国内百姓带来了许多苦难。这首诗就是借描写汉代一位从军士兵的妻子独自在家，承受着孤单寂寞的相思之苦，而从侧面对唐王朝的穷兵黩武进行了讽刺。该诗艺术上的主要特点是含蓄。诗中女主人公本是充满了哀怨的，然而诗中仅"长恨"二字透露了其分别之苦，而主要是以柔婉的语调曲折地表达其内心世界的复杂变化。首联上句有喜庆之意，下句立即以"路几千"说明二人的遥遥阻隔，于是"新年"也就无喜可言了；颔联出句先指出少妇居于都城，对句又以"心随明月"打破了平和，描绘了她心驰万里之外、牵肠挂肚的不安之情；颈联拈出"花枝"，稍具安慰之意，似乎女主人公可以安眠；然而从最后两句看，她仍是辗转反侧，难于入睡，而不由得暗暗期待、祈祷大将军凯旋，夫妻团圆也就有望了。在八句诗中，情绪几经反复，曲折变化，写得自然而有韵致。

杜　甫

杜甫（712—770），字子美，祖籍襄阳，后迁居今河南巩义市。青年时代曾漫游吴越、齐赵、梁宋等地，结识了李白、高適等著名诗人。唐玄宗天宝六年（747），赴长安应试不第，多次拜谒也不得重用，困居长安近十年。直到天宝十四年（755），才谋得右卫率府胄曹参军的官职。不久，安史乱起，为叛军所俘，困于长安，后逃赴灵武投奔肃宗。至德二年（757）任左拾遗，后贬为华州司功参军。乾元二年（759），弃官西去，携家辗转到了四川成都，曾在四川节度使严武幕府任参谋，被严武保荐为检校工部员外郎。唐代宗大历元年（766），杜甫离成都东下夔州。大历三年（768）出川，辗转漂泊湘鄂一带，大历五年（770）病死于湘江的一条破船上。

杜甫是唐代的伟大诗人，与李白齐名，并称"李杜"。杜甫的诗以现实主义的手法生动具体地反映了唐代社会由盛转衰的过程，展现了安史之乱前后唐代社会各阶层、各地区的真实图画，因此他的作品被称为"诗史""图经"。有《杜少陵集》，收诗一千四百余首。后人注释极多，主要的有仇兆鳌的《杜少陵集详注》（又名《杜诗详注》）、钱谦益的《杜工部集笺注》、杨伦的《杜诗镜铨》等。

望　岳

岱宗夫如何[1]？齐鲁青未了[2]。
造化钟神秀[3]，阴阳割昏晓[4]。
荡胸生层云[5]，决眦入归鸟[6]。
会当凌绝顶[7]，一览众山小[8]。

1- 岱宗：指泰山。夫如何：怎么样呢？夫字是语气词。
2- 齐鲁：春秋时的两个古国名。齐国位于泰山东北，鲁国位于泰山西南。青未了：形容空阔迷茫，一望无际。
3- 造化：指大自然或天地万物的主宰者。
4- 阴阳：指泰山的南北，山北称阴，山南称阳。割：划分。
5- "荡胸"句：是说望见山中层云叠生，舒展飘拂，心胸为之开阔激荡。
6- 决眦：尽力张大眼睛，指极目远望。入归鸟：指飞鸟入归山林。
7- 会当：一定要。
8- "一览"句：语出《孟子·尽心上》："登泰山而小天下。"

　　杜集中有三首《望岳》诗，分咏东岳、南岳、西岳。这首诗是写东岳泰山的，写于唐玄宗开元年间杜甫第一次漫游齐赵时，是现存杜诗中年代最早的一首五言诗。

　　诗的前六句是描写远望中的泰山的巍峨雄伟和诗人远望泰山时的内心感受。最后两句是写自己的望山之情和登山之志。诗人借描绘泰山的雄伟壮观，抒发了自己年轻时代的宏大抱负。写景的实质是抒情、言志，这一点与曹操的《观沧海》相同。

　　明代王嗣奭解释这首诗说："'齐鲁青未了''荡胸生层云''决眦入归鸟'，皆望见岱岳之高大，揣摩想象而得之。故首用'夫如何'，正想象光景，三字直管到'入归鸟'，此诗中大开合也。'齐鲁青未了'语未必实，而用此状岳之高，真雄盖一世。'阴阳割昏晓'造语亦奇，此实语矣。'荡胸生层云'，状襟怀之浩荡也；'决眦入归鸟'状眼界之宽阔也。想象登岳如此，非实语，不可以句字解也。公盖身在岳麓，神游岳顶，所云'一览众山小'者，已冥搜而得之矣。"

房兵曹胡马

胡马大宛名[1]，锋棱瘦骨成[2]。

竹批双耳峻[3]，风入四蹄轻[4]。

所向无空阔[5]，真堪托死生。

骁腾有如此[6]，万里可横行[7]。

1- 大宛名：以大宛产的胡马最为有名。大宛是古代西域国名，在今新疆以西，《史记》中有《大宛列传》。
2- 锋棱：骨头棱起的样子。张耒曰："马以神气清劲为佳，不在多肉，故云'锋棱瘦骨成'。"
3- 竹批：形容马的耳朵。《齐民要术》："马耳欲小而锐，状如斩竹筒。"
4- 风入四蹄：极言其奔驰之快，犹如今之所谓"脚下生风"。《拾遗记》曾说曹洪骑马飞奔时，"耳中生风，足不践地"。
5- 无空阔：无所谓路长路远，一切都不在话下。
6- 骁腾：指马的矫健善跑。
7- 横行：指人可以骑马横行天下，为国立功。

兵曹是兵曹参军的简称，为唐代州府吏目，协助长官分管军事。房兵曹其人不详。这首诗写于唐玄宗开元二十九年（741），正值诗人锐于进取的青年时期，诗也写得凛凛有生气。前半部分是对马的外形特征的刻画，惟妙惟肖，一匹不凡的骏马的姿态跃然纸上。后半部分由咏物转向言志，通过写马的品格，烘托出一个忠诚、勇猛、侠义的豪杰的形象。这既是写马，也是写人，十分传神地抒发了诗人自己的远大志向和宏伟抱负，意气风发，情绪高昂，豪情万丈。这也是盛唐时期整个国家的气势的反映。咏物诗贵在传神，仅仅"写形"，而不能传达作者的情志，必然缺少生命力。杜甫此诗能赋予马以活的灵魂、人的精神,堪称上乘之作。

画 鹰

素练风霜起[1],苍鹰画作殊。
攫身思狡兔[2],侧目似愁胡[3]。
绦镟光堪摘[4],轩楹势可呼[5]。
何当击凡鸟[6],毛血洒平芜[7]。

1- 素练:画鹰用的白绢。风霜起:极言画面上的苍鹰形象的生动,似乎立刻就要挟带着一股风霜凌空而起。杜甫《韦讽录事宅观曹将军画马图歌》有所谓"缟素漠漠开风沙",与此意同。
2- 攫身:挺身。
3- 愁胡:愁眉凝视的猴子。胡指猢狲,孙楚《鹰赋》中曾说鹰"深目蛾眉,状如愁胡"。
4- 绦镟:系住鹰腿的丝绦和丝绦所系的金属圆棍。光堪摘:看光景只要一摘丝绦苍鹰即可飞起。
5- 轩楹:廊柱,画面上苍鹰所处的背景。势可呼:看情势只要有人一吆呼,苍鹰立刻就能从"轩楹"上飞了。
6- 凡鸟:以喻奸佞坏人。
7- 平芜:平原草地。杜甫《将赴成都草堂》有"新松恨不高千尺,恶竹应须斩万竿";《除草》有"芟夷不可缺,疾恶信如仇",皆与此同义。

这首诗与《房兵曹胡马》同为杜甫早期作品,在思想气势上也有相近之处。当时诗人正值年轻,充满理想,活力充沛,通过对画鹰的描绘,表现了他嫉恶如仇、为民除害的壮志。起句从画中苍鹰的气势入手,用"画作殊"引出下面对画鹰形象的描绘。诗中妙处在于,似乎处处在把画鹰当作真鹰来看待,"思""似""摘""呼"等字眼将其描摹得栩栩如生、跃跃欲飞,或动或静,几可乱真。最后两句诗人对画鹰寄予期待,包含了作者的理想,揭示出主题,达到了抒情言志的目的。

饮中八仙歌

知章骑马似乘船,　眼花落井水底眠[1]。
汝阳三斗始朝天,　道逢曲车口流涎,　恨不移封向酒泉[2]。
左相日兴费万钱,　饮如长鲸吸百川,　衔杯乐圣称避贤[3]。
宗之潇洒美少年,　举觞白眼望青天,　皎如玉树临风前[4]。
苏晋长斋绣佛前,　醉中往往爱逃禅[5]。
李白一斗诗百篇,　长安市上酒家眠。
天子呼来不上船,　自称臣是酒中仙。
张旭三杯草圣传,　脱帽露顶王公前,　挥毫落纸如云烟[6]。
焦遂五斗方卓然,　高谈雄辩惊四筵[7]。

1- 知章:贺知章,字季真,自号"四明狂客"。眼花:指醉眼蒙眬。
2- 汝阳:指汝阳王李琎。朝天:上朝见君。曲车:装有酒曲的车。移封:另换封地。
　酒泉:今甘肃酒泉市。相传其"城下有金泉,泉味如酒"。
3- 左相:指李适之,曾任左丞相。
4- 宗之:崔宗之,曾任侍御史。白眼:晋阮籍狂放不羁,见庸俗之士,以白眼对之。
　这里写崔宗之的傲世疾俗。玉树:魏晋时人们称赞姿容俊美的用语。

5- 苏晋：时称为才子，曾任中书舍人等职。逃禅：这里指违背佛规。
6- 张旭：书法家，曾任右率府长吏。
7- 焦遂：布衣之士。

　　这是一首半谐谑、半写实的诗，作品描写了当时八个以好酒而又傲世闻名的人物。这八个人都生活在开元、天宝年间，比杜甫年辈略长，为杜甫所闻所见；而杜甫的青年时代也曾经有过饮酒傲世、"裘马轻狂"的生活，与他们有相同的感受，所以写起来充满感情。这首诗大约写在杜甫四十岁左右，当时他正在长安闲居。

　　"知章骑马似乘船，眼花落井水底眠。"这是写诗人贺知章的醉态。骑马似乘船，是形容他骑在马上摇摇晃晃的样子，掉到井里还能在井底接着睡觉，这副醉态可真够逗的了。

　　"汝阳三斗始朝天，道逢曲车口流涎（xián），恨不移封向酒泉。"这是写汝阳王李琎的醉态。李琎是唐明皇的侄子，据说唐明皇待他比儿子还亲。上朝是个严肃事，可他临上朝了还要再喝上三斗。平时在家里酒如海，肉如林，喝个不休；出门遇上老百姓卖酒的车子照样还要流口水。无论怎么喝都不过瘾，他想还不如求皇帝别叫他当汝阳王，干脆让他到甘肃酒泉去当酒泉王算了。因为那里"城下有金泉，泉味如酒"。李琎这股酒瘾以及他对于酒的这种贪心可真够瞧的了。

　　"左相日兴费万钱，饮如长鲸吸百川，衔杯乐圣称避贤。"这是写曾任左丞相的李适之的醉态。李适之天宝初年为宰相，后来被李林甫挤下了台。据说他罢官后邀集亲友会饮，并作诗说："避贤初罢相，乐圣且衔杯。"分明是受排挤，而却自称是"避贤"，为贤才让路，这其间，不无牢骚。所谓"乐圣"，也就是"好酒"，以喝酒为乐事，三国时徐邈等曾称清酒为"圣人"，浊酒为"贤人"。

"宗之潇洒美少年，举觞白眼望青天，皎如玉树临风前。"这是写崔宗之的醉态。崔宗之是大贵族崔日用之子，袭爵齐国公。曾任侍御史，谪官金陵时，与李白诗酒唱和。白眼望天，写崔宗之傲世疾俗，目空一切的神态。

"苏晋长斋绣佛前，醉中往往爱逃禅。"这是写才子苏晋的醉态。苏晋好佛，经常斋戒沐浴，念诵不已，像是虔诚得很，但如果一遇上酒就不顾佛门的禁忌而贪杯如命了。

"李白一斗诗百篇，长安市上酒家眠。天子呼来不上船，自称臣是酒中仙。"这是写大诗人李白的醉态。天宝初李白曾为唐明皇当供奉翰林，据范传正《李白新墓碑》说，有一次，"玄宗泛白莲池，公不在宴，皇欢既洽，召公作序。时公已被酒翰苑中，命高将军扶以登舟。"李白这种借着酒疯笑傲王侯的故事还有不少，如草写《赫蛮书》的所谓御手调羹、贵妃捧砚、力士脱靴之类，在民间传为佳话。

"张旭三杯草圣传，脱帽露顶王公前，挥毫落纸如云烟。"这是写大书法家张旭醉后挥毫写草书的情景。张旭擅长草书，人称"草圣"。他好酒，每醉后号呼狂走，索笔挥洒，变化无穷，如有神助。脱帽露顶是写他狂放不拘礼法的样子。

"焦遂五斗方卓然，高谈雄辩惊四筵。"这是写焦遂酒后高谈阔论，雄辩生风的情景。焦遂是个布衣之士，曾与诗人孟云卿等一起畅游山水。他口吃，平时不多说话，但一喝酒就谈笑风生，滔滔不绝,像换了一个人似的。

以上八人醉后的表现各有不同,但都有一种愤世疾俗、恃才傲物的情绪,这是杜甫所欣赏的。清代王嗣奭在《杜臆》中说这首诗"描写八公,各极生平醉趣,而都带仙气。或两句,或三句四句,如云在晴空,卷舒自如,亦诗中之仙也"。

兵车行

车辚辚[1],马萧萧[2],行人弓箭各在腰。
耶娘妻子走相送[3],尘埃不见咸阳桥[4]。
牵衣顿足拦道哭, 哭声直上干云霄。
道旁过者问行人[5],行人但云点行频[6]。
或从十五北防河[7],便至四十西营田[8]。
去时里正与裹头[9],归来头白还戍边。
边庭流血成海水, 武皇开边意未已[10]。
君不闻汉家山东二百州[11],千村万落生荆杞[12]。
纵有健妇把锄犁[13],禾生陇亩无东西[14]。
况复秦兵耐苦战[15],被驱不异犬与鸡。
长者虽有问, 役夫敢申恨[16]?
且如今年冬, 未休关西卒[17]。
县官急索租[18],租税从何出?
信知生男恶[19],反是生女好。
生女犹得嫁比邻[20],生男埋没随百草。

君不见青海头[21]， 古来白骨无人收。
新鬼烦冤旧鬼哭[22]，天阴雨湿声啾啾[23]！

1- 辚辚：车轮滚动的声音。
2- 萧萧：马的嘶叫声。
3- 耶：同"爷"，指爹。妻子：妻子和儿女。走：奔跑、追赶。
4- 咸阳桥：即渭桥，故址在今陕西咸阳市西南十里，横跨渭河，是当时长安去西北的必经之途。
5- 过者：过路的人，诗人自称。
6- 但云：只说。点行频：指按户籍名册点名抽丁入伍十分频繁。
7- 北防河：到北边去驻守黄河。玄宗时期，经常征调兵力驻扎西河（今甘肃、宁夏一带），以防止吐蕃入侵。
8- 西营田：到西边去屯田驻防，半种地，半戍边。
9- 里正：百户之长。
10- 武皇：即汉武帝，这里指唐玄宗。
11- 汉家：汉朝，借指唐朝。山东二百州：唐代华山潼关以东有七道，共二百一十一州，这里举其成数，泛指关东广大地区。
12- 荆杞(qǐ)：荆棘和杞柳。这句是描绘田园荒废，野草丛生。
13- "纵有"句：意思是说即使有强健的妇女扶犁拿锄。
14- 无东西：指禾苗杂乱，不成行列。
15- 秦兵：指关中士兵，关中古为秦地，故云。耐苦战：吃苦能战。
16- 役夫：行役之人自称。
17- 未休：未曾放归。关西卒：指函谷关以西的士卒，即秦兵。函谷关以西，古为秦地。
18- 县官：指天子、朝廷、国家，此处泛指统治者。
19- 信知：确实知道。恶(è)：不好。秦始皇时筑长城，夫役大量死亡，曾有民歌曰："生男慎莫举，生女哺用脯。不见长城下，尸骸相支拄。"（《乐府诗集》卷三十八转引杨泉《物理论》）这里化用其意，是说现在才知道真是如此。
20- 犹得：还可以。比邻：近邻。
21- 青海头：即青海湖边，是唐与吐蕃经常发生激战的地方。
22- 烦冤：烦躁冤苦。

23- 大阴雨湿：古人认为鬼哭声常闻于天阴雨湿之时。啾啾（jiū）：呜呜咽咽的鬼哭声。

　　《兵车行》是杜甫摆脱旧题，独自创作的即事名篇的乐府诗，这在文体上是一个发展创造，为后来的白居易所称道。关于此诗的背景，明代单复说："此为明皇用兵吐蕃而作，故托汉武以讽，其辞可哀也。先言人哭，后言鬼哭，中言内郡凋敝，民不聊生，此安史之乱所由起也。"清代钱谦益则以为是指鲜于仲通的打云南。两种说法都通，因为诗人的目的是通过描写政府强迫劳动人民的子弟去进行不义战争的情景，表现诗人对统治者发动这种劳民伤财的罪恶战争的严厉谴责和对劳动人民所蒙受的深重灾难的同情。

　　全诗共分三段，前七句为第一段，写大军急急出发，家人痛哭送别的悲惨情景。从"道旁过者问行人"至"被驱不异犬与鸡"为第二段，写一个士兵向过路者历述近年来的战争给人们带来的深重灾难。从"长者虽有问"到结尾为第三段，是士兵对这种不义战争的议论，表现了强烈的怨恨之情。

　　全诗采用了一种客观摆出场面和让当事人自己现身说法的表现手法，效果真实感人。诗中化用了前代乐府和古诗中的许多名句，又学习了乐府民歌中的一些修辞手法，如反复重叠，多处采用顶针格等，从而使作品既有杜甫"沉郁顿挫"的风格，又有明显的民歌韵味。

前出塞

挽弓当挽强[1]，用箭当用长。
射人先射马，　擒贼先擒王。
杀人亦有限，　列国自有疆[2]。
苟能制侵陵，　岂在多杀伤[3]？

1- 挽：拉开。
2- "杀人"二句：是说作战的目的不在于多杀敌方的士兵，在于保卫自己的疆土，而各国本来就有各自的疆界。
3- "苟能"二句：是说只要能制止敌人的侵扰和欺凌就行了，不应该多杀人。

《出塞》是汉乐府旧题，内容为描写边塞将士羁旅离别之思。杜甫写了十几首以出塞为题的诗歌，分为两组，先写的九首称《前出塞》，后写的五首称《后出塞》。《前出塞》写于安史之乱前的天宝年间，九首诗词意连贯，描写了一个军士十多年的军旅生活，反映了唐代军营中的黑暗现实，谴责了统治者的"开边"政策。王嗣奭说："《出塞》九首，是公借以自抒所蕴，读其诗，而思亲之孝，敌忾之勇，恤士之仁，制胜之略，不尚武，不矜功，不讳穷，豪杰圣贤，兼而有之。"这里选的是其中的第六首，表现了诗人主张各守本土，相安无事，反对侵略，也反对以"反侵略"为名的向外扩张。诗的前四句引用民间谣谚，概括了克敌制胜的战斗经验；后四句通过议论，表达了诗人对战争目的的看法。全诗立意高，议论正，哲理深刻，语言浅显流畅。

后出塞

朝进东门营[1],暮上河阳桥[2]。
落日照大旗,马鸣风萧萧。
平沙列万幕[3],部伍各见招[4]。
中天悬明月,令严夜寂寥。
悲笳数声动[5],壮士惨不骄[6]。
借问大将谁?恐是霍嫖姚[7]。

1- 东门营:设在洛阳城上东门的军营。
2- 河阳桥:黄河上的浮桥,晋杜预所建,在今河南孟州市,唐代时是洛阳去河北的要道。
3- "平沙"句:是说在广阔的平原上,搭着许多军帐。
4- 部伍:指各支部队。
5- 笳:古代军队中发号施令用的管乐器。
6- 惨:这里指戒慎敬畏之情。
7- 霍嫖姚:指汉武帝时的名将霍去病,他曾任嫖姚校尉,后为骠骑大将军。这里借指类似霍去病那样的将领。

　　组诗《后出塞》共有五首,也是写在安史之乱前的天宝年间,但它肯定比《前出塞》晚,因为其中的第四、第五两首已经描写安禄山的拥兵恃宠、专横跋扈了。这里选的是其中的第二首,描写了军营的威严肃杀的景象。

　　诗的前六句是写一支队伍调防的情景。开头两句说他们早晨才刚到洛阳的上东门外,傍晚就来到了河阳渡口。接下来的四句描写了途中行军和河阳军营的威严壮武。"落日照大旗,马鸣风萧萧",景象如画,而一种庄严肃穆之气溢于言表。惟其不闻人声,所以才显得马叫那么突出,旌旗那么飘卷动人,而一支纪律严明、训练有素的队伍,也就出现在读者面前了。诗的后六句写军营之夜的肃杀悲壮情景。由于令严,所以军中不闻一点声响,只有报更传令的筇声在夜空里飘荡,连皎洁的一轮明月都显得那样孤寂冷清。最后两句,诗人说:你们要问这座军营的主将是谁么?恐怕就是那大名鼎鼎的霍去病吧!杜甫在这里用汉代的霍去病来比喻眼前的这位唐将,这就不是歌颂,而是带有一种讽刺的意味了。军威军纪都是好的,但主将心术不正,皇帝用非其人,这就使人为之担心了。当这支军队正处于动向不明的时刻,难道不正令人望而生畏吗?

这首诗的画面性极强,有声有色,有动有静。其气势、其力量,在描写军营行伍的作品中不多见。

月　夜

今夜鄜州月，　闺中只独看[1]。
遥怜小儿女，　未解忆长安[2]。
香雾云鬟湿[3]，清辉玉臂寒。
何时倚虚幌[4]，双照泪痕干[5]？

1- 闺中：指自己的妻子。
2- 长安：以被拘禁之地代指自己。

3- 云鬟：指女子的发髻。
4- 虚幌：床帐。"虚"字极言其薄。
5- 双照：指二人在一起看月。泪痕干：指高高兴兴地团聚一起，不再为伤别而落泪。

作品写于唐肃宗至德元年（756）八月。这年七月唐肃宗即位于灵武（在今宁夏回族自治区），当时杜甫已将家小由奉先迁到了鄜州（今陕西富县）羌村。得到肃宗即位的消息，杜甫遂只身前往投奔，半道被安史叛军抓获，带到沦陷了的长安。这首诗就是望月思念鄜州家人时所作。

"独看""双照"是这首诗的诗眼。"独看"饱含着天下离乱的现实悲哀；"双照"寄托了对未来天下太平的期盼，使这首诗具有了更深广的意义。而且诗人抒情的角度很巧妙，本是写自己思家，却偏从妻子、孩子的方面落笔，不写自己处境的困难，而写想象中的妻子的焦心、孩子的天真，感人肺腑。全诗抒情主人公的形象并未直接出现，但处处弥漫着他的思念、他的愁苦、他的希望，与妻儿的形象融为了一体。

春　望

国破山河在，　城春草木深[1]。
感时花溅泪[2]，恨别鸟惊心[3]。
烽火连三月[4]，家书抵万金[5]。
白头搔更短[6]，浑欲不胜簪[7]。

1- 深：茂密的样子。
2- 花溅泪：由于人因"感时"而痛苦，所以觉得鲜花也像是在落泪。
3- 鸟惊心：由于人因"恨别"而痛苦，所以觉得鸟叫也仿佛有许多伤心事。
4- 连三月：这年春天李光弼与史思明等大战于太原，郭子仪与崔乾祐等大战于河东，军情紧张，烽火不断。
5- 抵：顶得上。
6- 白头：指白发。
7- 浑欲：简直。不胜簪：短少得没法用簪子别了。

  作品写于唐肃宗至德二年（757）三月，自去年八月杜甫被叛军带到长安，至此时已七八个月。诗人忧国念家，面对城中春色却愁肠百转。前四句围绕一个"望"字展开，开篇"破"字令人触目惊心，"深"字可见满目荒凉，为作品定下了凄凉的基调。第二联意蕴丰富，既可理解为诗人看花溅泪，闻鸟惊心，也可解释为移情于物，花似溅泪，鸟亦惊心。至此，诗人的感情逐渐推进、增强，自然地由睹物伤怀过渡到思家之情。"家书抵万金"，写出了战事阻隔住人们共有的心态，成为千古传颂的名句。结尾又叹息衰老，更添一分愁意。全诗意脉贯通，颔联用"感时"承"春"，用"恨别"承"国破"；颈联则又以"烽火"承"时"，以"家书"承"别"，连环承转而下，表达了诗人胸系国事、眷念亲人的深厚感情，感人肺腑。

羌 村

峥嵘赤云西[1]，日脚下平地[2]。
柴门鸟雀噪，归客千里至[3]。
妻孥怪我在[4]，惊定还拭泪。
世乱遭飘荡，生还偶然遂[5]。
邻人满墙头，感叹亦歔欷[6]。
夜阑更秉烛[7]，相对如梦寐。

1- 峥嵘：本形容山高峻的样子，这里借指云峰。赤云：夕阳映红的暮云。
2- 日脚：指透过云层射到地面的光柱。
3- 归客：诗人自指。
4- "妻孥"句：是说家人骤然见到诗人时惊异不敢相信的神情。
5- 遂：如愿。
6- 歔欷（xū xī）：叹息悲泣的声音。
7- 夜阑：夜深。秉烛：点着蜡烛。

羌村是当时鄜州（今陕西富县）境内的一个小村，杜甫在至德元年（756）往投唐肃宗之前把他的家小安置在这里。至德二年四月，杜甫屡经曲折奔到了唐肃宗驻跸的凤翔，任左拾遗；五月，因替被免相的房琯说话，得罪了唐肃宗；八月，杜甫奉命离开凤翔回鄜州探亲。《羌村》写的就是这次回家探亲的感受。

原诗共三首，这里选的是第一首，写诗人刚到家时惊喜交集的情形。诗的前四句描写了农村傍晚的自然景色。中间四句写一家人见面时的惊喜之情。后四句写邻人的关心、友好之情和夜深人静后夫妻相对的心绪。这首诗的语言淳朴自然，叙事畅达如话，但其描写农村的景象、村邻的情谊，以及刻画亲人突然相见的惊喜之态都达到了精微入神的地步。明代王嗣奭说："起首如画。'妻孥怪我'二句，总是一个喜，盖久别积忧，忽然归，骤然见，喜不可堪，且惊且怪，继之拭泪，皆喜心逼迫出来有此光景。'邻人墙头'，乡村真景；而'感叹歔欷'，却藏喜在。至'相对如梦寐'，则惊怪意犹未尽忘也。"

石壕吏

暮投石壕村，　有吏夜捉人。
老翁逾墙走，　老妇出门看。
吏呼一何怒！　妇啼一何苦！
听妇前致词："三男邺城戍[1]。
一男附书至[2]，二男新战死。
存者且偷生[3]，死者长已矣[4]！
室中更无人，　惟有乳下孙。
有孙母未去[5]，出入无完裙。
老妪力虽衰，　请从吏夜归。
急应河阳役[6]，犹得备晨炊[7]。"
夜久语声绝，　如闻泣幽咽。
天明登前途，　独与老翁别。

1- 邺城：在今河北磁县南，当时为安庆绪的大本营所在地，戍：驻守，这里即指

郭子仪等九节度使合攻邺城。
2- 附书：托人带信。
3- 偷生：苟活，指说不定什么时候死。
4- 长已矣：永远地完结啦。
5- 未去：未改嫁。
6- 河阳：即今河南孟州市，当时郭子仪退守于此。
7- 得：能够。

　　作品写于唐肃宗乾元二年（759）三月，当时杜甫任华州司功参军。这年的三月初三，郭子仪、李光弼、王思礼等九个节度使合兵围安禄山之子安庆绪（时安禄山已死，安庆绪为叛军头子）于邺城（今河北磁县东南），因九节度使群龙无首，又加有叛将史思明从外救援，致使唐军六十万溃败于邺城之下。为了保卫东都洛阳，郭子仪收拾残兵驻守河阳（今河南孟州市东南，黄河北岸），中原地区的时局又陷于飘摇之中。这时杜甫往洛阳探亲，回华州路上正赶上这种危急局面，于是他带着极其焦虑、极其复杂的心情写了"三吏"（《新安吏》《潼关吏》《石壕吏》）、"三别"（《新婚别》《垂老别》《无家别》）这两个自命新题的乐府组诗。石壕，村镇名，在今河南陕州区东七十里。

　　作品描写了诗人亲身所遇的一起当地官吏深夜抓兵的情景。被抓的这户人家已经有两个儿子当兵战死，还有一个现在正在前线，尽管如此，他们的老母亲在这次抓兵中还是被抓走了。叛乱，应该有人去平；仗，也还是该打的。但是黎民百姓的苦痛达到了这个地步，这难道不是昏庸腐朽的唐代统治者造成的吗？如果说在其他篇里作者面对这种情景还能强忍着悲痛，言不由衷地说一些"况乃王师顺，抚养甚分明。送行勿泣血，仆射如父兄"等一类的勉强宽慰人的话，那么在这首诗里，诗人就再也张不开嘴，再也说不出一句勉强安慰人的话，因为这里所面对的现实实在太残酷了。

　　作品的开头直点本题，故事的主体完全是通过老妇人的叙述，通过诗人的听觉表现出来的。这位老妇在虎狼一般的抓人者面前慷慨陈词，甚至自己挺身而出，情愿被他们解到前方去，这完全是为了掩护她家的老头儿，也是为了保护她家的儿媳，因为只有保护了儿媳才能养活自己的小孙子，才能留下她家这唯一的一条根。这位老妇人的用心是多么善、多么苦，又是多么无可奈何啊！也许她开始这样说的时候，心头还存留着一丝侥幸，还希望抓人者能够良心发现，饶过了她们家。但抓人者竟像是完全没有心肝，他们竟然把一位老妈妈也给抓走了，人世间居然有这种事！这是一篇极典型的现实主义杰作，诗人没有加一个字的评论，也没有一丝一毫的说教，但这篇作品对现实的揭露与鞭挞是多么有力啊。

新婚别

兔丝附蓬麻，　引蔓故不长[1]。
嫁女与征夫，　不如弃路旁。
结发为君妻，　席不暖君床[2]。
暮婚晨告别，　无乃太匆忙[3]！
君行虽不远，　守边赴河阳[4]。

妾身未分明，何以拜姑嫜[5]？
父母养我时，日夜令我藏[6]。
生女有所归，鸡狗亦得将[7]。
君今往死地[8]，沉痛迫中肠。
誓欲随君去，形势反苍黄[9]。
勿为新婚念，努力事戎行[10]！
妇人在军中，兵气恐不扬[11]。
自嗟贫家女，久致罗襦裳[12]。
罗襦不复施[13]，对君洗红妆。
仰视百鸟飞，大小必双翔。
人事多错迕[14]，与君永相望！

1- 兔丝：菟丝子，蔓生植物。蓬麻：蓬蒿、大麻，都是矮小植物，"兔丝"依附其上，自然引蔓不长。"兔丝"二句：比喻女子所嫁男子没权没势，得不到长久的依靠。
2- "结发"二句：是说婚后生活极其短暂。"君妻"原为"妻子"，据校文改。
3- 无乃：岂不是。
4- 河阳：即今河南孟州市。
5- "妾身"两句：是说刚结婚一天，婚礼还没举行完毕，身份尚未分明。古时婚礼，女嫁三日，告庙上坟，叫成婚。婚礼完毕后方可称丈夫的父母为姑嫜。姑嫜，即公婆。
6- 藏：指深居闺阁中。
7- "鸡狗"句：即"嫁鸡随鸡，嫁狗随狗"的意思。将：跟随。
8- 死地：生死未卜的地方。
9- 苍黄：本指青、黄两色，这里喻形势反复变化。
10- 戎行：军队。
11- 兵气恐不扬：恐士气不振。兵气：士气。
12- "久致"句：是说因为家贫，用了好长时间才置办了这几件嫁衣。
13- 施：穿。
14- 错迕（wǔ）：不顺利，不如意。

《新婚别》是"三别"组诗中的第一首,写于唐肃宗乾元二年(759)三月,杜甫由洛阳回华州的路上。诗中描写了一对新婚夫妻头天晚上结婚,第二天一早新郎就要走上战场的悲痛情景,表现了诗人对劳动人民所蒙受战争灾难的深切同情。全诗共分三层。从开头到"何以拜姑嫜?"为第一层,是新娘子向丈夫诉说自己的满腹委屈。从"父母养我时"到"兵气恐不扬"为第二层,是新娘子诉说离别之苦和安慰鼓励丈夫。从"自嗟贫家女"到最后为第三层,是新娘子向即将分别的丈夫表达自己终生不渝的爱情。全诗以新娘子对丈夫说话的口吻贯彻通篇,口角神情,惟妙惟肖;心理起伏,缠绵婉转;有情有义,义正情深。

　　作品开头的"兔丝附蓬麻,引蔓故不长"云云,很像是民歌开头通常所使用的起兴兼比喻,既生动形象,同时又富有浓厚的民间乡土气息。但这里开头的比喻起兴,却不同于其他《诗经》或"乐府"的叙事写景,而是从它的一开头就进入了作品女主人公的沉痛的叙述,这种写法最早的应该说是《诗经·卫风》中的《氓》。由于通篇是使用女主人公一个人叙述的口吻,所以在语言上就要求符合女主人公作为一个民间女子的身份与感情。这一点,两篇作品体现得都很好。同时,由于两篇作品中的女主人公都是受苦受难,都是非常痛苦,内心充满怨愤的,所以在她们的通篇叙述中就很自然地体现着她们极其细致的心理变化与感情上的波澜起伏。应该说,这是两篇作品最根本的成功处。两个女主人公的性格,就是通过这种如泣如慕、委婉周折的自我叙述表达出来的。

垂老别

四郊未宁静，　垂老不得安[1]。
子孙阵亡尽，　焉用身独完[2]！
投杖出门去[3]，　同行为辛酸。
幸有牙齿存，　所悲骨髓干[4]。
男儿既介胄，　长揖别上官[5]。
老妻卧路啼，　岁暮衣裳单。
孰知是死别，　且复伤其寒[6]。
此去必不归，　还闻劝加餐[7]。
土门壁甚坚[8]，　杏园度亦难[9]。
势异邺城下，　纵死时犹宽[10]。
人生有离合，　岂择衰盛端[11]！
忆昔少壮日，　迟回竟长叹[12]。
万国尽征戍，　烽火被冈峦。
积尸草木腥，　流血川原丹。
何乡为乐土？　安敢尚盘桓[13]！
弃绝蓬室居[14]，　塌然摧肺肝[15]。

1- 垂老：已近老年。
2- 焉用：何必要。身独完：单独存活下来。
3- 投杖：扔掉拐杖。
4- 骨髓干：形容身体衰老，精力枯竭。
5- 上官：地方长官。
6- "且复"句：指还要惦念老妻衣单受寒。

7- 加餐：多吃饭，多保重的意思。

8- 土门：即土门口，在今河南孟州市附近，是唐军把守的要地。

9- 杏园：镇名，在今河南卫辉市东南，唐代称杏园渡，也是唐军把守的要地。

10-"势异"二句：是说眼前的军事形势和邺城溃败时不同，不会马上战死。

11-"人生"二句：是说人生离别，岂因年老而免。

12- 迟回：犹豫徘徊，这里是内心茫然的样子。

13- 盘桓：留恋不前的样子。

14- 蓬室居：指自己的穷家。

15- 塌然：碎裂的样子。

　　《垂老别》是"三别"组诗的第二首，也是作于唐肃宗乾元二年（759）三月，杜甫由洛阳回华州的路上。作品描写了一个"子孙阵亡尽"的老人竟然也被征去当兵的悲惨故事，反映了安史之乱给劳动人民带来的灾难，表现了诗人对劳动人民的深切同情。垂，是"将要"的意思，但这里所写的"垂老"，却已经完全是一位老人了。

　　全诗都是集中描写这位被征调的老人的心理，前后共分四层。"四郊未宁静，垂老不得安。子孙阵亡尽，焉用身独完！投杖出门去，同行为辛酸。幸有牙齿存，所悲骨髓干。男儿既介胄，长揖别上官。"以上为第一层，写老人被征调，离家登程。四郊：这里即指四方。介胄：披甲戴盔。介是甲，胄是盔。上官：指地方上的征兵者。一位平时已经拄上拐杖、精力几乎完全衰亡的老人，他的孩子们刚刚在前方战死。这样的年龄遇到这样的打击，已经叫人没法活了。但就是这样一位悲惨的老人，也仍摆脱不了被征调的厄运。但这位老者还有一种刚强奋发之气。孩子们都已经死光了，还留我一个老头子活着干什么？既然国家征调，既然我已经戴盔披甲,那就应该有一个男子汉的样子。于是他扔掉拐杖,离家登程了。

"老妻卧路啼,岁暮衣裳单。孰知是死别,且复伤其寒。此去必不归,还闻劝加餐。"这是第二层,写这位被征调的老人和他的老伴告别的情景。"岁暮衣裳单",说明他们家境的贫穷;"卧路啼",说明这位老太太的体弱。儿子们战死了,命运的打击是沉重的,但是老头老婆还能在一起相互照料,现在老头又被征走了。老头去那种"生死地",固然是朝不保夕;可是留下一个既穷且弱的孤老婆她就可以活得下去了么?所以这对老年人的生离,实际上就是一种死别,他们不可能再见面了。尽管如此,你看两位老人间的那种情分,那种相互间的关心叮嘱吧:老头儿心疼老婆儿的衣裳单薄;老婆儿一再地提醒老头儿多保重、多吃饭。这段描述可以说是撕人肺腑的。

"土门壁甚坚,杏园度亦难。势异邺城下,纵死时犹宽。人生有离合,岂择衰盛端!忆昔少壮日,迟回竟长叹。"这是第三层,写被征调的老人在努力宽解他的老伴。老头儿开导老婆儿,叫她暂放宽心,说现在的军事形势不错,离死远着呢。至于说到老年离别,那当然是件痛苦事,但命该如此,谁又管你年老年少呢?回想昔日的燕尔新婚和那时所生活的开元盛世,都已经像烟云像梦幻似的一去不复返了。

"万国尽征戍,烽火被冈峦。积尸草木腥,流血川原丹。何乡为乐土?安敢尚盘桓!弃绝蓬室居,塌然摧肺肝。"以上为第四层,写被征调的老人对当前国家形势和自己责任的认识。万国:指全国各地。全国各地没有一寸安宁的地方,到处是一片战火,到处血流成河。"国家兴亡，匹夫有责"，作为一个大唐的子民，面对这种局面，难道还能再有什么迟疑而不勇敢地走上战场吗？这是老翁的认识，其实也是杜甫的现身说法，他一方面含着眼泪同情他们的别离，但另一方面也硬着心肠鼓励他们以大局为重。一个人到了这种年纪，还要离开家、离开老伴去当兵，这种事怎能不叫人心碎如焚呢！

作品描写老人的心理神情，细致逼真。清代浦起龙说这首诗"忽而永诀，忽而相慰，忽而自奋，千曲百折"。

无家别

寂寞天宝后[1]，　园庐但蒿藜[2]。
我里百馀家，　世乱各东西。
存者无消息，　死者为尘泥。
贱子因阵败[3]，　归来寻旧蹊[4]。
久行见空巷，　日瘦气惨凄[5]。
但对狐与狸[6]，　竖毛怒我啼。
四邻何所有？　一二老寡妻。
宿鸟恋本枝，　安辞且穷栖[7]。
方春独荷锄，　日暮还灌畦[8]。
县吏知我至，　召令习鼓鞞[9]。
虽从本州役[10]，　内顾无所携[11]。
近行止一身，　远去终转迷[12]。

家乡既荡尽，　远近理亦齐。
永痛长病母，　五年委沟溪[13]。
生我不得力[14]，终身两酸嘶[15]。
人生无家别，　何以为蒸黎[16]！

1- 天宝后：指唐玄宗天宝十四年（755）爆发安史之乱以后。
2- 园庐：指村落。蒿藜：野草。
3- 贱子：败兵自称。阵败：指邺城之败。
4- 旧蹊：旧路，此指故居。
5- 日瘦：形容日色暗淡无光。
6- "但对"句：形容人烟稀少，野兽横行。
7- 且穷栖：姑且穷困地居住下来。
8- 灌畦：浇灌田园。
9- 习鼓鼙（pí）：即重召入伍。"鼙"一作"鞞"。
10- 本州役：指在本州的军队服役。
11- 内顾：顾望家中。携：牵挂、顾恋的意思。
12- 终转迷：指路远辨别不出方向，即不知将漂泊到何地。
13- 委沟溪：指人死后扔在沟里没有人安葬。
14- 不得力：指儿子不能侍养母亲。
15- 两酸嘶：指母子二人都痛苦遗憾，含恨终身。
16- 蒸黎：指黎民、百姓。"何以为蒸黎"，即"我们还能算是个人吗！"

　　《无家别》是"三别"组诗中的第三首，也是写于唐肃宗乾元二年（759）。诗中描写了一个从前线战败归乡的士兵又被召去本州服役的情景，揭示了安史之乱对广大农村所造成的破坏和给人民带来的灾难。全诗可分三层，从开头到"一二老寡妻"为第一层，写败兵回乡所见。从"宿鸟恋本枝"到"日暮还灌畦"为第二层，写败兵回乡后的生活。从"县吏知我至"到结尾为第三层，写败兵又离别了无人的家。

这篇作品的成功之处，首先在于它对农村那种极端残破凋零的描写。这种描写战争给人们带来苦难，以造成田园荒芜、庐舍无人的作品，首先是《诗经·豳风》中的《东山》，其中有所谓："伊威在室，蟏蛸在户。町畽鹿场，熠耀宵行。"已经说得惨不忍睹，只不过是字面上过于文雅，不能让人一目了然罢了。接着来的就是汉乐府中的《十五从军征》，其中有所谓："兔从狗窦入，雉从梁上飞。中庭生旅谷，井上生旅葵。"语言通畅，满目萧然，顿时使人产生一种隔世之感。待至到了杜甫笔下，这"久行见空巷，日瘦气惨凄。但对狐与狸，竖毛怒我啼。四邻何所有？一二老寡妻"六句，遂把战后的农村凄凉描写得无以复加了。诗歌写景的方法有所谓"以动写静"，如"蝉噪林愈静，鸟鸣山更幽"等等。杜甫在这首诗里是"以有写无"，村里的青年、少年全都死光了，剩下的只有几个老寡妇。而这几个老寡妇今后又怎么能活下去呢？等再过几年（也许根本用不了）这几个寡妇一死，那时这个村里还有谁呢？不就彻底荡然无存了么！所以村里剩下这"一二老寡妻"，就比一个不剩显得更为具体、更为凄凉。

　　再有，《十五从军征》的结语是："舂谷持做饭，采葵持做羹。羹饭一时熟，不知贻阿谁。出门东向看，泪落沾我衣。"是说这位孤苦无依的老兵就这样在空无一人的"家"里住了下来。而杜甫则又翻进一层，他说这位败兵的家里即使已经荡无一人，但是当地的官吏还是不放过他，于是又拉他到官府去敲鼓了。

　　这首诗的一字一词，诗人都是认真推敲过的，如"贱子因阵败，归来寻旧蹊"用一"寻"字，可以想象其家乡变化之大；用一"旧"字，可见这位败兵的离家之久，且引发人作今昔对比之想。

赠卫八处士

人生不相见，　动如参与商[1]。
今夕复何夕，　共此灯烛光[2]。
少壮能几时？　鬓发各已苍！
访旧半为鬼[3]，惊呼热中肠[4]。
焉知二十载，　重上君子堂[5]。
昔别君未婚，　儿女忽成行[6]。
怡然敬父执[7]，问我来何方。
问答未及已，　驱儿罗酒浆[8]。
夜雨剪春韭，　新炊间黄粱。
主称会面难，　一举累十觞[9]。
十觞亦不醉，　感子故意长[10]。
明日隔山岳[11]，世事两茫茫[12]。

1- 动如：往往像。参、商：星宿名。参星在西，商星在东，二星此起彼落，永远不能同时出现，古人常用以比喻人的会遇之难。
2- "今夕"两句：化用《诗经·绸缪》中"今夕何夕？遇此良人"的诗句，以表达诗人与老朋友相见时的惊喜之情。
3- 访旧：探问旧友消息。半为鬼：有一半的人都已经死了。
4- 热中肠：指听到招呼，内心激动。
5- 君子堂：指卫八处士的家。
6- 成行（háng）：极言其多。
7- 怡然：恭敬而喜悦的样子。父执：父亲的朋友。
8- 罗：摆列。
9- 累十觞：接连喝了十杯。觞：酒杯。
10- 故意：故人念旧的情意。

11-"明日"句：是说诗人明日赶路，两人又要各在山（华山）的一方。
12-"世事"句：指世事和个人的命运均渺茫得不可测度。

　　《赠卫八处士》写于唐肃宗乾元二年（759）春，杜甫由洛阳回华州的路上，其时代背景与"三吏""三别"相同。这首诗表现了诗人久经人世坎坷、久受战争流离之苦后突然遇到老朋友的无比喜悦之情。卫八处士，诗人的好友，其姓字事迹不详。处士，指隐居不仕的人。

　　这篇作品最感人的首先是它把老朋友长期离别后而突然见面时的惊喜之情描写得极其逼真。当我们读到"少壮能几时，鬓发各已苍。访旧半为鬼，惊呼热中肠"、"昔别君未婚，儿女忽成行"时，我们不得不佩服诗人所描写的久别重逢的情景以及这种感情体验的深刻。

　　其次是作品描写老朋友一家的古道热肠，以及他们那种令人感动的诚心待客的欢快情景。"怡然敬父执，问我来何方"，儿女们是多么热情知礼！"问答未及已，驱儿罗酒浆。夜雨剪春韭，新炊间黄粱。主称会面难，一举累十觞。"这里的主人一家又是多么朴实、多么真诚！如果说作为一种普通的长期离别遇此光景都令人深受感动的话，那么一个饱经战乱之苦，而现时仍处于颠沛流离之中的漂泊者，其所获得的温暖感受也就更加可想而知了。

　　其三，这首诗更深层的东西是抒发一种浓厚的人世沧桑之感。作品一开头就说"人生不相见，动如参与商"；作品的结尾又说"明日隔山岳，世事两茫茫"，这都是人生难测、世事难料的慨叹。

　　这篇作品的语言，自然流利，转折处随手拈起，趁势放下，莫不各得其宜。另外诗中还运用了民歌里所谓"顶针格"的接字法，如"主称会面难,一举累十觞。十觞亦不醉"云云,使全诗婉转流利,累累如贯珠。

蜀　相

丞相祠堂何处寻，　锦官城外柏森森[1]。
映阶碧草自春色[2]，隔叶黄鹂空好音[3]。
三顾频烦天下计[4]，两朝开济老臣心[5]。
出师未捷身先死[6]，长使英雄泪满襟。

1- 锦官城：即指成都。古代成都以广锦闻名，朝廷在成都设有锦官，故称之锦官城。武侯祠在成都市西南。
2- 自春色：自呈春色，言无人观赏。
3- 空好音：白叫得好听，言无人品听。以上两句突出了祠庙的荒僻寂静。前人有"庭草无人随意绿"，以及"庭树不知人去尽，春来还发旧时花"云云，都是表现的这种意思。
4- 三顾：相传诸葛亮隐于襄阳隆中时，刘备曾三次亲往拜请。《出师表》中也有"先帝不以臣卑鄙，三顾臣于草庐之中"云云。频烦：多次麻烦打扰。
5- 两朝：指先主刘备与后主刘禅。开济：开拓与济世，也就是刘备时的创业与刘禅时的继位。
6- 出师未捷身先死：《三国志·诸葛亮传》：（建兴）十二年（234）春，亮悉大众由斜谷出，以流马运，据武功五丈原（今陕西眉县西南），与司马宣王对于渭南。相持百余日，其年八月，亮疾病，卒于军中。

作品写于唐肃宗上元元年（760）春天。上一年的冬天，杜甫经过千里跋涉来到成都，次年春天游览成都武侯祠时写了这首诗。

　　作品的第一、二两句以自问自答的形式，写出了武侯祠在成都的位置。"柏森森"三字，既是远望中的实景，同时又给人以庄严肃穆之感。也就是说，人们还没有到达武侯祠，在远望中就已经肃然起敬了。第三、四两句是写武侯祠内的景象。"碧草映阶""黄鹂隔叶"，自然是一派春光明媚的气象。但是"自春色""空好音"，这就令人感到非常孤寂、非常冷落了。凭着诸葛亮这样的才干、这样的人品，凭着武侯祠这样的名胜、这样的古迹，居然如此冷清、如此寂寞得连一个人来凭吊也没有，这怎不让人对他所面临的这个社会感到伤心，甚至绝望呢！

　　"三顾频烦天下计，两朝开济老臣心"，是诗人对诸葛亮一生功业的绝好概括。由于刘备深知并深深倚重诸葛亮，所以诸葛亮也就赤胆忠心地为刘备、刘禅两代王朝贡献出了自己的一切。《后出师表》中有所谓"鞠躬尽瘁，死而后已"的话，这八个字正好是这里"老臣心"三个字的最准确的注脚。自古至今，吟咏诸葛亮的作品成千上万，但从来还没有任何一首的语言能超过这两句。

　　"出师未捷身先死，长使英雄泪满襟"，表现了诗人对"天不佑汉""天不假年"，致使诸葛亮五十四岁就早早逝去，从而大业不成、遗恨终天的深深惋惜之情。这种遗憾，是任何一个有大才、有大志，而又生不逢时的人所感同身受，所为之惋惜、为之痛哭的。据说北宋末年的抗金名将宗泽，在壮志未酬、忧愤而死前，就念着"出师未捷身先死，长使英雄泪满襟"这两句诗，三呼"渡河"而死。

杜甫从他特有的思想、经历出发，自他流落到了四川后，就对曾在四川做出了巨大历史贡献的诸葛亮怀有特殊的感情。他曾先后写过《蜀相》《八阵图》《古柏行》《咏怀古迹》等多首诗，表达了他对诸葛亮的无限崇敬。杜甫之所以如此，是和他所处的动乱时代分不开的。他渴望当时能有诸葛亮一样的大才出来安邦定国，使黎民百姓能早一点过上安生的日子；同时他吟咏诸葛亮也有他自己怀才不遇，希望能够得到统治者识拔的意思在内。

客　至

舍南舍北皆春水，但见群鸥日日来。
花径不曾缘客扫，蓬门今始为君开[1]。
盘飧市远无兼味[2]，樽酒家贫只旧醅[3]。
肯与邻翁相对饮[4]，隔篱呼取尽馀杯。

1- 蓬门：荆门，犹今之所谓篱笆门。
2- 盘飧（sūn）：泛指菜肴。无兼味：没有两种味道，意即只有一种菜。
3- 旧醅（pēi）：陈酒。没有经过过滤的酒叫醅。古人重视新酿，而自己招待客人的既是陈酿，且又未经过滤，极言不成礼数。
4- 肯：愿。这里是问客人"愿不愿意"。

作品写于唐肃宗上元二年（761）春，杜甫当时住在成都草堂。诗的原注有"喜崔明府相过"六字，明府是唐代对县令的敬称。这首诗洋溢着浓郁的生活气息，表现了诗人对客人来访的喜悦之情。诗篇开头点出客人来访的时令及周围清丽、幽雅的景致，为全诗的气氛做了铺垫。接着用与客人交谈的口吻正面写"客至"。花径不扫，蓬门常关，可见作者那时的闲淡，但毕竟稍有寂寞之意。所以今日"君"来，更显得可贵。然后很自然地写到殷勤待客之情，家贫、市远，都是事实，并无虚文俗套，可见宾主间的知已，情投意合故而不拘形迹。结尾别开境界，邀取邻翁同饮，把热烈的气氛推向了高潮。这首诗的动人之处在于，以家常话、真率情编织出一幅极有人情味的生活图景，非常自然，没有丝毫做作的意味。

春夜喜雨

好雨知时节[1]，当春乃发生。
随风潜入夜，润物细无声。
野径云俱黑，江船火独明。
晓看红湿处[2]，花重锦官城[3]。

1- 知时节：像有灵知似地应时而下。
2- 红湿：指花朵沾雨。
3- 锦官城：即成都。

这首诗写于唐肃宗上元二年（761）春，当时杜甫住在成都草堂。作品形象、细致地描写了春夜小雨的环境、景象，抒发了一种出自内心的喜悦之情。

作品的前四句，分别点出了"雨"字、"春"字、"夜"字，紧紧地扣上了题目，同时第三、四两句又极其生动地描写出了春夜小雨的形象、功能。清代仇兆鳌说："曰'潜'、曰'细'，写得脉脉绵绵，于造化发生之机，最为密切。"

作品的第三、四两句，是写绵绵细雨中的春夜的和平静谧景象，它漆黑一片，广漠无垠，难分上下，不辨东西，似乎一切都包容、都沉浸在造物主的冥冥脉脉之中。如果光是如此，那就很难再产生"喜"意，那就要流入寂寞凄凉了。而杜甫巧妙地在这广漠漆黑的天地间，远远地加上了一点灯火，它告诉人们那里是江水，那里有小船。"浓绿丛中红一点，动人春色不须多"，漆黑沉重的背景上，有了这一点暖色，于是一切都产生变化，于是立刻使人感到温暖起来、亲切起来了。这是诗人在雨夜中举目远望之所见。

作品的最后两句，是写诗人想象中第二天早晨这被一夜春雨所浸润过的成都的崭新气象。所谓"红湿"，所谓"花重"，都一方面表现了雨后的实际景象，而同时又流露着诗人对这雨后光景的极端喜爱之情。清代纪昀特别喜欢这首诗的后四句，他说："此是名篇，通体精妙，后半犹有神。'随风'两句虽细润，中晚人刻意或及之；后四句传神之笔，则非余子所可到。"

杜甫生活在民间，是一个极度关心劳动人民疾苦的诗人。劳动人民要想过富裕日子，就必须有好年景、好收成，而好年景、好收成则是和春雨绝对分不开的。杜甫之所以如此关心春雨、喜爱春雨，正是从这一点出发的。这首诗通篇不见一个"喜"字，而在它的每一句话、每一个字的缝隙中，又无不流露着浓浓的喜气。

赠花卿

锦城丝管日纷纷[1],半入江风半入云。
此曲只应天上有[2],人间能得几回闻?

1- 丝管:丝指弦乐,管指管乐,这里泛指乐工演奏及伶人歌唱。
2- 天上:亦暗指皇帝的宫廷。"只应天上有",一方面是称赞音乐之美,同时也暗含着指责花敬定的奢华越分。

　　作品写于唐肃宗上元二年(761),当时杜甫住在成都草堂。花卿,指花敬定,是成都尹崔光远的部将,曾因讨伐梓州叛官段子璋有功。但他居功自傲,纵兵大掠东蜀,肆虐百姓,还目无朝廷,僭用天子音乐。这首赠诗即对此进行委婉的讽喻。仅从字面上看,全诗明白如话,前两句为实写,具体描述乐曲行云流水般的美妙,后两句为虚写,赞美乐曲给人的仙乐般的感受,同时全诗的弦外之音、言外之意也暗含于后两句中。因为封建社会有着极严格的礼仪制度,对音乐的使用也有成规定法,比如"皇帝临轩,奏《太和》,王公出入,奏《舒和》;皇太子轩悬出入,奏《承和》……"就是唐朝建立后考订的大唐雅乐,假如越规逾矩,即为大逆不道。而"只应天上有"的音乐,竟能在"人间""得闻",从这一双关语中,诗人指责的态度也就含蓄而婉转地表现出来了。

茅屋为秋风所破歌

八月秋高风怒号,卷我屋上三重茅。

茅飞渡江洒江郊,高者挂罥长林梢[1],下者飘转沉塘坳[2]。

南村群童欺我老无力,忍能对面为盗贼[3]。

公然抱茅入竹去,唇焦舌燥呼不得,归来倚杖自叹息[4]。

俄顷风定云墨色[5],秋天漠漠向昏黑[6]。

布衾多年冷似铁[7],娇儿恶卧踏里裂[8]。

床头屋漏无干处,雨脚如麻未断绝。

自经丧乱少睡眠[9],长夜沾湿何由彻[10]!

安得广厦千万间[11],大庇天下寒士俱欢颜[12],风雨不动安如山!

呜呼!何时眼前突兀见此屋[13],吾庐独破受冻死亦足[14]!

1- 挂罥(juàn):缠绕、挂结的意思。长林:高树。

2- 塘坳(ào):低洼积水之地。

3- 忍能:竟然忍心这样。

4- 倚仗:拄着拐杖。

5- 俄顷:不多时,转眼间。

6- 漠漠:阴沉的样子。

7- 布衾:布做的被子。

8- 恶卧:睡觉不老实。踏里裂:蹬破了被里。

9- 丧乱:指安史之乱。

10- 何由彻:如何才能挨到天亮。

11- 安得:怎么才能获得。

12- 庇:遮蔽、保护。

13- 突兀:高耸的样子。

14- 庐:茅屋、房子。

《茅屋为秋风所破歌》写于唐肃宗上元二后（761）秋，杜甫50岁，在成都闲居。杜甫在唐肃宗至德二年（759）夏，辞去华州司功参军，携家迁到了秦州（今甘肃天水市）。不久，由于生活窘迫，先迁到同谷（今甘肃成县），后又携家来到了四川成都，在朋友们的帮助下，在城西浣花溪上盖起了两间茅草房。不想这个茅草房在第二年秋天就被大风揭了顶，《茅屋为秋风所破歌》就是为此而作。诗中描写了诗人在茅屋被秋风揭顶后的生活苦况，表现了诗人虽然自己身处困境，而仍能忧国忧民，推己及人，甚至舍己为人的思想情操。

作品从开头到"归来倚杖自叹息"为第一段，写茅屋被揭顶，茅草被刮散、被儿童抱走，自己陷入困境的情形。从"俄顷风定云墨色"到"长夜沾湿何由彻"为第二段，写自己在漏雨的破屋子里过夜的苦况。从"安得广厦千万间"到"吾庐独破受冻死亦足"为第三段，写苦难中的诗人推己及人，以及为了博得多数人的幸福而宁愿牺牲自己的高贵精神。

杜甫是一个人民性极强的诗人，是一个伟大的人道主义者。他所履行的是"先天下之忧而忧"，他所准备的是"后天下之乐而乐"。他和白居易相同的是都关心、同情人民疾苦；他们所不同的是白居易总是自己在有了好生活之后才想到穷人，如他在《新制布裘》中所说的"安得万里裘，盖裹周四垠。稳暖皆如我，天下无寒人"就是如此。而杜甫则是在自己最困苦、最难过、最无法忍受的时刻，想到更多、更困苦、更无法忍受的人们。

闻官军收河南河北

剑外忽传收蓟北[1]，　初闻涕泪满衣裳。
却看妻子愁何在[2]，　漫卷诗书喜欲狂[3]。
白日放歌须纵酒[4]，　青春作伴好还乡[5]。
即从巴峡穿巫峡[6]，　便下襄阳向洛阳[7]。

1- 剑外：剑门关以南，诗人指自己所在的梓州。蓟北：泛指今河北省北部地区。蓟县即今北京市，当时为幽州的首府，安史叛军的老巢。
2- 却看：退身细看，惊喜见面时常有的情景。
3- 漫卷：随手卷起。唐代的书籍都是写在绢帛上。
4- 白日：白天，对着太阳。由于心里高兴，看着太阳也格外明亮、格外可亲。放歌须纵酒：犹言须放歌、须纵酒，以表心花怒放之情。
5- 青春作伴：春天的良辰美景陪同自己，以壮自己还乡的行色。
6- 巴峡：即巴郡三峡，在今重庆市东二十里的长江上。有明峡、铜锣峡、石洞峡，合称巴郡三峡。古代的巴郡郡治即今重庆市。巫峡：在今重庆巫山县东的长江上，是有名的长江"三峡"之一。长江三峡中也有"巴峡"，与上面所说的巴郡的"巴峡"不是一个地方。
7- 襄阳：即今湖北襄阳市。洛阳：即今河南洛阳市，杜甫的故乡。最后两句是杜甫想象中的由梓州回洛阳故乡的路线，他准备先顺长江出川到湖北，再从汉口沿汉水北上到襄阳，再从襄阳北上到洛阳。

作品写于唐代宗广德元年（763）春，当时杜甫因避成都之乱住在梓州（今四川三台县）。在此前一年的十月，朝廷军队第二次收复了洛阳以及洛阳以东的郑州、滑州、汴州等大片地区（当时属河南道）；接着大军进攻河北，到这一年的正月，河北叛军纷纷归降，叛匪头子史朝义被迫自缢身死。持续了八年之久的安史之乱，到此宣告彻底平定。杜甫在梓州听到了这个消息，惊喜若狂，含着泪水写了这首诗。

　　作品的前四句是写突然听到捷报时的心花怒放、惊喜欲狂的样子。听到喜讯而"涕泪满衣裳"，这是因为在此以前受的苦太多，受苦的时间也太长了。现在突然听说官军大获全胜，过去的苦难今天已经到头了，好日子就要来了，这样从天而降的喜讯怎不叫人激动得热泪奔流呢！"却看妻子"，定睛细看，退一步再看，你是不是你，我是不是我，这该不是做梦吧？这难道是真的？"漫卷诗书"，读书作诗是书生们每天要做的，也是他们借以消愁解闷的工作。而今天，在惊人喜讯传来的时刻，"愁""闷"固然早已一扫而光，作为日常的"课程"，现时谁又能做得下去呢？不看了，马上就要有许多更重要的事情要我们去干了。这"漫卷"二字，可以说是形象之极。

　　作品的后四句是写诗人在听到喜讯后立刻想到现时要做，和明天接着要做的一连串的事情。首先是要干一杯，要吼一段，要尽情地吐一吐已经在胸中压了八年的闷气。其次，最要紧、最迫切的就是赶紧收拾行李准备回家，而那个日夜令人梦绕魂牵的故乡，已经是八年没有回去了。于是不仅马上要回，而且连回家的路线也一下子就想好了，因为这是眼前压倒一切的最重要的事情啊！

　　杜甫一生忧国忧民，艰辛贫病，像这样奔放喜悦的作品，在集子里很难找到。这首诗句句有喜意，一气流注，而曲折尽情，绝无装点。全诗八句，后六句都是对偶，但却明白自然，像说话一般。诗中'忽传''初闻''却看''漫卷''即从''便下'，于仓促间写出欲歌欲哭之状，使人千载如见。

绝 句

两个黄鹂鸣翠柳， 一行白鹭上青天。
窗含西岭千秋雪[1]，门泊东吴万里船[2]。

1- 窗含：在窗口里嵌着，实指从窗口望出所见的景物。西岭：指岷山，其山顶积雪长年不化，故诗人有所谓"千秋雪"云云。
2- 东吴：原指三国时代建都于建业（今南京市）的孙氏政权，后也用以泛指今长江以南的江浙地区。万里船：杜甫草堂东面不远的锦江上有一座"万里桥"，古时由成都东下江浙都从这里上船。三国时诸葛亮送费祎说："万里之行，始于此桥。"万里桥即由此得名，万里船也由此出典。

唐代宗广德二年（764），安史之乱已平定，严武也重镇成都，杜甫由梓州还居成都草堂。作品即写于此时。原诗共四首，这是其中第三首。全诗四句，每句都自成一幅图画，同时又共同构成一组脉络贯通、动静相生、错落有致的画卷。其中既有黄鹂穿行于翠柳间的近景，也有西山绵亘、白雪皑皑的远景；既有放眼长空，白鹭成行的动景，也有江波浩渺，巨舟待发的静景，而且色彩鲜明，形象活泼。这首诗并非单纯写景。因为诗人是尽尝艰辛之后才暂时得到一处安宁的栖身之处，所以窗外生机盎然的景象对他而言尤其具有一种特殊而可贵的意义，这种心境也就有别于一般士大夫的闲情逸致了。末二句是诗人心曲的流露，隐含着思乡之情。从这首诗中，可以体味到杜甫诗歌纤细、敏锐的感觉与热烈、郁勃的情绪相统一的特点。

旅夜书怀

细草微风岸， 危樯独夜舟[1]。
星垂平野阔[2]，月涌大江流。
名岂文章著， 官应老病休[3]。
飘飘何所似？ 天地一沙鸥。

1- 危樯：高高的船桅。孤舟夜晚，尤其显得船桅之高。
2- "星垂"二句：李白《渡荆门送别》有"山随平野尽，江入大荒流"，杜诗点化其句。黄生曰："太白诗只说得江''山，此则'野阔''星垂''江流''月涌'，自是四事也。"
3- 老病休：去年杜甫曾在严武帐下任节度使参谋，因军府的事务琐碎繁多，同事之间又有不少矛盾，于是他在该年一月辞去了职务。不久，严武又患病死去，于是杜甫又开始漂流。后文顾宸所说的"官不为老病而休"，即指此。

作品写于代宗永泰元年（765）夏。当时诗人已被迫携家离开了成都，乘船经由乐山、重庆、忠州（今重庆忠县）东下。这首诗即写于此次舟行途中。前四句写舟中所见之景，以切旅夜二字。首联出句写陆上风景，小草摇曳于微风之中，似乎草色中也含有凄凉；对句写夜写舟，仿佛夜色也带有凄戚之容，从而给全诗营造出一种沉寂的气氛。颔联转而写得气象雄浑，天高地迥，宇宙开阔，于雄浑中展示了诗人的胸襟，也于雄浑中反衬了前途的迷茫。其中"垂"字、"涌"字被誉为诗中响字，将星、月精神描摹得形神毕肖。即景生情，引出了下一联的愤激。诗人的声名因文章而著，这实非他的本愿；有着远大的抱负，但休官并非由于老病，而是被排挤。这里写出了诗人心中与江水奔流相感应的不平，却用"岂""因"二字反语含蓄地流露其意。末句再次以景寓情，深刻表现了一种漂泊无依的感伤和宦游的疲倦。

秋　兴

玉露凋伤枫树林，　巫山巫峡气萧森[1]。
江间波浪兼天涌[2]，塞上风云接地阴[3]。
丛菊两开他日泪[4]，孤舟一系故园心[5]。
寒衣处处催刀尺，　白帝城高急暮砧[6]。

1- 萧森：山石峥嵘、古木掩蔽的样子。《白帝》诗中有所谓"古木苍藤日月昏"，可与此相印证。
2- 兼天：犹言"连天"，极言汹涌波涛之高。
3- 塞上：人迹罕至的山川绝地，这里即指夔州一带。接地：犹言"遍地""彻地"。
4- 两开：两次开花，意指已过了两个秋天。杜甫自去年五月离开成都，中间经过在忠州的逗留，再到现在的夔州，这已是第二次见到丛菊开花了。他日：犹言"往日"。他日泪，是忆及往日的情事而落泪。
5- 一系：犹言"常常挂念""永远牵挂。"
6- 急暮砧：傍晚时分听到一片急促的捣衣砧声。上句的"催刀尺"就是由这种砧声中显示出来的。

　　作品写于唐代宗大历元年（766）秋，当时杜甫住在夔州。秋兴，即秋日抒怀。《秋兴》共八首，是一个相互呼应连贯的整体，其中有对脚下三峡风光的描写，有对记忆中长安气象的描绘，有对昔日太平繁华的留恋，有对劫后万事凋零的悲慨，大至国家民族，小至个人自我，整个化作一种强烈的今昔之悲，一种深沉的沧桑之痛，从诗中一泄而出。这里所选第一首，相当于组诗的序曲，通过对巫山巫峡秋景的描绘，烘托出阴沉肃杀、动荡不安的严峻环境，诗人求归故乡而不能，心情既像江水的翻滚，又像塞上风云的阴暗，抒发了孤独抑郁之感、漂泊怀乡之情以及忧时伤世之心。诗意落实在"丛菊两开他日泪，孤舟一系故园心"上，丛菊已开两度，而诗人思乡之泪还是当日之泪，思乡之心仍是去年之心，可见愿望未能实现。诗句沉郁而有气魄，感慨极深。

咏怀古迹

支离东北风尘际[1]，漂泊西南天地间[2]。
三峡楼台淹日月[3]，五溪衣服共云山[4]。
羯胡事主终无赖[5]，词客哀时且未还[6]。
庾信平生最萧瑟[7]，暮年诗赋动江关[8]。

1- 支离：破碎的样子，指国土而言。风尘：指安禄山造反搅起的烟尘。
2- 漂泊西南：指杜甫由秦州到成都，又一度到梓州、阆州，又沿江东下到忠州、夔州而言。
3- 楼台：杜甫在夔州曾几次迁居，都住得很高，故曰"楼台"，并不是说居住条件有多么好。淹日月：指逗留的时间很长。杜甫从公元760年到成都，到现在已在西南地区过了七年。
4- 五溪：汉时西南地区的少数民族名，原住在今湖南、贵州交界处，这里是用以代指夔州一带的少数民族。共云山：指同在一座深山、同在一块蓝天白云下生活。
5- 羯胡：指侯景，侯景是鲜卑人，原是北魏的将领，后叛魏降梁。不久又在南朝叛乱，将梁政权颠覆。事见《梁书·侯景传》。庾信就是因为梁朝被颠覆，才逃到江陵，后又为梁元帝出使长安而被拘留，最后死在北方的。事主：指投降梁武帝萧衍，听萧衍使唤。这里是以侯景代指安禄山。无赖：不能信任、不能倚靠。
6- 词客：指庾信。哀时：哀叹时局，庾信当时被拘留在北方，曾写了有名的《哀江南赋》和许多哀痛国破家亡的诗。这里既是说庾信，同时也是说自己。
7- 庾信：字子山，原是梁朝的宫体诗人，深受梁朝皇帝宠信。侯景灭梁后，庾信先到江陵投梁元帝，后出使长安被拘留，一直到死。由于庾信后半生的不幸遭遇，使他诗赋内容大变，成了当时最杰出的作家。下句的"暮年诗赋"即指此而言。萧瑟：凄凉孤苦。
8- 动江关：意即激动天下所有人的心。

作品写于唐代宗大历元年（766）秋，当时杜甫在夔州。《咏怀古迹》共五首，分别吟咏与三峡有关的五个历史人物的古迹：庾信、宋玉、昭君、刘备、诸葛亮。作品借吟咏古人，寄寓了浓厚的个人身世之感。这里所选第一首为咏庾信遗迹。前四句作者描述了自己漂泊流离的景况，连用几处方位词和地名，可见其辗转天涯的可悲处境。后四句抒怀，借庾信以自比：杜甫遭逢安史之乱，正如庾信遭遇侯景之乱；杜甫怀念故国，也正如庾信思念江南。二人的遭遇、情感有相似之处，所以杜甫写来自然情绪起伏不平，深沉痛切。末句既是对庾信的赞语，也寄托了诗人的自我评价。

又呈吴郎

堂前扑枣任西邻[1]，无食无儿一妇人。
不为困穷宁有此[2]？只缘恐惧转须亲[3]。
即防远客虽多事[4]，便插疏篱却甚真[5]。
已诉征求贫到骨[6]，正思戎马泪盈巾[7]。

1- 扑枣：打枣。任：任凭，不要管她。

2- 宁：岂，哪会。"宁有此"，指偷偷摸摸的打枣行为。

3- 恐惧：指打枣的贫妇怕被吴郎发现。转：反而，倒是。亲：指友好亲近地对待。

4- 即防：指贫妇怕被吴郎发现。远客：指吴郎。多事：意思是吴郎不会怪她，她的恐惧是多余的。

5- 甚真：过于当一回事。

6- 已诉：指贫妇平素已对杜甫讲过。征求：即《白帝》中所说的"诛求"，指官府对劳动人民的苛捐杂税，横征暴敛。

7- 思戎马：犹言"念及战乱"，意谓由于战乱不止，类似扑枣贫妇这样无衣无食、无家可归的人，不知该有多少。诗人由此及彼，推而想之，于是不由得又泪下沾巾了。

　　作品写于唐代宗大历二年(767)秋。吴郎名南卿，是杜甫表亲，任忠州司法参军，当时正借住杜甫夔州瀼西的房子，杜甫则已搬到东屯居住。因有邻家贫妇到瀼西房前打枣，吴南卿就在房外插上了篱笆，禁止打枣。杜甫听说后，就给吴南卿写了这首辞意婉曲的诗表示劝告。这首诗从一件打枣小事写起，从一个孤贫妇人的生活，进而联想到处在水深火热中的广大人民的处境，表现了杜甫的爱民之心和对国家局势的忧虑之情。诗中措辞十分委婉含蓄，题目中用了"呈"这一敬辞，又是以自己对待邻妇打枣的态度来启发对方，进而扩大到整个社会现实来说服对方，最后还用自己的眼泪来感动对方，从而避免了生硬的教训意味，使吴郎更容易接受。

登 高

风急天高猿啸哀， 渚清沙白鸟飞回[1]。
无边落木萧萧下， 不尽长江滚滚来。
万里悲秋常作客[2]，百年多病独登台[3]。
艰难苦恨繁霜鬓[4]，潦倒新停浊酒杯。

1- 渚：水中的小洲。飞回：指鸟被大风所吹，在空中盘旋。
2- 万里：指离家乡之远。
3- 百年：指自己年事已高。时杜甫57岁。多病：杜甫当时正患肺病。
4- 繁：用如动词，繁霜鬓，即鬓角的白发越来越多。

作品写于唐代宗大历二年（767）秋，当时杜甫在夔州，既贫且病，生活十分困难。作品描写了诗人登高所见的夔州地区长江上的悲壮萧疏景象，抒发了寂寞怀乡和孤苦无依的悲秋情绪。

作品的前四句描写三峡地区深秋季节的悲凉景象，"风急天高"，极言其所处地域之空旷；"渚清沙白"，又在空旷中透着一股凄凉阴冷。滚滚的长江，当然是映入诗人眼帘的最浩大、最壮观的景象，它从西方流来，又像过客一样匆匆地向东流去；在江上，在空中，那一望无边的被急风卷起的落叶飘舞着，落在岸边，落入江水。这是多么凄凉，又是多么悲壮的一幅景象啊！但相比之下作为这幅画面主体的长江，无疑它是最有气势、最有力量的。请看其余的这落叶、这哀猿、这飞鸟，以及观看此景的诗人，和诗人所生存的这人类社会，这一切都是多么短暂、多么渺小啊。

自古以来没有不死的人，没有不变的社会，只有这眼前的长江是永存的，它自古以来就是这么流着，今后它还将千年万载地流下去。它最壮观，也最无情。而其他，则猿只有哀鸣，鸟只有飞走，人只有悲叹。这四句，虽然只是写景，但诗人的那股深深的悲秋之情，早已慷慨淋漓地流露于画面之上了。

作品的后四句，诗人直接抒发了自己的悲秋之情。这里有他积蓄心头多年的漂泊之苦，怀乡之情；有他一生潦倒，如今更加年老多病的悲哀。其实还有更重要的一项他没有说到，这就是他对那个经过多年战乱已经满目疮痍，而如今仍处于动荡之中的国家民族的关心以及为此所产生的极大痛苦，这才是使他两鬓过早变白的根本原因。面对这种无法消解的苦痛，本来杜甫是可以以酒浇愁的，但是现在不行，因为他近来多病，不能喝酒，于是这滚滚长江一般的满天的愁绪，就再也没有任何办法加以消解了。

这首诗的用词造句极其讲究，宋人罗大经说："'万里悲秋常作客，百年多病独登台'，盖'万里'，地之远也；'秋'，时之凄惨也；'作客'，羁旅也；'常作客'，久羁旅也；'百年'，齿暮也；'多病'，衰疾也；'台'，高迥处也；'独登台'，无亲朋也。十四字之间含八意，而对偶又精确。"明代胡应麟说："通篇章法、句法、字法，前无昔人，后无来者。此诗当为古今七律第一。"

杜甫的七律向以"沉郁顿挫"著称，此诗可以作为绝好的代表。

江 汉

江汉思归客[1]，乾坤一腐儒[2]。
片云天共远[3]，永夜月同孤[4]。
落日心犹壮[5]，秋风病欲苏[6]。
古来存老马，不必取长途[7]。

1- 江汉：指杜甫当时所处的江陵一带，江陵在长江边，北距汉水不甚远。
2- 乾坤：这里用以指茫茫的天地之间。腐儒：仇兆鳌曰："自嘲亦复自负。"
3- 片云：以比喻自己的孤独漂泊，且又远离乡国。
4- 永夜：长夜。月同孤：月轮和自己一样的孤独冷寂。
5- 落日：以比喻自己的黄昏暮年。
6- 苏：这里指痊愈。杜甫当时已患肺病多年。
7- 长途：指有筋力，跑得远。最后两句的意思是，古人所以养着老马，并不是要它跑得快、跑得远，而是用它的经验多，能识途。诗人在这里以识途的老马自居，希望为国家效力。

作品写于唐代宗大历三年（768）秋，当时杜甫已经离开夔州沿江东下，拟去湖南，这是他中途停泊于江陵（在今湖北省境内）一带时所作。此时他北归无望，生计艰难；同时又不服老病，壮志犹存。首联意境较悲凉，"一腐儒"三字，既包含了怀才见弃的辛酸，又透露了诗人的自负。第二联寓情于景，更深沉地表现了他的思归之情和寂寞高洁的心胸，云、天、月、夜等身边之景与诗人的感情融为了一体。最后两联则一变低沉、悲切的格调，以老马自比，表现了自强不息、仍希望有所作为的精神状态，"老骥伏枥，志在千里。烈士暮年，壮心不已。"（曹操诗）的积极用世的形象自然跃然纸上。

登岳阳楼

昔闻洞庭水， 今上岳阳楼。
吴楚东南坼[1]，乾坤日夜浮[2]。
亲朋无一字， 老病有孤舟[3]。
戎马关山北[4]，凭轩涕泗流[5]。

1- 吴楚：春秋时诸侯国名，吴国在今江苏、浙江一带。楚国在今湖北、湖南、江西、安徽一带。坼（chè）：裂开。这句话的意思是，吴国与楚国的一部分地区，被洞庭湖远远地与西北部的中原地区隔开，像是从大地上被分出去一样。
2- 乾坤：天地。这里指整个宇宙。不是大地上有个洞庭湖，而是使人觉得整个宇宙都在洞庭湖上漂浮着。曹操《观沧海》中有所谓"日月之行，若出其中；星汉灿烂，若出其里"，可与此互相印证。
3- 老病：当时杜甫57岁，又多年来患着肺病。
4- 戎马：据历史记载，这一年的八月，有十多万吐蕃人进攻灵武（今宁夏灵武市西北），接着又有两万人进攻邠州（今陕西彬县），使得首都长安人心惶惶。直到九月后，吐蕃人才被打败，相继撤去。
5- 凭轩：犹言"凭栏"，轩指岳阳楼上的栏杆。

作品写于唐代宗大历三年（768）冬，当时杜甫已经离开夔州，经过公安，到了岳阳。岳阳楼是岳阳城西门的门楼，下临浩瀚的洞庭湖。作品描写了岳阳楼与洞庭湖上的雄伟壮阔的景象，抒发了诗人飘零孤苦但仍不忘艰难国事的情怀。

作品的第一、二两句扣紧题目，表明登临此楼是诗人早已向往的事情了。第三、四两句，是描写登上岳阳楼眺望洞庭湖，眼前所呈现出的景象。两句气象非凡，是历来描写洞庭湖的诗文中所难有其比的名句。

第五、六两句,写自己的孤苦无依,伤病伤老,怀乡怀人。第七、八两句,又拓开一层,抛开自己,想到了多灾多难的国家民族,于是就不由为之焦虑得涕泗横流了。

江南逢李龟年

岐王宅里寻常见[1],崔九堂前几度闻[2]。
正是江南好风景[3],落花时节又逢君[4]。

1- 岐王:唐玄宗的弟弟,名叫李范,被封为岐王。为人好学工书,喜结交文雅之士。寻常:经常。
2- 崔九:即崔涤,当时的中书令(即宰相)崔湜之弟,曾任殿中监,深受唐玄宗的宠爱。以上两句都是说的杜甫15岁以前的事情,因为到杜甫15岁时,岐王李范与殿中监崔涤便都去世了。
3- 好风景:西晋被匈奴人灭掉后,中原地区的大贵族们逃到了长江以南。每逢春日风光美好时,他们便在今南京市西南的新亭置酒聚会。周顗席间叹息说:"风景不殊,正自有山河之异!"意思是说,风景还是那么好,但山河破碎,已经不是原来的样子了。杜甫这里的意思与之略同。
4- 落花时节:即暮春三月。

作品写于唐代宗大历五年(770)春,杜甫当时正乘船流寓在潭州(今湖南长沙市)。李龟年是唐代著名音乐家,开元、天宝年间曾长期在唐玄宗的梨园里供职,杜甫少年时曾多次听到过他的演奏。安史之乱后,李龟年流落在今湖南长沙一带,事见《明皇杂录》《云溪友议》等。

作品回忆了四十多年前诗人在繁华世界聆听这位在走红的大音乐家演奏的情景，而对饱经离乱之后，今日双双流落到江南的意外相逢，表现了物是人非，今非昔比，往事不堪回首的沧桑迟暮之感。这首诗和《丹青引赠曹将军霸》《观公孙大娘弟子舞剑器行》的主旨相同，那两篇一篇是写一位宫廷老画家，一篇是写一位宫廷舞蹈家，这篇则写的是一位宫廷音乐家。相同的都是通过他们几个人由人生顶峰跌入人生谷底的坎坷经历，表现了大唐帝国的沧桑变化。那两篇都篇幅较长，具体铺陈较细；而这篇则刚说又止，将千言万语尽托入"不言中"去了。今人刘永济说："二十八字，于今昔盛衰之感，与彼此飘落转徙之苦，会合之难，都无一字明说，但于篇末用一'又'字，而往事今情，一齐纳入矣。"清代孙洙说："世运之治乱，年华之盛衰，彼此之凄凉流落，俱在其中。少陵七绝，此为压卷。"

司空曙

司空曙（720？—790？），字文明，广平（今河北永年县）人。曾举进士，初为剑南节度使韦皋的幕僚，后任水部郎中、虞部郎中。为人耿直磊落，不媚权贵。司空曙为大历十才子之一。有《司空文明诗集》三卷，计七十余首诗。

别卢秦卿

知有前期在[1]，难分此夜中[2]。
无将故人酒[3]，不及石尤风[4]。

1- 前期：前约、预约。
2- "难分"句：意思是尽管约好了日后还要见面，但今晚的离别还是叫人难以割舍。
3- 无将：将无、莫非、难道。
4- 石尤风：船行时的打头逆风。传说有石氏女嫁给尤郎为妻，尤郎经商远行，石女长忆而亡，临死叹息说："今凡有商旅远行，吾当作大风，为天下妇人阻之。"自后商旅发船，值打头逆风。遂称为石尤风。

卢秦卿，诗人的朋友，生平不详。这是送别宴上劝朋友不要急着起行，希望他多留一会儿、多喝几杯的小诗。作品学习南朝民歌的格调，用了一个"石尤风"的典故，遂将自己的深厚情意表达得既婉转，又突出。近人俞陛云说："别酒殷勤，难留征棹，转不若石尤风急，勒住行舟。凡别友者，每祝其帆风相送，此独愿石尤阻客，正见其恋别情深也。"今人周本淳说："此诗三、四句盖用激将法，言若遇石尤风亦必不行，岂有故人殷勤之酒而不如石尤风乎？"

云阳馆与韩绅宿别

故人江海别[1]，几度隔山川[2]。
乍见翻疑梦[3]，相悲各问年。
孤灯寒照雨[4]，深竹暗浮烟[5]。
更有明朝恨[6]，离杯惜共传[7]。

1- 故人：指韩绅。江海别：极言其相隔之远。
2- 几度：这里指几年。
3- 翻：反而。
4- 寒照雨：室内的孤灯照着窗外的秋雨，使人感到一股寒气逼人。
5- 深竹：茂密的竹林。暗浮烟：黑乎乎地蒙着一层夜雾。
6- 明朝恨：指天一亮就又要离别。
7- 惜共传：指不忍心，不乐意喝这杯离别的酒。

云阳，县名，县治在今陕西泾阳县西北。馆，即旅舍。韩绅，一作韩升卿。宿别，同宿一夜而别。作品先从二人上一次的离别写起，表达了在战乱年代偶遇故友时喜出望外的心情以及惜别的感伤，抒发了人生漂泊、世事难料的沧桑之感。又因为这种漂泊是建立在国家大动乱的基础上，所以内涵更显得深厚，读来分外悲切。"乍见"两句，将重逢疑为梦境，写出了这次相会的来之不易、难能可贵，淋漓尽致地抒发了惊喜之意，成为传诵的名句。诗人还善于用景物烘托气氛，孤灯、寒雨、深竹、浮烟，生动传神地映衬出惨淡悲凉的心境，于是旧友之情在这一片凄冷中也就尤其显得温暖。这种写法，可谓"不着一字，尽得风流"。

贼平后送人北归

世乱同南去[1]，时清独北还。
他乡生白发， 旧国见青山[2]。
晓月过残垒[3]，繁星宿故关。
寒禽与衰草， 处处伴愁颜。

1- 世乱：指安禄山发动叛乱，事在唐玄宗天宝十四年（公元755）十一月。
2- 旧国：即指故乡。见青山：意谓只有青山如故，其他庐舍田园都已面目全非了。
3- 残垒：破旧的战争防御工事。

作品大约写于唐代宗广德元年（763）秋。所谓贼平指这年正月安史之乱彻底平息。司空曙家乡在今河北省境内，正是乱军盘踞的根据地。

战乱起时，他和亲友一同逃到了江南，如今战乱平息，亲友先自北归，司空曙写此诗送行。诗人回顾了他们当初一道南来的过程，如今亲友归乡而自己滞留难归，这其中一道度过的漫长岁月也就不言而自明。诗人想象故乡的残垒衰草,生动描绘了战乱后的残破荒凉景象,抒发了诗人对这场灾难的痛苦之情,实际上也体现了整个国家的痛苦与悲哀。其中"他乡生白发,旧国见青山"深受评论者赞叹,既写出了"雨中黄叶树,灯下白头人"的人生沧桑,又写出了"国破山河在"的世事变迁,感情沉痛、真挚。

李 端

李端,生卒年不详,字正已,赵州(今河北赵县)人。唐代宗大历五年(770)进士,曾任秘书省校书郎、杭州司马等职。李端是大历十才子之一,以诗思敏捷受人称道。有《李端诗集》,存诗一百八十余首,《全唐诗》录其诗二卷。

拜新月

开帘见新月,即便下阶拜。
细语人不闻,北风吹罗带。

拜月是古代的一种习俗,是祈祷月亮保佑自己,使自己实现某种理想的一种仪式。

这首小诗描写了一个闺中少女偷偷地拜月祈祷的情景。"细语人不闻",见少女的虔敬、多情、娇羞,心事不欲人知,不欲人见;"北风",至少是秋风,秋风吹动着少女的罗带,可以见到这个少女的寂寞、凄清,而又思绪缠绵,久久不能自已。画面只是给我们描绘了一个美丽的身影和一些玲珑剔透的背景,而其效果则是"此时无声胜有声"了。清代黄叔灿说:"上三句写照心事,已是传神;下如何转语?工诗者于此用脱离法,'北风吹罗带',此诗之魂,通首活现矣。"今人富寿孙说:"写闺人拜月诉情,宛然如见,韵致特胜。末句以景结情,方不意尽于言中,最得用笔之妙。"

鸣　筝

鸣筝金粟柱[1]，素手玉房前[2]。
欲得周郎顾[3]，时时误拂弦。

1- 筝：一种如琴的弹拨乐器。金粟柱：柱，是系弦的轴。金粟，形容筝柱装饰的华贵。
2- 素手：喻指女子。玉房：筝上安枕之处。
3- 周郎顾：周郎即周瑜，周瑜精通音乐，听人奏曲有误时，必定转过头去看一看演奏者，所以时谣说："曲有误，周郎顾。"

　　作品的第一、二两句是写环境、写背景，为后两句做铺垫、做准备。所谓"金粟""玉房""素手"云云，无非是增加作品的华丽，而其效果则是突出乐器"筝"的华贵和弹筝女子的年轻美丽。第三、四两句是巧妙地反用典故，以突出该弹筝女子的慧黠，表现了她故意弹错曲调以邀得听筝人注意，和意欲以自己的气质风韵博得听筝人怜爱的心理。而这个女子自己心头对听筝人的深深爱慕之情，也就不言而喻了。清人徐增说："妇人卖弄身份，巧于撩拨，往往以有心为无心，手在弦上，心属听者。在赏音人之前，不欲见长，偏欲见短。见长则人赏其音，见短则人见其意。"

钱 起

钱起（722—780）字仲文，吴兴（今浙江湖州市）人。唐玄宗天宝十载（751）进士，历任校书郎、考功郎中、翰林学士。是大历十才子之一，诗以五言为主，格律严谨，对仗工整，内容多送别酬赠之作。有《钱考功集》。

暮春归故山草堂

谷口春残黄鸟稀[1]，辛夷花尽杏花飞[2]。
始怜幽竹山窗下， 不改清阴待我归。

1- 黄鸟：即黄莺。一说黄雀。
2- 辛夷花：木兰树的花，一称木笔花，比杏花开得早。

这首诗是钱起被罢官后所写。头两句写出了归来后所看到的暮春景色：一"残"、一"稀"、一"尽"、一"飞"，四个字一气贯注而下，渲染出春光逝去、难于寻踪的寂寥凋零的氛围。正是在这一前提下，另一种景象才更显出其可贵：窗下幽竹，兀自翠绿葱茏，迎接主人的归来。第三、四句与贺知章《回乡偶书》中"惟有门前镜湖水，春风不改旧时波"有相通之处，但贺诗着重抒发的是一种人事更改的感慨，而钱起更赋予其诗中幽竹以人格美，它不仅仅是具有一种人情味，更是不畏春残、不畏秋寒、不为俗屈的气质的化身。诗人爱竹，不仅仅是因为翠竹待我之情，更是赞美其节操所给予人的感染力。这也正是这首诗令人回味无穷的地方。

严 武

严武（726—765），字季鹰，华阴（今陕西华阴市）人。安史乱起，他随唐玄宗入蜀，任谏议大夫。唐肃宗时，任剑南、东川节度使，后两度为成都尹。因两次镇蜀，以军功封郑国公。严武与杜甫友善，曾在政治上、经济上提携、帮助过杜甫。《全唐诗》录存其诗六首。

军城早秋

昨夜秋风入汉关[1]，朔云边月满西山[2]。
更催飞将追骄虏[3]，莫遣沙场匹马还[4]。

1- 汉关：借汉喻唐，指唐军驻守的关塞。
2- 朔云边月：朔方云，边关月，这里指西南边境与吐蕃接壤地区的云与月。西山：指岷山。
3- 飞将：指李广。这里泛指严武部下作战勇猛的将领。骄虏：指入侵的吐蕃军队。
4- 莫遣：莫使。匹马还：典出《春秋公羊传》："僖公三十三年，夏四月，晋人及姜戎败秦于殽。晋人与姜戎要之殽而击之，匹马只轮无反者。"

唐代宗广德二年（764）秋，严武为剑南节度使，曾率部击败吐蕃军七万人。这首诗就写于同吐蕃交战之时。首二句借写景渲染了边境上紧张时刻来临之前，战云密布的形势，也表现了严武对时局的密切关注；末二句反映了唐军作战时势如破竹的英雄气概和统帅胜利在握的自信、指挥若定的大将风度,全诗气势雄健。唐代表现英雄气概的边塞诗很多,如王昌龄的"不破楼兰终不还"等,但从一个诗人的角度去写,与严武作为一位儒将去描述战事,自然就有所不同。这首诗反映的就是地道的统帅气质。

戴叔伦

戴叔伦（732—789），字幼公，润州金坛（今属江苏省）人。唐德宗贞元十六年（800）进士。曾任抚州刺史、容管经略使等职。晚年出家为道士。戴叔伦的诗构思新颖，委婉有致。有《戴叔伦集》，存诗近三百首，《全唐诗》编为二卷。

除夜宿石头驿

旅馆谁相问？寒灯独可亲。
一年将尽夜，万里未归人。
寥落悲前事，支离笑此身[1]。
愁颜与衰鬓，明日又逢春。

1- 支离：破碎，引申为漂泊流离与病骨嶙峋两种意思，这里兼而有之。

除夜，即除夕之夜。石头驿，在今江西新建区西。这首诗写于戴叔伦任抚州刺史时。诗人宦游在外，长期漂泊，直到除夕之夜，仍独自滞留于逆旅，其孤寂凄凉之情可想而知。该诗即抒写他在此时此景下的无穷感慨。其中"一年将尽夜，万里未归人"一联尤其感人。诗人当时所在的石头驿与故乡金坛并不遥远，但由于诗人仍在异地，就有着远在天涯的感觉，这是艺术的夸张。他将悠长的时间性与寥远的空间感并列构成对仗，形成了一种苍茫的意境，具有极强的感染力。末句写到"春"字，却并不给人万象更新的感觉，因为除旧迎新的只是"愁颜与衰鬓"，暗示诗人面临的只能是愈加愁苦的境况，含有不尽的哀婉。

塞上曲

汉家旌帜满阴山[1]，不遣胡儿匹马还[2]。
愿得此身长报国， 何须生入玉门关[3]。

1- 阴山：在今内蒙古自治区境内。
2- 不遣：不使。胡儿：这里指吐蕃、回纥入侵者。
3- 生入玉门关：东汉班超长期驻守西域，年老时上书请回，有所谓"臣不敢望到酒泉郡，但愿生入玉门关"（《后汉书·班超传》）。戴叔伦这里反用其意。

《塞上曲》属乐府旧题，多写从军征战的生活。这是戴叔伦按旧题写的新辞。首句借汉喻唐，写出了军容的威武盛大，其气势直逼霄汉。以下转为直接言志，边疆将士有着必胜的信念，所以发出了"不遣胡儿匹马还"的豪壮誓言，这一句写得铿锵有力、掷地有声。这首诗的独特之处表现在最后两句。诗人既不写奋勇杀敌的作战场面，也不写凯旋之后的欣喜之情，而是反用班超请归的意思，表达了戍边将士不怕牺牲、誓欲立功报国、义无反顾的精神。可见，在战争的磨炼中，将士的爱国激情并没有消磨，而是更加坚定了。

韦应物

韦应物（737—792？），长安（今陕西西安市）人。早年以三卫郎事唐玄宗，后折节读书，应举中进士。唐德宗时，历任滁州、江州、苏州刺史。韦应物的诗以写山水田园为主，风格接近陶渊明，有些诗也反映了民间疾苦。有《韦苏州集》十卷，存诗五百余首。

滁州西涧

独怜幽草涧边生[1]，上有黄鹂深树鸣。
春潮带雨晚来急[2]，野渡无人舟自横[3]。

1- 独怜：只爱。
2- 春潮：二三月间河水盛涨，称为春潮，俗称桃花汛。
3- 野渡：荒僻的渡口。横：横浮。

这首山水诗写于韦应物任滁州刺史时。滁州的州治即今安徽滁州市。涧：西涧，俗名上马河，在滁州城西。作品生动地描写了春雨中渡口优美如画的幽静景象，抒发了诗人向往恬淡生活的情趣，也寄托了诗人对中唐前期动荡的社会状况的忧虑、不安、无奈和惆怅。

滁州西涧的景物很平常，既非名胜，也非古迹，但诗人通过描写"幽草""深树""黄鹂"涧水,于浓深绿色里,从盎然生机中,透露出诗人追求宁静闲适生活的情趣。又通过春雨晚来、急流上涨、野渡无人、小舟自横,以动写静,一幅荒江渡口的景象宛在目前。作品精彩的是三、四句,而第三句又是进一步为第四句做铺垫、做准备。这两句既描写了一幅绝妙的画景,同时也影射了飘摇动荡的中唐政治局势。

戎 昱

戎昱(740？—787？),荆南(今湖北江陵县附近)人。早年考进士不中,漫游荆南、湘、黔间。唐代宗大历元年(766)入荆南节度使幕。唐德宗建中年间任侍御史、辰州刺史。戎昱生活在唐代宗、唐德宗两朝,这时"安史之乱"虽已平息,但军阀割据之势已形成,人民生活仍然痛苦不堪,这些社会问题在戎昱诗中都有所反映。此外,戎昱的一些吟咏山水景色的小诗,也写得清新质朴。《全唐诗》录存其诗一卷。

移家别湖上亭

好是春风湖上亭[1],柳条藤蔓系离情[2]。
黄莺久住浑相识[3],欲别频啼四五声。

1- 好:正好、恰好。
2- 系:牵连、拉扯。
3- 浑:全然。

作品描写了春日的大好景色,表现了作者搬迁时对故居一草一木依依不舍的深厚感情。全诗采用拟人手法,不直接表达自己因在这里久住,所以别时产生浓重的留恋之情,而说柳条、藤蔓、黄莺都与他难舍难分。诗人移情于物,"系"字、"啼"字的运用,既体现了事物本身的特点,又染上了人的主观感情色彩,使离情更加形象化,达到了物我交融的效果,也巧妙地表现了诗人连花鸟都视为挚友的多情,真挚而兴趣盎然,富有诗情画意。

卢 纶

卢纶（748—800？），字允言，河中蒲（今属山西省）人。大历十才子之一。唐代宗时任阌乡尉、监察御史、检校户部郎中。卢纶的诗，大多是送别、酬答之作，也有一些优美的风景诗，而最受人称道的是一些边塞诗，写得气势雄浑。《全唐诗》录存其诗五卷。

塞下曲（二首）

其一

林暗草惊风[1]，将军夜引弓。
平明寻白羽[2]，没在石棱中[3]。

其二

月黑雁飞高，单于夜遁逃[4]。
欲将轻骑逐[5]，大雪满弓刀。

1- 草惊风：指风吹草动。
2- 白羽：指箭，即用白色羽毛做的箭。
3- 没：嵌入、隐没。石棱：大石块表面突出的部分。《史记·李将军列传》说李广有一次喝醉了酒，出门见有虎，他便一箭将虎射死。次日酒醒一看，原来是一块大石头。而那支箭已经射入石头里面去了。
4- 单于：匈奴首领，这里泛指敌酋。遁：逃跑。
5- 将：率领。

卢纶的《塞下曲》共六首，分别写发号施令、射猎奇艺、破敌庆功等军营生活。因组诗是和张仆射之作，所以诗题又作《和张仆射塞下曲》。卢纶虽是中唐诗人，其边塞诗却有盛唐气象，毫不柔弱。

其一是选的第二首，暗用汉代名将李广的一次传奇经历，把将军武艺的高强写得入木三分。"林暗""惊风"，虽未写虎，而似乎虎将呼啸而出，营造了气氛，也点出了"将军引弓"的起因。末二句情节曲折，富于戏剧性和浪漫色彩，令人惊叹。同时也显得精炼而含蓄，因为射石尚能如此，射虎也就可想而知，显得形象鲜明而剪裁得当。

其二是《塞下曲》组诗的第三首。作品描写了将军雪夜率兵追敌的威武气概。它气氛紧张，色彩浓烈，构成了一幅扣人心弦的画面。这首诗的突出特点在于以景开篇、以景结尾。第一句写夜色，表现出敌酋溃逃时的狼狈，也反衬了我方将士的警觉。最后一句写景，捕捉住追击之前的一刹那，有力地烘托了气氛，表现了将士冒寒追敌的勇猛，充满令人振奋的英雄豪气。

逢病军人

行多有病住无粮，　万里还乡未到乡。
蓬鬓哀吟古城下[1]，不堪秋气入金疮[2]。

1- 蓬鬓：鬓乱如蓬。
2- 金疮：指刀枪等金属器械所造成的伤口。

　　诗人偶见一个还乡途中的伤残老兵，同情其命运，写下了这首充满凄惨之意的小诗。首句以朴素的笔触，展示了一个普通士兵的可悲境况：故乡尚远隔万里，但干粮已尽，且身上带病。这时，"还乡"是他唯一的安慰与希望，而"未到乡"三个字又使人感到这个受尽折磨的人是否会死于道路，则还乡也许只是一个空想呢。这个士卒已毫无军人的英武之气，而是一副"蓬鬓哀吟"的形象，诗人将他处境的孤凄、形容的憔悴、前途的渺茫已经写到了极可怜处，却仍不罢手，又给这个挣扎中的士兵的痛苦渲染了一层：秋气已至，天气转寒，他的旧伤又发作了。诗中通过一个饥、寒、贫、病、伤的军人的典型遭遇，不但表现了诗人的恻隐之心，也流露出对社会的控诉和不满。

李 益

李益(748—827),字君虞,陇西姑臧(今甘肃武威市)人。唐代宗大历四年(769)进士,曾在幽州节度使、邠宁节度使幕府任职。唐宪宗时,任秘书少监、集贤殿学士、礼部尚书。李益的诗歌成就主要是在边塞诗方面,尤以七绝见长。胡应麟说他的七绝"可与太白、龙标竞爽"。有《李君虞集》,《全唐诗》录存其诗二卷。

宫 怨

露湿晴花春殿香[1],月明歌吹在昭阳[2]。
似将海水添宫漏[3],共滴长门一夜长[4]。

1- 晴花:鲜艳的花朵。
2- 昭阳:即昭阳宫,汉成帝皇后赵飞燕姊妹居住的宫室,这里代指得宠后妃的居处。
3- 宫漏:古代用以计时的铜壶滴漏。
4- 长门:汉武帝的陈皇后失宠后住在长门宫,这里指冷宫。

宫怨,是专门描写宫廷女子悲伤哀怨的一类诗名。它的内容或写昔日蒙恩、今朝失宠的悲哀;或写从未蒙宠而正企盼天子降临的幻想;或写深宫生活的孤寂而意欲回到民间的向往之情。想法不同,但大体上总不出一个"怨"字。李益的这首《宫怨》就属于第一种情况。他在诗中虽然用了"长门宫",似乎是指汉武帝的陈皇后;又用了"昭阳殿",似乎是指汉成帝的赵飞燕,但在这里实际都是一种代指，是用以代指昔日曾经宠冠六宫，今日遭到遗弃，和今日正在得宠、正在春风得意的两种人。"露湿晴花春殿香"，是写被弃之人现时所处环境的凄凉孤寂，因为当一个女子蒙恩承宠、忙于侍应皇帝的时候，是根本没有工夫去注意"晴花"的"湿"不"湿"和"香"不"香"的。只有到了被遗弃之后，整日"闲暇"，才注意了这些，才整日只有与这些东西为伴了。"月明歌吹在昭阳"，是写被弃者听到一派鼓乐从昭阳殿的方向传来，自己心里想象着现时蒙恩的那位女子在与皇帝吃喝玩乐的情景。这一切正是她昔日曾经过过的日子，可恨的是如今已经一去不复返了。两相对比，愈发突出了失宠女子现时处境的凄凉。

第三、四两句是这首诗的最精彩之处。因为失宠后妃的这种痛苦寂寞，在中国两千年的封建社会里，是每天都大量存在的，历代的诗文也早已把这类事情说烂了。而李益的妙处就在于他忽发奇想，以"海水添宫漏"一语，来表现失宠女子长夜难熬的那种度日如年的心理、具体形象，发前人所未发。

喜见外弟又言别

十年离乱后，　长大一相逢。
问姓惊初见，　称名忆旧容。
别来沧海事[1]，语罢暮天钟[2]。
明日巴陵道[3]，秋山又几重。

1- 沧海事：指十多年来如同沧海桑田一般的世事变化。
2- 暮天钟：黄昏时寺院里传出的钟声。这句是极言二人叙旧的时间之长。
3- 巴陵道：通往巴陵郡的道路。巴陵，即岳州，州治在今湖南岳阳市。

　　这首诗写的是乱世中的悲欢离合之情。诗中抒情的层次非常分明，井井有条。前六句写"喜见"，先是开门见山、写与外弟别后相逢的情景。十年的离别中，包含着安史之乱、藩镇混战、外族入侵等重大社会变故，这次重逢也就更具戏剧性，更值得感叹。接着写初见而不识，识而话旧的神情变化，绘声绘色地传达了至亲重逢时的真挚情谊和激动心情，其中也透露了诗人对社会动乱的无限感慨。最后两句写"又言别"。因为前边诗中已写过"离""别"等情，所以这里并不直接叙别情，而是想象表弟即将远去的方向和群山阻隔的情景，从而乍逢旋别、后会难期的怅惘也就溢于言表。诗中纯用白描手法，语言平淡朴素而意味深长。

从军北征

　　天山雪后海风寒[1]，横笛遍吹行路难[2]。
　　碛里征人三十万[3]，一时回首月中看[4]。

1- 天山：在新疆境内。海风：指从青海湖上吹来的风。
2- 行路难：乐府曲调名，其内容多写旅途之苦和离别悲伤。
3- 碛：沙漠。
4- 一时回首：一齐回头，同时回头。月中看：意谓看不见家乡，只能遥望月亮。

李益久在军中,所以对边塞景物和军旅生涯有亲身体验,对于征人久戍思归的情绪也有深刻的理解,他的边塞诗也就有着特别的感染力。在这首诗中,作者先是构筑了富有边地特色的典型环境,烘托出荒凉悲怆的气氛;又用《行路难》笛曲映衬行军的艰苦,把读者带进了哀怨的情绪中。接着诗人选取一个近于群像浮雕般的特定场景,描绘了征人受响彻夜空的笛声感染,一齐回头望月的情景。虽然诗人没有说明征人为什么望月,但这其中包含的将士们的思乡之情是不言而喻的,收到了非常突出而动人的艺术效果。诗人的剪裁之功正体现在这里。

塞下曲

伏波惟愿裹尸还[1],定远何须生入关[2]。
莫遣只轮归海窟[3],仍留一箭定天山[4]。

1- 伏波:指东汉伏波将军马援。马援曾说:"男儿要当死于边野,以马革裹尸还葬耳!"这句是说自己要效仿马援,宁愿战死沙场。
2- 定远:指定远侯班超。班超曾说:"臣不敢望到酒泉郡,但愿生入玉门关。"这句是说何必要像定远侯班超那样活着回到关内呢!
3- 只轮:指一辆战车。《春秋公羊传》:"匹马只轮无反者。"海窟:沙漠深处的内陆湖,这里代指敌巢。
4- 一箭定天山:用薛仁贵领兵抗击九姓突厥于天山的典故。当时有敌人十余万前来挑战,薛仁贵连发三矢射倒三人,敌人遂下马请降。于是军中歌道:"将军三箭定天山,战士长歌入汉关。"事见《旧唐书》本传。

李益青壮年时入塞上军中，胸怀慷慨激昂的报国之志。《塞下曲》组诗即淋漓尽致地抒发了他的满怀豪情。组诗共四首，这里选的是第一首。诗中句句用典，以马援、薛仁贵杀敌卫国的业绩自励，表达了以身许国、安定边疆的斗志和决心。典故与诗人的感情十分贴切，显得自然真挚，浑然一体，毫无生硬的感觉。同时四句皆对，一气呵成，毫无拼凑痕迹，惟觉意气飞扬、沉雄豪迈。其中"惟愿""何须""只轮""一箭"几个词传神地体现了李益的满怀豪气。

夜上受降城闻笛

回乐烽前沙似雪[1]，受降城外月如霜。
不知何处吹芦管[2]，一夜征人尽望乡。

1- 回乐烽：回乐县的烽火台。回乐县在今宁夏灵武市西南。
2- 芦管：即芦笛，管乐器名，出于西域，胡人卷芦叶而吹。

唐代景元年间，朔方道大总管张仁愿为抵抗突厥，建东、西、中三受降城。从诗中提到的回乐峰看，此当为西受降城，在今宁夏灵武市。作品通过征人月下听芦笛的画面，细腻地抒发了将士们久戍难归的思乡之情。诗中前两句写景色，营造出一个令人望而生寒的典型思乡环境。第三句写声音，如怨如慕、如泣如诉的笛声，更唤起了征人的凄凉之感。无论是写景还是写声，都是为了给最后的揭示题旨做铺垫，一个"尽"字，可见所有征人，人同此心，无不怀乡。这首诗将绘画美与音乐美熔为一炉，构成了空灵的意境。李益善于以乐声构筑诗境、体现心声的特点在这里也得到了反映。

江南曲

嫁得瞿塘贾[1]，朝朝误妾期。
早知潮有信[2]，嫁与弄潮儿[3]。

1- 瞿塘：即瞿塘峡。瞿塘贾，指入蜀经商的商人。
2- 潮有信：因为潮涨潮落都有一定之期，故云。
3- 弄潮儿：指能够迎潮水而上，在激浪里进行表演的年轻人。

《江南曲》是乐府曲调名，多写江南地区的风光景物和带有水乡特点的人民生活。

李益这首《江南曲》是用一个商人少妇的口吻，抒发了她对久出不归、只知赚钱、毫无家庭观念的商人丈夫的怨愤之情，表现了一个年轻女子对爱情、对美满婚姻生活的热烈追求。

这篇作品的最大成功之处，是这位少妇在她怨恨时所发的奇特想象。她说当她看到潮水是如此有信的时候，她后悔当初没有嫁给一个"弄潮儿"。嫁一个"弄潮儿"可能受穷，可能没有她这个做商人的丈夫钱多，但是他能够按着潮水的来临而来临。话是以愤怨的口吻说的，但其心头所萦绕的却仍是对其丈夫的苦苦思念与爱恋。今人程千帆说："后两句的巧妙联想，使这篇小诗发出了夺目的光彩。虚而非妄，幻而写真，理之所无，情之所有，较之如实地反映现状，更为感人。"

窦叔向

窦叔向，生卒年不详，字遗直，扶风平陵（今陕西扶风县）人。曾任左拾遗、溧水令、工部尚书。窦叔向原有集七卷，已散佚，《全唐诗》录存其诗九首。

夏夜宿表兄话旧

夜合花开香满庭[1]，夜深微雨醉初醒。
远书珍重何曾达[2]，旧事凄凉不可听[3]。
去日儿童皆长大，　昔年亲友半凋零[4]。
明朝又是孤舟别，　愁见河桥酒幔青[5]。

1- 夜合花：即夜来香。夏季开花，花呈黄绿色，朝开暮合，香气浓郁，入夜尤盛。
2- 何曾达：什么时候曾送到过。
3- 旧事：往事。
4- 凋零：指去世。
5- 酒幔：酒旗。一说指钱饮时搭的青色幔亭。

作品描写诗人与其表兄久别重逢时悲喜交加的情景，表现了一种光阴似箭、人命短暂的悲哀。诗的前两联写景，对应诗题中的"夏夜"两字，也借环境的惬意映衬出诗人心情的愉悦。中间两联为"话旧"，以感情发展的脉络为诗句的线索。多年未见，千言万语从何说起呢？书信不通，看来该谈的事太多了，可是一桩桩凄凉往事，又让人欲言又止。当年的孩子都长大成人了，而不少亲友又已去世，说来令人伤怀。四句中，有扬有抑，亦喜亦悲，包含了人生丰富的内容，耐人咀嚼；也包含了人生无尽的甘苦，供人体味。末句写分别，又是一段离散开始了，抒发出不尽的惜别之情。这首诗平易近人，写出了人们回顾往事时常有的感受，所以极易引起共鸣。

柳中庸

柳中庸,生卒年不详,河东(今属山西省)人。曾授洪府户曹,不就。《唐才子传》称他为"京兆处士"。柳中庸的诗仅存十三首,七言绝句颇具特色。

征人怨

岁岁金河复玉关[1],朝朝马策与刀环[2]。
三春白雪归青冢[3],万里黄河绕黑山[4]。

1- 金河:又名大黑河,流经今呼和浩特、托克托一带。因水中泥色似金,故名金河。玉关:即玉门关。
2- 马策:即马鞭。刀环:刀柄上的铜环。
3- 青冢:即王昭君的坟墓,最重要的一处在今内蒙古呼和浩特市南。传说塞草皆白,唯此冢草青,故名青冢。
4- 黑山:又名杀虎山,在今呼和浩特市附近。

这首诗描写了塞外辽阔壮观的自然环境和征人长期生活战斗在边地的劳苦和艰辛,作品主旨在于写征人的边愁,但却不直接说出而是寄情于篇外。诗的前两句写行踪不定,时而金河,时而玉关,在这大范围的背景下,人才更显得渺小而孤单,陪伴他的,只是刀环与马策而已。后而两句承前两句,在自然风景中暗示人的行动,以空间与时间对举,含蓄地表现了征人转徙四方的辛苦,其凄凉可想而知。通篇无一"怨"字，却已非常巧妙地把征人的怨意通过"岁岁""朝朝"等词透露出来，诗人正是通过这种描写表现了对戍边将士生活的深切关心与同情。

孟 郊

孟郊（751—814），字东野，湖州武康（今浙江德清县）人。唐德宗贞元十二年（796）进士，曾任溧阳县尉、河南水陆转运判官。唐宪宗元和九年（814），应聘任兴元军参谋，死在赴任途中。孟郊一生穷愁潦倒，对下层人民生活有所了解，写过一些反映人生疾苦的诗，但更多的是抒发个人的牢骚。孟诗用语追求瘦硬，在诗风上，属于韩愈的险怪一派，后人以"韩孟"并称。有《孟东野集》十卷，存诗四百余首。

游子吟

慈母手中线，游子身上衣。
临行密密缝，意恐迟迟归。
谁言寸草心，报得三春晖！

这首诗的题下原有一条自注："迎母溧上作。"说明这首诗是在孟郊50岁任溧阳尉时写的。诗人此时到了知天命的年龄，再看看已是古稀之年的老母亲，回想自己20年来为谋求出路而颠沛流离四处漫游，如今虽结束了游子生涯，可以迎接母亲同享天伦之乐，但母亲一生操劳、养育和教导之恩，岂能报答得了！于是诗人吟唱了这首送给慈母的颂歌。这首诗写出了人类共有的母子亲情，因而千百年来一直脍炙人口。据《人民日报·海外版》

载，1993年香港评选出十首最受欢迎的唐诗，孟郊的这首《游子吟》荣列榜首。

作品用一种最通俗、最浅近的语言，描写了一个日常生活中最常见的细节——缝衣，母亲的慈爱之情正是在这日常生活中的最细微处流露出来的。因为这个细节谁都亲身经历过、体验过，所以它也就最容易引发每个人的联想，最容易牵动每个人的感情，这就是作品所以激动人心的原因。

诗人以"三春晖"比喻慈母之爱的广阔深厚，以"寸草心"比喻儿女对慈母的报效之情，二者是如此的悬殊，不成比例；但这种比喻又是一千多年来为一切读者所公认为极其恰当的。

这首诗是孟郊的杰作，但它却不代表孟郊作品的典型艺术风格。

古别离

欲别牵郎衣[1]，"郎今到何处？
不恨归来迟，莫向临邛去！[2]"

1- 欲别：将要告别。
2- 临邛（qióng）：今四川邛崃市。汉代司马相如客游临邛，与当地首富卓王孙之女卓文君相遇、相恋、私奔。

《古别离》是吟咏一个古代的男女别离的故事，模仿其中一方的口吻来表现其对于此次别离的感受。

在这首诗里，说话的是一位妻子，她拉着即将上路的丈夫说："你这次将要去哪里呢？你回来晚点我倒不怕，我就是怕你去临邛那种地方。"这最后一句说得比较文雅，用了一个古代的典故，借以比喻男子另觅新欢。在孟郊这首诗里，后两句如果直说，那就是："你回来得早点晚点我倒不怕，我所怕的就是你在外头再找一个女人。"丈夫离家了，哪个妻子不盼着丈夫早点回来呢？但是生活中还有许多比晚回来更糟的事情，对妻子来说，最伤心的就是丈夫另有新欢，而抛弃了自己。《西厢记》里莺莺送别张生时说："你休忧文齐福不齐，我只怕你停妻再娶妻。"表达的都是这种意思。

这首小诗之所以活泼生动，就在于它用了这种以退为进，翻深一层的说法，表现了妻子对丈夫的深沉真挚之爱。

怨　诗

试妾与君泪，两处滴池水。
看取芙蓉花，今年为谁死！

作品写一个妻子痛苦地思念丈夫的情景，主题并不新鲜，《诗经》有"自伯之东，首如飞蓬"；曹丕有"忧来思君不敢忘，不觉泪下沾衣裳"；薛维翰有所谓"不笑复不语，珠泪纷纷落"；李白有所谓"昔日横波目，今成泪流泉"，都可谓是说烂了。而孟郊则不愧是善于构思，善于翻出新意的老手，他笔下的这位女子竟痴情地要和她所思念的丈夫共同测定一下，看谁对对方想得更苦，泪流得更多。两人各自把泪滴在自己身边的池塘里，看谁苦涩的泪水能把荷花淹死。

登科后

昔日龌龊不足夸[1]，今朝放荡思无涯[2]。
春风得意马蹄疾， 一日看尽长安花。

1- 龌龊：原意是肮脏，这里指处境的不如意，受压抑。
2- 放荡：放松、轻松。思无涯：心里感到有说不出的畅快。

这首诗生动地描绘了孟郊金榜题名后的欣喜欲狂之情与得意忘形之态。作品的格调虽然不高，但心理神情的确表现得异常生动，异常突出。孟郊前后曾参加过三次科举考试，前两次皆名落孙山，第三次在唐德宗贞元十二年（796）才考中进士，的确也是不容易的，心花怒放是一个举子的必然之情。

杨巨源

杨巨源(755—?)，字景山，河中(今属山西省)人。唐德宗贞元五年(789)进士，曾任虞部员外郎、太常博士、礼部员外郎、凤翔少尹、国子司业。七十岁时退隐归乡。杨巨源写诗讲究韵律，诗意蕴藉浑厚。《全唐诗》录存其诗一卷。

城东早春

诗家清景在新春[1]，绿柳才黄半未匀[2]。
若待上林花似锦[3]，出门俱是看花人。

1- 诗家：诗人的统称。清景：清丽的景色。
2- 才黄：刚刚发芽。
3- 上林：即上林苑。故址在今陕西西安市西，建于秦代，汉武帝时加以扩充，是有名的皇家猎场，这里用来代指一切园林。

城东，指长安城东。这首诗写出了诗人对早春景致的喜爱和欣赏。诗中第一句泛写诗人的赞美之情，用一个"清"字概括了早春景色清新可喜的特征。第二句是对早春典型景象的具体描写，抓住了柳枝"半未匀"的风姿，反映出诗人感觉的敏锐。以上为正面描写。以下用"若待"两字一转，以芳春的秾艳来反衬早春的清丽，以芳春的喧嚷来衬托早春的清幽，更进一步表达了诗人对早春清景的情有独钟。作品是以诗家的角度来阐发其见解的，所以也可以从中领会到一种创作观点，即在创作时应善于捕捉新的意象，发现新的境界，因袭从俗则无新鲜之感。读者甚至可以从中体悟到生活哲理：人贵在有新的发现和见解，而不应人云亦云、随波逐流。

王 建

王建(765？—830？),字仲初,颍川(今河南许昌市)人。唐代宗大历十年(775)进士,曾任昭应县丞、渭南县尉、太府寺丞、秘书丞、陕州司马。王建早年以宫词著称,中年以后诗风大变,常用乐府诗反映当时的社会现实和民间疾苦。有《王司马集》八卷,存诗近五百首。

新嫁娘词

三日入厨下[1],洗手作羹汤。
未谙姑食性[2],先遣小姑尝。

1- 三日:旧时习俗,女子婚后第三天要下厨房做菜,表示从今后要侍奉公婆。
2- 谙(ān):熟悉。姑食性:婆婆的口味。

作品以最通俗、最简练的语言,描写了日常生活中的一个常见的细节,表现了一个刚过门的新娘子,意欲讨得婆婆欢心的细致心理。"先遣小姑尝",真是理到言到,精彩绝伦。让她的丈夫"尝",当然也未为不可;但是女孩子心细,所以最了解婆婆口味的还得说是"小姑"。另外,即从热闹活泼的角度讲,这样凭空再拉出一个"小姑",也显得妙趣横生。清代沈德潜说:"诗到真处,一字不可移易。"

同时这首诗所说的道理，也可以用到官场，用到一切下级揣摩上级的心态上。抛开一切别有用心者的险恶企图不论，单从搞好人际关系的人情味而言，也还是很好的。今人喻守真说："初入社会，一切情形不大熟悉，也非得就教于老练的人不可。"

十五夜望月

中庭地白树栖鸦[1]，冷露无声湿桂花[2]。
今夜月明人尽望，　不知秋思落谁家？

1- 地白：指月光满地。
2- 冷露：清冷的露珠。

　　题中的"十五夜"，据诗中第三、四句，似指中秋之夜。望月感怀，是唐代诗人经常表现的题材，这是其中较著名的一首。前两句写景，咏月色却不带一个"月"字，而用"中庭地白"写出了月光的皎洁；用栖鸦不惊、露湿桂花写出中秋之夜的特征，意境幽美。到第三句才明点"望月"，很自然地引出了诗人的思念之情。中秋之夜，赏月寄情的人太多了，谁是秋思最浓的呢？诗人不直接表明自己的感秋之意、怀人之情，偏偏推出一个委婉的疑问，而他的潜台词也是显而易见的。这样就把诗人的情感表现得更蕴藉深沉，给人以悠然不尽的回味，使人产生丰富优美的联想。

张　籍

张籍（768？—830？），字文昌，吴郡（今江苏苏州市）人。唐德宗贞元十五年（799）进士，历任太常寺太祝、水部员外郎、国子司业等职。张籍虽是韩愈门下弟子，但其诗风却与白居易相近，擅长乐府诗，是新乐府运动的支持者。有《张司业集》，存诗四百余首。

节妇吟

君知妾有夫，　　赠妾双明珠；
感君缠绵意[1]，　系在红罗襦[2]。
妾家高楼连苑起，良人执戟明光里[3]。
知君用心如日月，事夫誓拟同生死。
还君明珠双泪垂，恨不相逢未嫁时。

1- 缠绵意：宛曲深厚的情谊。
2- 红罗襦：红色短袄。
3- 良人：即丈夫。执戟明光里：在明光宫里执戟侍卫皇帝。明光宫，汉宫殿名，这里以汉喻唐。

这首诗题下注有"寄东平李司空师道"，因此不少评注家习惯于从此诗的隐喻之意上去品评分析。如清代王尧衢说："此张籍却李师道聘，托言如此。"（《古唐诗合解》）近代王文濡说:"此张籍却李师道聘,托言节妇吟,通首用比体,而本意已明,妙绝。"

李师道是当时的平卢淄青节度使,是中唐时期占地盘最大,拥兵数量最多的军阀。当时的藩镇为扩大势力常用各种手段拉拢文人和中央官吏去为他们服务,但李师道拉拢收买张籍的事却不见于历史记载。对这首诗,我们还是就诗作本身看,更有欣赏价值。

这首诗描述了一位少妇在封建礼法与情感追求两者之间矛盾斗争的复杂心态。作品有三个层次。前四句为第一层,写少妇有了外遇;接着四句为第二层,写少妇由感情的冲动转到理智的节制;最后两句为第三层,写少妇挣脱了感情的羁绊,复归于封建道德与礼法,最终成了一位"节妇"。对于这首诗的内容及其意义,今人陈志明说得最为具体深刻:"《节妇吟》在主题思想及其载体——题材与人物形象上,为历史与文学提供了若干新的因素,它显示出在封建桎梏下的人性,正在历史上与文学领域中艰难地挣扎、觉醒。这决定了《节妇吟》在文学史上有着无法替代的价值与不可忽视的地位。"

作品以"双明珠"作为贯穿全诗的主线,少妇对第三者感情的接受与拒绝,都是通过象征性的赠珠受珠和还珠来表现的。诗歌开头的赠珠受珠和结尾的还珠,首尾呼应,情节结构完整严谨。此外,全诗采用了第一人称的自述口吻,使人读来既真实,又亲切。结句"恨不相逢未嫁时",既满含深情,又富于哲理,余味深长。

没蕃故人

前年戍月支[1]，　城下没全师。
蕃汉断消息，　死生长别离。
无人收废帐，　归马识残旗[2]。
欲祭疑君在，　天涯哭此时[3]。

1- 月支（ròu zhī）：汉代时西域国名，约在今阿富汗东北部。这里指吐蕃。
2- 归马：逃回来的败军之马。古乐府《战城南》有所谓"枭骑格斗死，牧马徘徊鸣"，这里的"识残旗"即从"徘徊鸣"发展而来。
3- "欲祭疑君在"二句：李华《吊古战场文》有所谓："其存其没，家莫闻知，人或有言，将信将疑。悁悁心目，寝寐见之，布奠倾觞。哭望天涯。"此诗即化用其意。

　　安史之乱以后，唐王朝国势衰落，吐蕃趁机而起，不断进攻今四川、青海甚至陕西一带，而唐军往往抵御不了入侵。这首诗即是怀念一位在唐朝和吐蕃的作战中下落不明、生死不知的朋友。前六句写唐朝军队全军覆没的惨况，苍凉沉痛，为实写；最后两句为虚写，表达自己且疑且信的复杂心情，既想望空遥祭，但又对朋友的生还抱有一线希望。其"哭"故人，也是哭这场"城下覆全师"的战争，从而把悲悼的感情表达得凄楚动人，而对唐王朝决策者以及该军统帅的昏聩无能也就进行了委婉巧妙的谴责，语真而情苦。

韩 愈

韩愈(768—824),字退之,河南河阳(今河南孟州市)人。唐德宗贞元八年(792)进士,曾任宣武及宁武节度使判官。贞元末任监察御史,因上书请求宽免田租,被贬为阳山令。唐宪宗时,因随裴度平定淮西,升刑部侍郎,后上表谏迎佛骨,贬为潮州刺史。唐穆宗时,任国子监祭酒、兵部、吏部侍郎。韩愈是著名的散文家,是唐代古文运动的领袖。在诗歌上他反对大历以来的因袭柔靡,而倾向雄健壮丽。他的诗浑朴刚劲,带有一种散文化的趋势,某些诗作有险怪、生涩的毛病。有《昌黎先生集》四十卷,存诗三百余首。

山 石

山石荦确行径微[1],黄昏到寺蝙蝠飞[2]。
升堂坐阶新雨足[3],芭蕉叶大栀子肥[4]。
僧言古壁佛画好[5],以火来照所见稀[6]。
铺床拂席置羹饭,疏粝亦足饱我饥[7]。
夜深静卧百虫绝,清月出岭光入扉。
天明独去无道路[8],出入高下穷烟霏[9]。
山红涧碧纷烂漫,时见松枥皆十围[10]。
当流赤足踏涧石,水声激激风吹衣。
人生如此自可乐,岂必局束为人鞿[11]?
嗟哉吾党二三子[12],安得至老不更归!

1- 荦（luò）确：山石险峻不平的样子。行径微：山路狭窄的意思。
2- 寺：指惠林寺。
3- 升堂：进入寺庙殿堂。
4- 栀子：茜草科常绿灌木，夏季开白花，果实倒卵形，色黄。
5- 佛画：有关佛法故事的图画。
6- 稀：稀罕、少有。一说依稀模糊。
7- 粝（lì）：糙米。疏粝，指简单的饭菜。
8- 无道路：烟雾迷茫，辨不清道路。一说指不择道路，随意走去。
9- "出入"句：是说出入山谷，上下山峰，走遍云雾迷漫的各处。
10- 枥（lì）：同"栎"，俗名柞树，一种高大的落叶乔木。
11- 靰（jī）：缰绳，这里用作动词，受控制之意。
12- 吾党二三子：孔子在《论语》中用以指弟子们，如"吾党之小子狂简"；"二三子以我为隐乎"。这里指我们这一伙人，即同游山寺的人。

　　《山石》是以作品第一句的开头两字为题，与《诗经》命题方法相同。这首诗大约写于唐德宗贞元十七年（801）初秋，是韩愈等人游洛阳城北惠林寺的写景抒情之作，表现了一种热爱自然、追求自由、厌恶官场羁绊的思想情绪。当时韩愈34岁，正在洛阳闲居听调。

　　全诗共二十句，前十句写了韩愈等人傍晚登山、夜宿山寺的情景。其中的"黄昏到寺蝙蝠飞""芭蕉叶大栀子肥"等语，写景都非常形象、非常精彩。"僧言古壁佛画好，以火来照所见稀"，写老僧孤陋寡闻、自卖自夸，以及韩愈等人的姑且随和，都相当传神。"铺床拂席置羹饭，粗粝亦足饱我饥"，更加突出地表现了韩愈此时的随遇而安，淡泊知足。

　　作品的后十句，写韩愈等次日一早下山的情景。在这里，作品描写了晨辉照耀下的山川林木的秀丽，以及韩愈等人的开怀忘情。

　　这首诗可以看作是一篇诗体游记，它生动地描绘了诗人和他的朋友们游赏山寺的全过程。它不像王维的诗那样一首诗是一个完整的画面；它是推步移形地由许多画面组成一个过程，这在以往的纪游诗中是少见的。作品的语言古朴，于自然浑融中透着一种遒放的气势。清代方东树说："不事雕琢，自见精彩，真大家手笔。虽是顺叙，却一句一个境界，如展图画，触目通层在眼。从昨日追述，夹叙夹写，情景如见，句法高古。只是一篇游记，而叙写简妙，犹是古文手笔。"

晚　春

草树知春不久归，百般红紫斗芳菲[1]。
杨花榆荚无才思[2]，惟解漫天作雪飞[3]。

1- 百般红紫，即万紫千红。芳菲：花草的香气。
2- 杨花：即柳絮。榆荚：榆钱。榆叶未生时，先在枝条间生出榆荚，榆荚老时呈白色，随风飘落。
3- 惟解：只能。作雪飞：指柳絮和榆钱随风飞舞。

　　这首写暮春景象的诗作，毫无伤春、惜春、送春的悲凉沉重的感觉，而是描写了各种花草树木万紫千红、争奇斗妍的情景，给人以满目春光的印象。诗中的拟人化手法很受称道，花草树木本无知觉，但在诗人眼中它们不但有"知"，而且能"斗"，其才干也有高下之分，这真是诗人的奇思妙想，写得轻快而有情趣。关于最后两句诗的本意，历来见仁见智，有人认为是讽刺那些无才自炫的滥竽充数者，借描写自然来影射人事；有人认为是劝人珍惜时光，以免如杨花榆荚般白首无成；还有人认为诗人是表达了"及时努力，各尽其才"的意思，因为杨花榆荚毕竟也在"斗芳菲"中尽了自己的能力，而没有虚度年华；更有论者从中看出了杨花榆荚敢于争鸣争放、为晚春增色的勇气，可见这首小诗的妙处。

左迁至蓝关示侄孙湘

一封朝奏九重天[1]，夕贬潮阳路八千[2]。

欲为圣明除弊事[3]，肯将衰朽惜残年[4]！

云横秦岭家何在[5]？雪拥蓝关马不前[6]。

知汝远来应有意[7]，好收吾骨瘴江边[8]。

1- 一封朝奏：指韩愈上的《论佛骨表》。九重天：指皇宫、皇帝。
2- 夕贬：晚上就被降职，极言得罪之速。潮阳：今广东潮安区。唐潮州州治所在地。
3- 圣明：封建时代称颂统治者的惯用语，此指宪宗。弊事：指迎佛骨入宫。
4- 肯将：岂能因为。衰朽：指年老多病。惜残年：顾惜老命。时韩愈五十二岁。
5- 云横：浮云横挡。秦岭：山脉名，连绵数百里，这里指陕西境内的终南山。
6- 雪拥：大雪拥塞。
7- 汝：指韩湘。应有意：应有打算。
8- 瘴江边：指潮州一带。因为当时岭南一带多瘴气。

韩愈于唐宪宗元和十四年（819）正月，上书谏迎佛骨，触怒宪宗，由刑部侍郎贬为潮州刺史。在赴潮州途中，路经蓝关时，他的侄孙韩湘赶来送行，韩愈有感而发，写下了这首怨愤忧伤而又慷慨激昂的名篇。首联写自己被贬的缘由,"朝奏"与"夕贬"呼应,表明获罪的意外和迅速。"路八千"用贬谪地的僻远说明获罪之重,具有高度概括力。颔联是一流水对,表现韩愈"以文为诗"的特点,"欲为""肯将"两个虚词委婉表达了自己一心为国反遭贬斥的怨愤。五、六句即景抒情,在苍凉的景色中有着诗人自己的形象,表现出英雄失路之悲,但诗人刚直不阿的性格不变。在结句中从容交待后事。全诗大气磅礴,风格沉雄,感情深厚,笔势纵横开合,产生撼动人心的力量。

早春呈水部张十八员外

天街小雨润如酥,草色遥看近却无。
最是一年春好处,绝胜烟柳满皇都。

呈,这里是寄给的意思。水部张十八员外,指张籍。张籍曾任水部员外郎,排行十八。这是韩愈晚年的作品,写于唐穆宗长庆三年(823),即诗人去世前一年。原作共两首,这是第一首。作品描写了京城长安早春清新优美的景色,并通过早春与盛春的比较,表现了自己的理想和情怀,因此这又是一首景中寓理的哲理小诗。清代黄叔灿说:"'草色遥看近却无',写照工甚,正如画家设色,在有意无意之间。"今人周本淳说:"首句写春雨,二句雨后草色,此非身临不易体会,写景入细。三四贬'烟柳'以扬此景,着眼于'早'字。以草色写早春光景之美,别具匠心。"

崔 护

崔护,生卒年不详,字殷功,博陵(今河北博野县)人。唐德宗贞元十二年(796)进士,曾任岭南节度使。《全唐诗》录存其诗六首。

题都城南庄

去年今日此门中,人面桃花相映红。
人面不知何处去,桃花依旧笑春风。

这首诗有一段颇具传奇色彩的故事。据孟棨《本事诗》载,崔护举进士不第,一日独游长安城南,向一庄户人家的姑娘讨水喝,两人一见倾心。第二年,崔护又去城南游春,来到姑娘家门口,见门锁着,于是在门上题了这首诗。

全诗自然明快,情真意切,它通过"去年"和"今日"同时、同地、同景而"人不同"的对比映照,把诗人对"去年"情景的无比温情、无限追念,以及此时此刻的无限怅惘、无限失落之情深刻地表现了出来。而诗人对去年所见的那个女子的无限爱恋之情,也就不言而喻了。

今人沈祖棻说:"前两句从今到昔,后两句从昔到今,两两相形,情绪上变化很剧烈,但文气一贯直下,转折无痕。它的本事既很动人,语言又极真率自然,明白流畅,因而一直传诵人口。"

张仲素

张仲素(769？—819？)，字绘之，河间（今河北河间市）人。唐德宗贞元十四年（798）进士，曾任翰林学士、中书舍人。《全唐诗》存其诗三十余首，多为乐府歌词，以写闺情见长。

春闺思

袅袅城边柳，青青陌上桑。
提笼忘采叶，昨夜梦渔阳。

这是一首具有南朝乐府韵味的小诗。它描写一位采桑女在大好春光中，手提竹篮，倚树沉思，神情恍惚的情态，表达了采桑女对远方征人的无限思念之情。《诗经·卷耳》中也曾写到一位思念征夫的女子，在采卷耳时心不在焉，以至卷耳总也填不满小筐，两诗有神似之处。这首《春闺思》的艺术特点首先在于诗人提供了与主人公心情相契合的环境。城边柳丝，陌上桑林，一方面写出了无边的春意，同时"柳"和"桑"都是具有丰富情感内涵的景物，柳条往往代表着离情，桑林则使人联想起象征着思念的春蚕，这样开头两句就不是泛泛写景，而使人感受到采桑女的情思。其次，诗人非常善于剪裁。他并不直接说女子如何无时无刻不在想念征夫，只选取昨夜一梦，则思妇昼夜思念的情形也就可想而知了。

秋闺思（二首）

其一

碧窗斜月蔼深晖[1]，愁听寒螀泪湿衣[2]。
梦里分明见关塞，不知何路向金微[3]。

其二

秋天一夜静无云，断续鸿声到晓闻。
欲寄征衣问消息，居延城外又移军[4]。

1- 碧窗：即碧纱窗。
2- 寒螀（jiāng）：蝉的一种，又名寒蝉。
3- 金微：山名，即今阿尔泰山，这里指其丈夫的驻地。
4- 居延城：也称居延塞，在今甘肃省境内。

  两首小诗都是写思妇在秋日里怀念远方丈夫的情景。第一首用的是倒叙笔法，先写思妇醒来后愁苦的心境和四周清冷的环境，接着补叙梦境，写出了她的痴情。动人之处在于，即使在梦中到了边关，她也不知如何到丈夫驻地，则梦中与丈夫会面的愿望也无法实现，其凄苦更增添了一重。用笔曲折巧妙，引人入胜。第二首的写法与前一首有相似之处。思妇彻夜难眠，听到断续鸿声，想到该寄寒衣了。这也是她唯一与丈夫发生联系、寄托感情的方式了，可是她的想法马上又被打碎，因为军队又转换驻地了。同样是在结句处造成一处曲折，丰富了诗歌的蕴含。作品描摹人物的心理神情，委婉细腻，诗情韵律都带有突出的乐府风味，情景交融，耐人寻味。

刘禹锡

刘禹锡（772—842），字梦得，洛阳（今河南洛阳市）人。唐德宗贞元九年（793）进士，曾任太子校书、渭南主簿、监察御史。唐顺宗永贞元年（805），因参加王叔文革新活动被贬为朗州司马、连州刺史，后转任夔州、和州刺史。唐文宗大和元年（827），召回任主客郎中、集贤殿学士、礼部郎中，后又出为苏州、汝州、同州刺史。开成元年（836）迁为太子宾客、检校礼部尚书。刘禹锡的诗，成就最高的是政治讽刺诗、怀古诗和民歌体小诗，如《竹枝词》《杨柳枝词》等，这类诗为中唐诗苑增添了一种新花卉，并对词的发展，起了促进作用。有《刘梦得文集》。

元和十年自朗州承召至京，戏赠看花诸君子

紫陌红尘拂面来[1]，无人不道看花回。
玄都观里桃千树[2]，尽是刘郎去后栽[3]。

1- 紫陌：指京城的道路。红尘：闹市的尘埃。
2- 玄都观（guàn）：道教庙宇名，在长安朱雀桥西。桃：桃花，喻指朝中某些新贵。
3- 刘郎：作者自指。

翁方纲说："堪与盛唐方驾者，独刘梦得、李君虞两家之七绝。"刘禹锡的七绝《元和十年自朗州承召至京，戏赠看花诸君子》是其代表作品之一。唐顺宗永贞元年（805），刘禹锡因参加"永贞革新"而被贬为朗州（今湖南常德市）司马。十年后奉召回长安。

长安人每年三月都有赏花的风俗习惯，到花开时，"车马若狂，以不耽玩为耻"。这一年春天，刘禹锡也和朋友到玄都观看桃花，并写了这首诗。诗歌描绘了玄都观中人们争相赏花的盛况，表达了自己回到长安的喜悦心情，同时也借此影射讥讽了那些新得势的权贵。王文濡说："借种桃花以讽朝政，栽桃花者道士，栽新贵者执政也。自刘郎去后，而新贵满朝，语涉讥刺。"沈祖棻也说："千树桃花，也就是十年来由于投机取巧而在政治上愈来愈得意的新贵；而看花的人，则是那些趋炎附势，攀高结贵之徒。结句指出，这些似乎了不起的新贵们，也不过是我被排挤出外后被提拔起来的罢了。这种轻蔑和讽刺是有力量的，辛辣的，使他的政敌感到非常难受。"于是乎，政敌们便以这首诗"语涉讥刺"为由，告到唐宪宗那里，结果诗人被贬到更偏僻遥远的播州（今贵州遵义市），后经裴度等人的疏通，才改贬为连州（今广东连州市）刺史。

再游玄都观

余贞元二十一年为屯田员外郎时，此观未有花。是岁出牧连州，寻改朗州司马。居十年，召至京师。人人皆言有道士手植仙桃满观，如红霞，遂有前篇，以志一时之事。旋又出牧。今十有四年，复为主客郎中，重游玄都观，荡然无复一树，惟兔葵、燕麦动摇于春风耳。因再题二十八字，以俟后游。时大和二年三月。

百亩庭中半是苔[1], 桃花净尽菜花开。

种桃道士归何处[2]？前度刘郎今又来。

1- 庭：指玄都观。苔：青苔。
2- 种桃道士：喻指当年打击革新派的旧势力、当权者。

　　这首诗是14年前所作《元和十年自朗州承召至京，戏赠看花诸君子》的续篇。

　　诗前的序文详述了写这首诗的原委。诗人旧地重游，旧事重提，玄都观里的景观人事已经大变，朝廷政局的面目也已全非，十载沧桑，可谓大矣。昔日弄权的奸小，今又何在？倒是坚定乐观的诗人今天又无恙地回来了。诗人的谈吐如故，作品的尖酸俏皮、锋芒毕露，也完全同于上篇。今人刘永济说："此两诗所关，前后二十余年，禹锡虽被贬斥而终不屈服，其蔑视权贵而轻禄位如此。白居易序其诗，以'诗豪'称之，谓'其锋森然，少敢当者'。语虽论诗，实人格之品题也"。

竹枝词

　　杨柳青青江水平，闻郎江上唱歌声。

　　东边日出西边雨，道是无晴却有晴。

　　《竹枝词》原是巴东一带的民间歌谣，刘禹锡任夔州刺史时，在巫山一带听到这种民歌，认为它清新刚健，富有浓厚的生活气息,于是依声填词,创作了别具一格的《竹枝词》诗。王士祯说刘禹锡的《竹枝词》"咏风土,琐细诙谐皆可人,大抵以风趣为主,与绝句迥别。"

刘禹锡的《竹枝词》现存十一首,分为两组:一组二首,一组九首。这里所选的是《竹枝词二首》中的第一首,是一首摹拟民间情歌的作品。"东边日出西边雨,道是无晴却有晴",以谐音作为隐语,一语双关,这是中国古代民歌中常用的一种艺术表现手法。诗人用来描写一位沉浸在初恋中的少女的心情,将"她的迷惘,她的眷恋,她的忐忑不安,她的希望和等待都刻画出来了。"

西塞山怀古

王濬楼船下益州[1],金陵王气黯然收[2]。
千寻铁锁沉江底[3],一片降幡出石头[4]。
人世几回伤往事[5],山形依旧枕寒流[6]。
今逢四海为家日[7],故垒萧萧芦荻秋[8]。

1- 王濬(jùn):西晋大将。晋武帝太康元年(280)率水师八万顺江而下,攻取吴都建业(今南京市)。楼船:高大的战船。据《晋书·王濬传》记载,当时王濬"乃作大船连舫,方百二十步,受二千余人"。益州:州治在今四川成都市,当时已属西晋。
2- 金陵王气:指东吴王朝的气数。旧说天子所在的地方,其上空有一种"王气"。
3- 寻:古代以八尺为一寻。千寻,极言其长。铁锁:铁链。《晋书》记载,东吴曾在长江险要处用铁链连结,封锁江面,并做大铁椎置于江心。王濬用小筏触带铁椎。用大数十围、长十丈的火炬,烧熔铁锁,使之沉入江底,战船顺利前进。

4- 降幡（fān）：降旗。石头：即石头城。故址在今南京市清凉山。王濬水军到达石头城时，吴王孙皓即出城投降。
5- 往事：指以金陵为都的六朝破亡的历史。
6- 山形：指西塞山。枕：靠。寒流：指长江。
7- 四海为家：即国家统一，语出《史记·高祖本纪》："天子以四海为家。"这里指大唐帝国的一统局面。
8- 故垒：过去作战的营垒，这里即指西塞山要塞。芦荻（dí）：芦苇一类植物。

　　西塞山，在今湖北黄石市东，山势陡峭临江，形势险要，是三国时东吴西部的江防要地。刘禹锡的《西塞山怀古》写于唐穆宗长庆四年（824），当他由夔州刺史调任和州刺史时。这首诗借西晋灭吴的历史，表达了诗人"兴废由人事，山川空地形"的进步历史观，警告了那些拥兵自重的藩镇割据势力，抒发了诗人希望天下安定、国家统一的政治理想。

　　作品的前四句写西晋讨伐东吴的战事及其结局，简练紧凑。后四句怀古伤今，从历史的追怀中引发出对现实的感慨。中唐之际的唐王朝，虽然形式上维持着"四海为家"的统一局面，但实际上藩镇势力一直纷争不已，这引起了诗人的忧虑。诗人浓重的兴亡之感和对唐王朝命运前途的忧虑，亦如长江水、芦荻秋，滚滚萧萧，无穷无尽。

　　作品由远及近，由浅见深，层层深入。上下数百年，纵横千万里，一气呵成。而且非常讲究关键字、词的运用。如首联的"下"和"收"，写出了东吴灭亡之迅速。第二联的"沉"和"出"，写出了东吴战事失败与国家灭亡之间的必然联系。第三联的"几回"两字写出了历史兴亡事件的反复。"依旧"两字则抒发了江山依旧，人事全非的兴亡之感。

石头城

山围故国周遭在[1]，潮打空城寂寞回。
淮水东边旧时月[2]，夜深还过女墙来[3]。

1- 故国：故都。周遭：指石头城上四周残破的城墙。
2- 淮水：指秦淮河。旧时：指六朝时。
3- 女墙：城上凸凹的矮墙。

  石头城，故址在今南京市清凉山一带，战国时是楚国的金陵城，三国时孙权重建，并改名为石头城。这是刘禹锡怀古组诗《金陵五题》中的第一首，写于唐敬宗宝历二年（826），诗人任和州刺史时期。诗以历史遗迹石头城为题材，通过对群山、江潮和明月的拟人化描写，表达了江山如旧、人事全非的兴亡之感。沈德潜说："只写山水明月，而六代繁华俱归乌有，令人于言外思之。"（《唐诗别裁集》）

  作品开头两句的写景，苍劲沉实，诗人自己曾为此极为自豪。这首诗着重写今日之荒凉，以暗示昔日之繁华。这种写法与李白《苏台览古》"旧苑荒台杨柳新，菱歌清唱不胜春。只今惟有西江月，曾照吴王宫里人"手法相同而异于其他诗人。

乌衣巷

朱雀桥边野草花[1],乌衣巷口夕阳斜。
旧时王谢堂前燕[2],飞入寻常百姓家。

1- 朱雀桥:为乌衣巷入口附近秦淮河上的一座浮桥,面对朱雀门。
2- 王谢:指东晋的王导和谢安。王谢两姓是六朝时的世家望族,都居住在乌衣巷。

  乌衣巷,在今南京市秦淮河南岸,原是东吴戍守石头城的乌衣营所在地,后成为东晋时王、谢两大族所居的里巷。《乌衣巷》是《金陵五题》中的第二首。诗人借朱雀桥、乌衣巷的今昔变迁,抒发了盛极必衰、沧海桑田的无限感慨。对此,傅庚生先生说得极为具体:"寥寥二十八字,写尽华屋山丘、沧海桑田之感。才写'朱雀桥',便凑以'野草花',既以状其荒芜景象,亦为'百姓'作衬也。及写'乌衣巷',又接以'夕阳斜',既以象征门第之衰落,亦为'燕子'作衬也。前两句语不离宗,后两句乃寄深慨,则昔日豪华之印象,适以助此日之荒凉耳。"

  这首诗语言浅近、景物平常,却又凝聚着诗人的艺术匠心,那就是飞燕形象的设计。诗人通过燕子栖息旧巢的特点,表现了乌衣巷的变化,这种以小见大的表现手法,既使诗人的感慨含蓄深沉,又给读者以驰骋想象的余地。

台 城

台城六代竞豪华[1]，结绮临春事最奢[2]。
万户千门成野草[3]，只缘一曲《后庭花》[4]。

1- 台城：吴、晋、南朝历代皇帝的宫城，旧址在今南京市鸡鸣山北。六代：指吴、东晋、宋、齐、梁、陈。
2- 结绮、临春：都是陈朝宫廷里的楼阁名。陈后主荒淫无道，宠爱张丽华、孔贵嫔等人，他特意修了结绮、临春、望仙三阁，阁高三丈，皆以檀香木为之，又饰以金玉，间以珠翠，微风一吹，香闻数里。他自己住临春阁，张丽华住结绮阁，孔贵嫔等住望仙阁，复道交通，互相往来。事见《陈书·皇后传》。
3- 万户千门：指庞大豪华的皇家宫殿。
4- 后庭花：全名《玉树后庭花》，是陈后主时御用文人及乐工们编制的以赞美张丽华、孔贵嫔为宗旨的新乐曲。这里是以此乐曲代指陈后主的一切荒淫误国行为。

　　这是《金陵五题》中的第三首。作品以古都金陵的核心——台城这一六朝历代帝王起居临政处为题，寄托了怀古伤今的无限感慨。诗中采用了今昔对比的手法。前两句写"昔"，先总言六代，使人想到当年的金陵王气；次句拈出陈后主的奢侈荒淫、纵情作乐，一方面陈后主是诸帝王中最奢华的，另一方面陈亡也代表着六朝王气的终结。第三句写"今"，用今日的断瓦残垣、野草丛生与往昔繁华景象形成强烈对比，令人触目惊心。诗人将造成这一切的原因归结为帝王荒淫误国，却不空发议论，而用一支乐曲来表达，更具形象性，更令人回味。诗中讥评的是六朝古事，但其中的历史教训却具有普遍意义，对唐代统治者的警告也是不言而喻的。

酬乐天扬州初逢席上见赠

巴山楚水凄凉地[1]，二十三年弃置身[2]。
怀旧空吟闻笛赋[3]，到乡翻似烂柯人[4]。
沉舟侧畔千帆过，病树前头万木春。
今日听君歌一曲[5]，暂凭杯酒长精神。

1- 巴山：指重庆一带的山。楚水：指长江中游一带。指刘禹锡曾被贬夔州、朗州等地而言。
2- 二十三年：刘禹锡从唐顺宗永贞元年（805）被贬，到唐敬宗宝历二年（826）应召，共二十二年，预计明年去京都任职，前后共二十三年。弃置身：被弃置不用的人。
3- 闻笛赋：指晋向秀所作《思旧赋》，据《晋书·向秀传》，西晋人向秀与嵇康、吕安等人友善。嵇、吕因不满司马氏篡权而被杀害。后来向秀路过山阳（今河南焦作市）嵇康故乡时，听见邻人吹笛，勾起了他对亡友的思念，不胜感慨，遂写了《思旧赋》。这里刘禹锡以向秀自比，表示对柳宗元等被贬、被害的亡友的怀念。
4- 翻似：倒好像。烂柯人：指王质。据《述异记》载，晋人王质进山打柴，见两童子下棋，便停下观看，棋还没有终局，身旁的柯（斧柄）已经腐烂，回到村里，发现同辈人已经死尽，才知已过百年。这里作者以王质自比，说明自己被贬离京二十多年，京中已人事全非，恍如隔世。
5- 君：指白居易。歌一曲：指白居易所作的《醉赠刘二十八使君》。

唐敬宗宝历二年（826）冬，刘禹锡罢和州刺史归洛阳时在扬州与白居易相遇，白居易写了一首《醉赠刘二十八使君》，对刘的坎坷遭遇表示同情，刘禹锡便写了这首诗作为酬答。作品描写了永贞革新失败以来二十多年间的世事沧桑、亲友凋零，以及自己转徙巴山楚水的颠沛流离之痛，含蓄抒发了对自己二十年受压抑，而一群小人得志的无比愤慨，也体现了作者在久遭贬斥之后意气仍然不衰的豪迈精神。诗中最精彩处在第五、六句，这是回答白居易赠诗中"举眼风光长寂寞，满朝官职独蹉跎"两句的。刘禹锡以沉舟、病树比喻自己，固然感到惆怅，但又相当达观。他反而劝白居易不必为自己的寂寞、蹉跎而悲伤，对世事变迁和仕途起落应表现出豁达的心胸，可见贬谪生活并未使他消沉。由于这两句诗形象鲜明生动，所以至今常被引用，并被赋予新的意义，用以说明新生力量必然取代旧事物。

李 绅

李绅(772—846),字公垂,润州无锡(今江苏无锡市)人。唐宪宗元和元年(806)进士,曾任翰林学士、中书侍郎同门下平章事、淮南节度使等职。李绅在元白提倡"新乐府"之前就写有《乐府新题》二十首(已失传),是中唐新乐府运动的倡导者之一。

悯农(二首)

其一

春种一粒粟,秋收万颗子。
四海无闲田,农夫犹饿死。

其二

锄禾日当午,汗滴禾下土。
谁知盘中餐,粒粒皆辛苦。

《悯农二首》是李绅的早期作品。诗中深刻地反映了当时的社会矛盾,表现了诗人对农民的深切同情。诗题"悯农"就是同情并为农民鸣不平的意思。诗的第一首写农民辛苦劳动了一年,终于获得了丰收,却仍免不了饿死的悲惨命运,从而揭露了封建社会中农民所遭受的残酷剥削。第二首写农田劳动的艰辛,教育人们要珍惜农民的劳动成果,要爱惜粮食。

白居易

白居易（772—846），字乐天，自号香山居士。祖籍太原，后迁下邽（今陕西临渭区），一生经历了代宗、德宗、宪宗、穆宗、敬宗、文宗、武宗七朝。唐德宗贞元十六年（800）进士，曾任过盩厔（今陕西周至县）尉、左拾遗、左赞善大夫、江州司马、杭州刺史、苏州刺史、太子少傅等职。白居易前期有热情、有锐气，是个同情人民、敢于反映民间疾苦、敢于揭露官场黑暗面的正直官吏和诗人。他倡导了"新乐府运动"，主张"文章合为时而著，歌诗合为事而作"。后期锐气消失，棱角磨平，潜心佛事，以知足常乐，"独善其身"自居。白居易的诗歌以通俗浅显著称，今留有作品三千多首，他自己分之为讽喻诗、闲适诗、感伤诗、杂律诗四类，元稹编辑为《白氏长庆集》。

赋得古原草送别

离离原上草[1]，一岁一枯荣[2]。
野火烧不尽，春风吹又生。
远芳侵古道[3]，晴翠接荒城[4]。
又送王孙去[5]，萋萋满别情[6]。

1- 离离：草本植物繁茂的样子。
2- 枯荣：枯萎和茂盛。
3- 远芳：伸向远方的无边荒草。侵：侵占、蔓延，这里是长满的意思。
4- 晴翠：晴天的光照在草上反射出一片翠绿色。
5- 王孙：本指贵族子弟，这里指离家远游的人，即被送的友人。
6- 萋萋：青草茂盛的样子。最后两句化用《楚辞·招隐士》"王孙游兮不归，春草生兮萋萋"语意。

这是白居易为准备考试以"古原草"为题目写的练习诗,故按格式题作"赋得'古原草'"。作品约作于唐德宗贞元三年(787),时诗人16岁。

根据题目的要求,这首诗通篇应该吟咏"古原草",而在其中却包含着给朋友送别的意思。于是"离离原上草",第一句就扣上了题目;接着第二句"一岁一枯荣"又准确地点出了野草的生长特征。第三、四两句"野火烧不尽,春风吹又生",最为精辟,它表现出了野草的顽强生命力,既有生动的写实,又可使人产生丰富的联想,是本首诗的灵魂。

以上四句很精彩,但偏重于议论,一首诗光发议论是不好的,因此第五、六两句必须加以改变。"远芳侵古道,晴翠接荒城",生动形象地描写了在一派春日阳光照耀下的野草的动人景象。"侵古道",指草长到了土质坚硬的道上,以言其无处不可生长,而且远远望去,道路好像是被野草愈封愈窄;"接荒城",指草色一望无际,一直铺展到天地之交的孤城。"古道""荒城",在这里一方面是为了突出野草生长的巨大的背景,给读者增加一种空旷迷离的情绪,这是抒发离情别绪所需要的;另一方面,它也是为了补足题目上的"古"字,否则不就成了单是吟咏"原上草"了么?第七、八两句,使用了《招隐士》的典故,并用了《招隐士》中的辞语,淋漓饱满地从字面上点出了题目所要求的"送别"二字。

这首诗通过对古原草的描绘,既表达了与友人分别时的留恋之情,又反映了诗人自己蓬勃向上、积极进取的精神。在古往今来吟咏野草的诗篇中,再没有比这首更动人、更家喻户晓的了。

《唐才子传》中有一段关于白居易这首诗的故事,其中说:"居易,字乐天,弱冠名未振,观光上国,谒顾况。况,吴人,恃才少所推可,因谑之曰:'长安百物皆贵,居大不易。'及览诗卷,至'离离原上草,一岁一枯荣。野火烧不尽,春风吹又生',乃叹曰:'有句如此,居天下亦不难,老夫前言戏之耳。'"此事是否可靠,不必深究,但从中可以看出人们对白居易这首诗,尤其是对"野火烧不尽,春风吹又生"两句的高度赞赏。

观刈麦

田家少闲月,　五月人倍忙。
夜来南风起,　小麦覆陇黄[1]。
妇姑荷箪食[2],童稚携壶浆[3]。
相随饷田去[4],丁壮在南冈。
足蒸暑土气[5],背灼炎天光。
力尽不知热,　但惜夏日长。
复有贫妇人,　抱子在其旁[6]。
右手秉遗穗[7],左臂悬敝筐[8]。
听其相顾言[9],闻者为悲伤。
家田输税尽[10],拾此充饥肠。
今我何功德,　曾不事农桑[11]。
吏禄三百石[12],岁晏有馀粮[13]。
念此私自愧,　尽日不能忘[14]。

1- 陇：同"垄"，田埂。
2- 荷（hè）：挑、扛。箪（dān）食：用圆竹器盛的食物。
3- 携：提着。壶浆：用壶盛的汤水。
4- 饷（xiǎng）田：给在田里劳动的人送饭。
5- "足蒸"句：是说两脚被田里热气熏蒸着。
6- 其：指正在劳动的农民。
7- 秉：拿着。遗穗：掉在田里的麦穗。
8- 悬：挎着。
9- 其：指在田中拾麦穗的妇女。相顾言：相互诉说。
10- "家田"句：意思说因缴纳租税家里的田地都已卖光。
11- 曾不：从来不。事农桑：从事种地和养蚕这类农业劳动。
12- 三百石：唐代从九品官的月俸是三十石米。白居易任县尉，月俸也是三十石。三百石是约指年俸。
13- 岁晏：岁暮、年底。
14- 尽日：整日。

作品写于唐宪宗元和二年（807），当时白居易任周至县尉，这是他有感于当地劳动人民劳动艰苦、生活贫困所写的一首诗。

从"田家少闲月"到"但惜夏日长"为第一段，写一家农民于酷暑炎天，全家出动，辛苦收割麦子的情景。其中"足蒸暑土气，背灼炎天光"，已经相当形象了；但更精彩的是"力尽不知热，但惜夏日长"两句。天，尽管热，人，尽管累，但收麦人们的心里却盼着天越长越好，因为俗话有所谓"虎口夺粮"，只有早一点收割完毕，才能避免风雨的损害啊。这里的思想正与《卖炭翁》里的"可怜身上衣正单，心忧炭贱愿天寒"相同。清代乾隆也曾称赞这两句，说这两句"曲尽农家苦心"。

从"复有贫妇人"到"拾此充饥肠"为第二段。在这一段，作品更翻进一层，写了一个被苛捐杂税逼得丧失了土地，只能靠拾麦穗为生的怀抱婴儿的妇女，这是一个更加引起作者关注的、生活在更加艰难境地的劳苦人。光靠提着篮子拾一点麦穗又能维持几天呢？收麦季节一过，又靠什么生活呢？这就不由得令人为之发愁了。与前一层相比，这个妇女才是本诗描写的主要对象。

从"今我何功德"到作品结尾为第三段，是作者作为一个有良心的封建官吏，面对此情此景的自愧自疚。这也是一种篇末发议论的方式。这里的议论虽然表面上没有把矛头指向统治者，但这种问心有愧的自我表现，实际上就是对那些极力盘剥劳动人民，自己豪华奢侈、养尊处优，而置劳动人民生死于不顾的统治阶级的一种有力的批判。

轻 肥

意气骄满路[1]，鞍马光照尘。
借问何为者？人称是内臣[2]。
朱绂皆大夫[3]，紫绶悉将军[4]。
夸赴军中宴[5]，走马去如云。
樽罍溢九酝[6]，水陆罗八珍[7]。
果擘洞庭橘，脍切天池鳞[8]。
食饱心自若[9]，酒酣气益振。
是岁江南旱[10]，衢州人食人[11]！

1- 意气：意态神气。骄：骄横跋扈。

2- 内臣：指宦官。
3- 朱绂（fú）：朱红色朝服。唐时四、五品官衣朱绂。大夫：指文官。
4- 紫绶：紫色印带。唐时二、三品官佩紫绶。
5- 夸：夸耀、炫耀。军中宴：指禁军（唐称神策）中的宴会。
6- 樽罍（zūn léi）：古代两种盛酒的器具。溢：斟满而流出来。九酝（yùn）：美酒名。
7- 水陆：指水里生的、地上长的各种食品。罗：摆出。八珍：指熊掌、豹胎等珍贵食品。
8- 脍（kuài）：细切的肉。天池：海的别称。鳞：指鱼。
9- 自若：舒坦、自在。
10- 是岁：这一年，指元和四年（809年）。
11- 衢州：唐州名，属江南东道，即今浙江衢江区一带。

　　《轻肥》是白居易著名组诗《秦中吟》的第七首。《秦中吟》共十首，写作时间大体和《新乐府》相同。作者的原序说："贞元、元和之际，予在长安，闻见之间，有足悲者。因直歌其事，命为《秦中吟》。"也就是说，其写作时间在公元806年前后。秦中是地区名，即以长安为中心的关中。中唐以后，宦官受皇帝宠信，把持朝政，飞扬跋扈。这首诗的主要篇幅是描写宦官们生活的豪奢与意气的骄盈，而作者在描写这种豪奢、骄盈的时候又是用了一种夸张、堆砌、铺排的语言，从而使这首诗的语言也和它的内容一样有着一种不可一世的气势。而且这种描写又完全是客观的，不带作者的任何主观色彩，只是到最后两句，作者以力挽千钧之势，横截奔马，一下子把读者的视线挽转到劳动人民的苦难情景上来，从而引起读者对宦官们的无比愤怒与鄙弃。轻肥，指轻裘肥马，语出《论语·雍也》："乘肥马，衣轻裘。"这里借喻豪奢生活。

卖炭翁

卖炭翁,伐薪烧炭南山中。
满面尘灰烟火色[1],两鬓苍苍十指黑[2]。
卖炭得钱何所营?身上衣裳口中食。
可怜身上衣正单,心忧炭贱愿天寒。
夜来城外一尺雪,晓驾炭车辗冰辙。
牛困人饥日已高,市南门外泥中歇。
翩翩两骑来是谁[3]?黄衣使者白衫儿[4]。
手把文书口称敕[5],回车叱牛牵向北[6]。
一车炭,千馀斤,宫使驱将惜不得[7]。
半匹红绡一丈绫[8],系向牛头充炭直[9]。

1- 烟火色:指被炭烟熏黑的颜色。
2- 两鬓苍苍:指两个鬓角上长出黑白相间的头发。
3- 翩翩:指马的疾速驰骋。
4- 黄衣使者:指宫里出来的宦官,因为他们自称是皇帝派出来的,所以称使者。白衫儿,即所谓"白望"。"白望"者,言使人于市中左右望,白取其物,不还本价也。
5- 文书:公文。敕(chì):皇帝的命令。
6- 回车:拉转车子。牵向北:往北牵,因唐皇宫在长安城的北部,东西两市都在南边。
7- 驱将:被赶走。惜不得:心中可惜也无可奈何。
8- 半匹:即二丈,一丈约三米。绡(xiāo):生绢,生丝织成的薄绸。绫:带斜纹的丝织物。唐代商品交易,绢帛可作货币使用。
9- 炭直:直,通值,炭的价钱。

《卖炭翁》是白居易的著名组诗《新乐府》的第 32 首。组诗共50首，作于唐宪宗元和初年，时诗人任左拾遗。组诗都是自命新题，感事而发，揭露时弊，希望能够谱上乐曲去唱给皇帝听的，目的是让皇帝明白下情，从而能够清除弊端，改良政治，振兴国家。这50首诗每首基本上都是用该诗的第一句作为题目，这是学习《诗经》标题的方法。在每首诗的题目下还有个一句话的小序，以点明该诗的意思，这是从汉代人为《诗经》作的《诗序》那里学来的。《卖炭翁》的小序是"苦宫市也"。宫市是指宫里的人出来采买东西。宫里用的东西原来是由专门官吏负责采办的，从唐德宗开始改由宫里的太监出来采买。这些太监为了更准确、更有效地进行掠夺，又招揽一批社会上的流氓，叫这些流氓四处哨探、观风引路，这些人叫作"白望"。这些太监和"白望"借口给宫廷采买而大肆从中渔利，使长安市民吃尽了苦头。他们不仅压低物价，甚至凭空掠夺，有时还故意让物主将货物送入宫中，他们再向物主勒索"门户钱"。《卖炭翁》就是通过一个卖炭老人的遭遇揭露了"宫市"掠夺的残酷。

　　作品从开头到"市南门外泥中歇"为第一段，写卖炭老人为维持生计而伐薪、烧炭、卖炭的种种艰辛。"满面尘灰烟火色，两鬓苍苍十指黑"，这是老人长年累月从事这项艰苦劳动所留下的印记，使人看了顿生怜悯之情。"可怜身上衣正单，心忧炭贱愿天寒"，一方面表明了老人的穷困，也就是说，尽管老人劳动得如此艰辛，但仍是不能维持自己的温饱；另一方面，雪后的清晨，本来就冷，而对于这个身上只穿着单衣的老人，其寒风刺骨之痛就更加可想而知了。但即使如此，老人却盼着天气越冷越好，因为只有天冷，买炭的人才会多，而炭的价钱也才会更好一点啊。

这两句体会老人的心情，可谓入细。

从"翩翩两骑来者谁"到作品结束为第二段，写老人的炭车被宦者与"白望"凭空劫走的情景。其中"手把文书口称敕，回车叱牛牵向北"，"半匹红绡一丈绫，系向牛头充炭直"四句，写宦者与"白望"的气焰之高，与"宫市"剥夺平民财产的轻易与不由分说之状，可谓高度传神；而作者对最高统治者强取豪夺、不顾人民生死的痛恨，也就很清楚地流露于其间了。白居易的《新乐府》常常是在每篇作品的最后，由作者出面直接发议论，格式单调，往往令人厌烦。而这一篇却在叙事、描写之后，突然结束，给人留下了深深回味的余地，似较他篇为好。

"宫市"掠夺人民的罪恶，不是发生在京城的千里万里之外，而是就发生在皇帝的眼皮底下。在外面横行霸道、为非作歹的是小太监、小流氓，而在后面给他们撑腰的又是谁呢？想到这里，我们也就不得不佩服白居易早年这种斗争精神的难能可贵了。

折剑头

拾得折剑头，　　不知折之由。
一握青蛇尾[1]，　数寸碧峰头[2]。
疑是斩鲸鲵[3]，　不然刺蛟虬[4]。
缺落泥土中，　　委弃无人收。
我有鄙介性[5]，　好刚不好柔。
勿轻直折剑，　　犹胜曲全钩。

1- 一握：一把，指折剑头的长度。
2- 碧峰头：诗人们常以剑比山，如柳宗元有"海畔尖山似剑铓"等等，这里作者又以山峰比剑头，比较少见。
3- 鲵（ní）：娃娃鱼。
4- 蚪虬（qiú）：传说中的龙属动物，一只角的叫蛟，两只角的叫虬。鲸鲵蛟虬，历来被用来比喻有权位有势力的大坏蛋。
5- 鄙介：犹如说"傻直"。

　　这是一首咏物言志的诗，表现了作者疾恶如仇，刚正不阿，宁为直死，不为曲全的斗争精神，是白居易早年英锐气概的真实写照。其写作时间大约与《新乐府》《秦中吟》相近。

　　作品的前八句是描写这个折剑头的形状，猜度它所以被折断的原因，同情它因断被弃的遭遇。一口剑尽管名贵，只要它是用来"斩鲸鲵""刺蛟虬"，为人类除大害的，那么即使折断了也是值得的，也断得其所。这里表现了白居易的人生观、价值观。"缺落泥土中，委弃无人收"，这是说勇于为民除害的宝剑的下场，同时也是历代刚直不阿、疾恶如仇者的下场。早在汉代就有"直如弦，死道边；曲如钩，反封侯"的歌谣。作者在这里一方面对这种人、这种事感到悲凉不公，同时表示非常敬佩而且要立志学这种人、做这种事。作品的后四句就径直地道出了自己的这种思想观点和自己为人处世的原则与决心。"勿轻直折剑，犹胜曲全钩"，表面说剑，实际说人，表现了作者勇往直前、宁死不屈的斗争意志。作品的语言简净明快，写剑写人融为一体，描写议论巧妙结合。尽管有人不喜欢白居易诗的过于"直露"，但他们也不能不承认这是充分表现白居易早年思想的一首好诗。

长恨歌

汉皇重色思倾国[1]，御宇多年求不得[2]。
杨家有女初长成[3]，养在深闺人未识[4]。
天生丽质难自弃[5]，一朝选在君王侧。
回眸一笑百媚生，六宫粉黛无颜色[6]。
春寒赐浴华清池[7]，温泉水滑洗凝脂[8]。
侍儿扶起娇无力，始是新承恩泽时[9]。
云鬓花颜金步摇[10]，芙蓉帐暖度春宵[11]。
春宵苦短日高起，从此君王不早朝。
承欢侍宴无闲暇，春从春游夜专夜[12]。
后宫佳丽三千人，三千宠爱在一身。
金屋妆成娇侍夜[13]，玉楼宴罢醉和春[14]。
姊妹弟兄皆列土[15]，可怜光彩生门户[16]。
遂令天下父母心，不重生男重生女[17]。
骊宫高处入青云[18]，仙乐风飘处处闻。
缓歌慢舞凝丝竹，尽日君王看不足[19]。
渔阳鼙鼓动地来[20]，惊破霓裳羽衣曲[21]。
九重城阙烟尘生[22]，千乘万骑西南行[23]。
翠华摇摇行复止[24]，西出都门百馀里[25]。
六军不发无奈何[26]，宛转蛾眉马前死[27]。
花钿委地无人收[28]，翠翘金雀玉搔头[29]。
君王掩面救不得，回看血泪相和流。
黄埃散漫风萧索[30]，云栈萦纡登剑阁[31]。

峨嵋山下少人行[32], 旌旗无光日色薄。
蜀江水碧蜀山青, 圣主朝朝暮暮情[33]。
行宫见月伤心色, 夜雨闻铃肠断声[34]。
天旋日转回龙驭[35], 到此踌躇不能去[36]。
马嵬坡下泥土中, 不见玉颜空死处。
君臣相顾尽沾衣, 东望都门信马归[37]。
归来池苑皆依旧, 太液芙蓉未央柳[38]。
芙蓉如面柳如眉[39], 对此如何不泪垂。
春风桃李花开日, 秋雨梧桐叶落时。
西宫南内多秋草[40], 落叶满阶红不扫。
梨园弟子白发新[41], 椒房阿监青娥老[42]。
夕殿萤飞思悄然[43], 孤灯挑尽未成眠。
迟迟钟鼓初长夜[44], 耿耿星河欲曙天[45]。
鸳鸯瓦冷霜华重[46], 翡翠衾寒谁与共[47]。
悠悠生死别经年, 魂魄不曾来入梦[48]。
临邛道士鸿都客[49], 能以精诚致魂魄[50]。
为感君王展转思, 遂教方士殷勤觅[51]。
排空驭气奔如电[52], 升天入地求之遍。
上穷碧落下黄泉[53], 两处茫茫皆不见。
忽闻海上有仙山, 山在虚无缥缈间。
楼阁玲珑五云起[54], 其中绰约多仙子[55]。
中有一人字太真[56], 雪肤花貌参差是[57]。
金阙西厢叩玉扃[58], 转教小玉报双成[59]。
闻道汉家天子使[60], 九华帐里梦魂惊[61]。

揽衣推枕起徘徊[62]，珠箔银屏迤逦开[63]。
云鬓半偏新睡觉[64]，花冠不整下堂来。
风吹仙袂飘飘举[65]，犹似霓裳羽衣舞。
玉容寂寞泪阑干[66]，梨花一枝春带雨。
含情凝睇谢君王[67]，一别音容两渺茫。
昭阳殿里恩爱绝[68]，蓬莱宫中日月长[69]。
回头下望人寰处，不见长安见尘雾。
惟将旧物表深情[70]，钿合金钗寄将去[71]。
钗留一股合一扇[72]，钗擘黄金合分钿[73]。
但教心似金钿坚，天上人间会相见。
临别殷勤重寄词，词中有誓两心知[74]。
七月七日长生殿[75]，夜半无人私语时。
在天愿作比翼鸟，在地愿为连理枝[76]。
天长地久有时尽，此恨绵绵无绝期[77]。

1- 汉皇：汉武帝，这里喻指唐玄宗。
2- 御宇：驾御海内，即统治天下的意思。
3- 杨家有女：指杨玉环。
4- 深闺人未识：说杨贵妃是从杨家选入宫中，这是为皇帝遮丑，掩盖玄宗强占儿媳这一不体面的史实。
5- 难自弃：难以自我埋没，即终将被人发现。
6- 六宫：后妃居住之处。无颜色：与杨贵妃相比，六宫嫔妃都失去了美色。
7- 华清池：陕西临潼区境内骊山上的温泉。开元年间于此建温泉宫，天宝时改名华清宫，温泉也改名华清池。玄宗常去避寒。
8- 凝脂：形容洁白细嫩的肌肤。
9- 新承恩泽：指杨贵妃初次受到唐玄宗的恩宠。
10- 金步摇：一种首饰，"上有垂珠，步则摇也"，故名。

11- 芙蓉帐：指色泽艳丽的丝质床帐。一说有荷花图案的帐子。

12-"承欢"两句：是说白天游玩或夜间休息，唐玄宗都要杨贵妃陪伴。

13- 金屋：华丽的房屋。这里用汉武帝宠爱陈阿娇要为阿娇造一座金屋子的典故。

14- 玉楼：楼的美称，与上句"金屋"相对。醉和春：指美好欢乐的时候，过去认为醉酒是乐事，春天是良辰美景。一说指玄宗带醉就寝。

15-"姊妹"句：杨玉环被册封为贵妃后，她的姐妹兄弟都得到了封爵和领地。大姐嫁崔家，封韩国夫人；三姐嫁裴家，封虢国夫人；八姐嫁柳家，封秦国夫人；叔伯兄弟杨铦任鸿胪卿；杨锜任侍御史；杨钊赐名国忠，任右丞相，封魏国公。列土：即分封爵位和领地。

16- 可怜：可羡。

17-"不重"句：陈鸿《长恨歌传》引当时民谣："生女勿悲酸，生男勿喜欢，男不封侯女作妃，看女却为门上楣。"其为人心羡慕如此。

18- 骊宫：骊山上的行宫，即华清宫。

19- 看不足：看不厌。

20-"渔阳"句：指天宝十四载（755）安禄山叛乱。渔阳，唐时郡名，属范阳节度使管辖，郡治即今北京市，是叛军的根据地。

21- 霓裳羽衣曲：唐代著名舞曲。本名《婆罗门曲》，是印度舞曲，开元时经中亚传入。据说为西凉节度使杨敬述所献，并经玄宗改编后用此名。

22- 九重城阙：指京城长安。

23- 西南行：指天宝十五载六月，安禄山攻破潼关，杨国忠主张向西南的蜀中逃避，唐玄宗命将军陈玄礼率领六军出发。

24- 翠华：用翠羽装饰的旗子，这里指皇帝的仪仗队。

25-"西出"句：意思是说到了马嵬驿。马嵬故址在今陕西兴平市西北二十三里，兴平在长安西九十里，所以说马嵬驿距长安一百多里。

26- 六军：指护卫皇帝的羽林军。

27- 宛转：缠绵凄恻的样子。蛾眉：指杨贵妃。

28- 花钿：即金钿，一种首饰。

29- 翠翘、金雀、玉搔头：都是杨贵妃头上的饰物。

30- 散漫：尘土飞扬迷漫。

31- 云栈：高入云端的栈道。萦纡：曲折盘绕的样子。剑阁：在今四川剑阁县东北大剑山、小剑山之间，为川陕间主要通道，又叫剑门关。

32- 峨嵋山：在今四川峨眉山市南。玄宗入蜀只到成都，未曾到过峨眉山，此泛指入蜀所过之山。
33- 圣主：指玄宗。
34-"夜雨"句：据郑处诲《明皇杂录》说："明皇既幸蜀，西南行。初入斜谷，霖雨涉旬，于栈道雨中闻铃音，与山相应。上既悼念贵妃，采其声为《雨霖铃》曲，以寄恨焉。"这里暗咏其事。铃：栈道铁索上所挂的铃铛，以便行人闻铃声前后照应。肠断声：雨中闻铃声令人断肠。
35- 天旋日转：一作"天施地转"。喻指大局转变，肃宗至德二年（757）十月郭子仪收复长安、洛阳。回龙驭：指唐玄宗的车驾回京。
36- 到此：指到马嵬坡缢杀杨贵妃处。
37- 东望都门：向东望着长安。信马归：听任马随便向前走去，意即完全沉浸在悲伤之中，无心管马，也无心回京。
38- 太液：汉建章宫北的池名。芙蓉：荷花。未央：汉宫名、汉初萧何所建，这里借指唐代的宫殿池苑。
39-"芙蓉"句：意思是说唐玄宗回到宫后，看见芙蓉和杨柳，便想起杨贵妃的容貌，伤心落泪。
40- 西宫：即太极宫。南内：即兴庆宫。玄宗回京后，初居兴庆宫，因临近大街，易与外界接触，宦官李辅国等怕他有复辟野心，强迫他迁入太极宫的甘露寺，加以变相软禁。
41- 梨园弟子：唐代宫内教乐妓演习歌舞的地方称梨园，习艺者称梨园弟子。
42- 椒房：后妃居住的宫殿。青娥：年轻貌美的宫女。
43- 思悄然：愁闷沉思不语。
44- 钟鼓：夜间报时的钟鼓声。初长夜：指秋夜。秋天开始变长。
45- 耿耿：微明的样子。星河：银河。
46- 鸳鸯瓦：一上一下扣合在一起的瓦。
47- 翡翠衾：上面饰有翡翠羽毛的华丽被子。
48- 魂魄：指杨贵妃的亡魂。
49- 临邛（qióng）：今四川邛崃市。鸿都：东汉京都洛阳的宫门名，是招纳九流各色人才的地方。鸿都客，即指方士。
50- 致魂魄：把死人的魂魄招来。
51- 方士：有法术的人，指临邛道士。
52- 排空驭气：拨开云雾，驾着清风。
53- 碧落：道家对天界的称呼。黄泉：指死后的世界，地下。

54- "楼阁"句：意思是说在五彩云里耸立着一座玲珑的楼阁。

55- 绰约：姿态优美柔婉。

56- 太真：杨贵妃的道号。杨贵妃在被唐玄宗纳为妃之前，曾出家为女道士，号太真，这里写她成了仙人，所以用道号。

57- 参差：本为长短不齐的样子，这里是"仿佛""差不多"的意思。

58- 金阙：金碧辉煌的神仙宫阙。玉扃（jiōng）：玉作的门户。

59- 小玉：传说是吴王夫差的女儿，殉情而死。双成：传说中西王母的侍女，姓董。小玉、双成都是传说中的女子，这里借指杨贵妃在仙界的侍女。

60- 汉家天子：代指唐玄宗。

61- 九华帐：图案花纹华美的帐子。

62- 徘徊：内心激动，一时手足无措的样子。

63- 珠箔：用珍珠串成的帘子。银屏：银制的屏风。迤逦（yǐ lǐ）：接连不断的意思。

64- 新睡觉：刚从梦中惊醒。

65- 仙袂（mèi）：仙人衣服的袖子。

66- 泪阑干：眼泪纵横流淌。

67- 凝睇（dì）：凝视、注视。

68- 昭阳殿：本为汉成帝皇后赵飞燕所居的殿名，这里指杨贵妃生前的寝宫。

69- 蓬莱宫：传说中海上仙山的宫殿，此指杨贵妃住的仙境。

70- 旧物：指杨贵妃生前与唐玄宗定情的信物。

71- 钿合：用珠宝镶嵌的一种首饰，由两片合成。一说是镶嵌金花的金盒。金钗：两股合成的金首饰。寄将去：托请捎去。

72- 合一扇：钿盒留下一扇。

73- 钗擘（bāi）黄金：把金钗擘开为二。合分钿：把钿盒分开。

74- 两心知：只有玄宗和贵妃两人心知。

75- 长生殿：在华清宫内，天宝元年十月建，又名集灵台，用以祀神。

76- 连理枝：不同根的树木其枝连生在一起。

77- 此恨：即唐玄宗与杨贵妃生离死别之恨。绵绵：绵延不尽。

    这首诗作于唐宪宗元和元年（806），时作者35岁，任周至县尉。关于这首诗的写作缘起，据白居易的朋友陈鸿说，他与白居易、王质夫三人于元和元年十月到仙游寺游玩，偶然间谈到了唐明皇与杨贵妃的这段悲剧故事，大家都很感叹。于是王质夫就请白居易写一首长诗，请陈鸿写一篇传记，二者相辅相成，以传后世。因为长诗的最后两句是"天长地久有时尽，此恨绵绵无绝期"，所以他们就称诗叫《长恨歌》，称传叫《长恨传》。

《长恨歌》共分三大段，从"汉皇重色思倾国"至"惊破霓裳羽衣曲"共32句为第一段，写唐明皇和杨贵妃的爱情生活、爱情效果，以及由此导致的荒政乱国和安史之乱的暴发。从"九重城阙烟尘生"到"魂魄不曾来入梦"共42句为第二段，写马嵬驿兵变，杨贵妃被杀，以及从此以后唐明皇对杨贵妃的朝思暮想，深情不移。从"临邛道士鸿都客"到最后的"此恨绵绵无绝期"共46句为第三段，写唐明皇派人上天入地到处寻找杨贵妃和杨贵妃在蓬莱宫会见唐明皇使者的情形。

《长恨歌》的中心思想是批评唐明皇的重色误国，导致安史之乱；同时又同情唐明皇杨贵妃的爱情悲剧，歌颂他们之间那种生死不渝的爱情。这首诗的艺术性是很高的。其一是表现在对原有史料的选择和运用上。唐明皇是悲剧的制造者，又是悲剧的承受者。诗人在写他们的罪恶一面时，注意点到为止，尽量不太损伤他们的形象，从而保证了悲剧故事前后的和谐统一。其二是故事中浪漫色彩的加入。爱情可以使生者死，可以使死者生，这样的力量在此以前还没有见人描写过。其三是有关人物形象、人物心理活动的精彩描写。其四是对离别之苦、相思之情的正面描绘，它不仅占的篇幅大，而且角度多、变化多。其五是语言的精美，它生动、形象、凝练，而又婉转、流利，韵律性强，使人传诵不绝。

琵琶行

　　元和十年[1]，予左迁九江郡司马。明年秋，送客湓浦口[2]，闻舟中夜弹琵琶者，听其音，铮铮然有京都声[3]。问其人，本长安倡女[4]，尝学琵琶于穆、曹二善才[5]，年长色衰，委身为贾人妇[6]。遂命酒[7]，使快弹数曲，曲罢悯然[8]。自叙少小时欢乐事，今漂沦憔悴[9]，转徙于江湖间[10]。予出官二年，恬然自安[11]，感斯人言，是夕始觉有迁谪意[12]。因为长句[13]，歌以赠之，凡六百一十六言[14]，命曰《琵琶行》[15]。

浔阳江头夜送客[16]，　　枫叶荻花秋瑟瑟[17]。
主人下马客在船[18]，　　举酒欲饮无管弦[19]。
醉不成欢惨将别[20]，　　别时茫茫江浸月。
忽闻水上琵琶声，　　主人忘归客不发。
寻声暗问弹者谁？　　琵琶声停欲语迟[21]。
移船相近邀相见[22]，　　添酒回灯重开宴[23]。
千呼万唤始出来，　　犹抱琵琶半遮面。
转轴拨弦三两声[24]，　　未成曲调先有情。
弦弦掩抑声声思[25]，　　似诉平生不得志。
低眉信手续续弹[26]，　　说尽心中无限事。
轻拢慢捻抹复挑[27]，　　初为《霓裳》后《六幺》[28]。
大弦嘈嘈如急雨[29]，　　小弦切切如私语[30]。
嘈嘈切切错杂弹，　　大珠小珠落玉盘。
间关莺语花底滑[31]，　　幽咽泉流冰下难[32]。

冰泉冷涩弦凝绝[33],
别有幽愁暗恨生[34]。
银瓶乍破水浆迸,
曲终收拨当心画[35]。
东船西舫悄无言[37],
沉吟放拨插弦中[38],
自言本是京城女,
十三学得琵琶成,
曲罢曾教善才伏[42],
五陵年少争缠头[44],
钿头云篦击节碎[45],
今年欢笑复明年,
弟走从军阿姨死[46],
门前冷落车马稀,
商人重利轻别离,
去来江口守空船[48],
夜深忽梦少年事,
我闻琵琶已叹息,
同是天涯沦落人,
我从去年辞帝京,
浔阳地僻无音乐,
住近湓江地低湿,
其间旦暮闻何物?
春江花朝秋月夜,

凝绝不通声渐歇。
此时无声胜有声。
铁骑突出刀枪鸣。
四弦一声如裂帛[36]。
唯见江心秋月白。
整顿衣裳起敛容[39]。
家在虾蟆陵下住[40]。
名属教坊第一部[41]。
妆成每被秋娘妒[43]。
一曲红绡不知数。
血色罗裙翻酒污。
秋月春风等闲度。
暮去朝来颜色故。
老大嫁作商人妇。
前月浮梁买茶去[47]。
绕船月明江水寒。
梦啼妆泪红阑干[49]。
又闻此语重唧唧[50]。
相逢何必曾相识!
谪居卧病浔阳城。
终岁不闻丝竹声。
黄芦苦竹绕宅生。
杜鹃啼血猿哀鸣。
往往取酒还独倾。

岂无山歌与村笛？呕哑嘲哳难为听[51]。
今夜闻君琵琶语，如听仙乐耳暂明[52]。
莫辞更坐弹一曲，为君翻作琵琶行[53]。
感我此言良久立，却坐促弦弦转急[54]。
凄凄不似向前声[55]，满座重闻皆掩泣。
座中泣下谁最多？江州司马青衫湿[56]。

1- 元和：唐宪宗李纯的年号。元和十年，即815年。
2- 湓（pén）浦口：湓水流入长江的地方。在九江城西。
3- 铮铮：象声词，形容高而清脆的弦声。京都声：指京城长安乐工演奏的声调、韵味。
4- 倡：通"娼"，歌妓。
5- 善才：唐代对琵琶艺人或曲师的通称。
6- 委身：将自身托付给别人。旧社会女子没有独立地位，必须依附男子，故称出嫁为"委身"。贾人：商人。
7- 命酒：吩咐摆酒。
8- 悯然：伤心忧愁的样子。
9- 漂沦：漂泊、沉沦。
10- 转徙（xǐ）：辗转迁徙。
11- 恬然：安乐的样子。
12- 迁谪意：指被降职、被流放的悲哀。
13- 因为长句：因此作了长诗。
14- 凡：共。
15- 命：取名。
16- 浔阳江：指流经今江西九江市附近的一段长江。头：江畔。
17- 荻：生在水边状似芦苇的一种植物。瑟瑟：秋风吹草木声。
18- 主人：作者自称。
19- 管弦：乐器，这里指音乐。
20- 醉不成欢：酒虽喝得多，但没有什么欢乐。
21- 欲语迟：想说又迟疑。
22- 移船：把客船移近弹琵琶女子的船。

23- 回灯：把灯拨得更亮。一说将撤下的灯拿回来。

24- 转轴拨弦：指弹奏前调弦试音的准备工作。

25- 掩抑：指声调低沉。声声思（sī）：每一声里都含有情思。

26- 低眉：低头。信手：随手。

27- "轮拢"句：拢、捻、抹、挑都是弹琵琶的不同指法。

28- 霓裳：即《霓裳羽衣曲》。六幺：琵琶曲名。

29- 嘈嘈：声音沉重舒长。

30- 切切：声音轻细短促。

31- 间关：象声词，形容莺语声。滑：形容声音流利。

32- 冰下难：形容乐声像冰下流动的泉水，幽咽难鸣。一作"水下滩"。

33- 弦凝绝：弦声凝滞停顿。

34- 幽愁：藏在心灵深处的悲哀。暗恨：无人知道的隐恨。

35- 拨：弹琵琶的拨片。当心画：指拨片在琵琶正中用力一划。

36- "四弦"句：指四根弦齐响，声音像撕裂绸子一样，强烈而清脆。

37- 舫（fǎng）：船。

38- 沉吟：踌躇，欲言又止的样子。

39- 敛容：指收起演奏时的情感，重新与人郑重见礼。

40- 虾蟆陵：在唐代长安城东面，曲江附近，是当时歌姬舞女聚居的游乐之地。原名下马陵。

41- 教坊：唐玄宗时设置左右教坊，是教习训练歌舞技艺的机构。部：队。

42- 教：使、让。伏：感佩、佩服。

43- 秋娘：唐代歌伎多以"秋娘"为名，这里泛指能歌善舞的美丽女子。

44- 五陵年少：泛指长安当时的贵族豪富子弟。五陵，长安城外有汉代五个皇帝的陵墓（长陵、安陵、阳陵、茂陵、平陵），贵族豪门聚居在这一带。争：抢着送。缠头：指赠送给歌舞女子的贵重丝织品。

45- 钿头云篦：镶嵌着花钿的银发篦。击节：打拍子。

46- 阿姨：教坊中管歌女的女管事人。

47- 浮梁：今江西景德镇市，是有名的产茶地区。

48- 去来：走了以后。

49- 阑干：泪流纵横的样子。

50- 重唧唧：又叹息起来。

51- 呕哑嘲哳（zhā）：都是象声词．指嘈杂混乱的声音。

52- 耳暂明：耳朵一时感到清悦了。
53- 翻作：依曲调创作歌词。
54- 却坐：退回原处坐下。促弦：把弦拧得更紧。
55- 向前声：刚才演奏过的曲调声。
56- 青衫：青色的官服。唐代文官品级最低的穿青色服，白居易为江州司马，官阶是从九品的将仕郎，故穿青服。

《琵琶行》作于唐宪宗元和十一年（816）秋，时白居易45岁，任江州司马。白居易在元和十年以前先任左拾遗，后又任左赞善大夫。元和十年六月，反动的藩镇势力派刺客在长安街头刺死了宰相武元衡，刺伤了御史中丞裴度，朝野大哗。藩镇势力在朝中的代言人又进一步提出要求罢免裴度，以安藩镇的"反侧"之心。这时白居易挺身而出，坚决主张讨贼。白居易这一主张本来是对的，但因为他平素写讽喻诗得罪了许多朝廷的权贵，于是有人就说他官小位卑，擅越职分，再加上有人给他罗织罪名，于是贬为江州司马。江州的州治即今江西九江市。司马是刺史的助手，听起来不错，但实际上在唐中期这个职位是专门安置"犯罪"官员的，是变相发配到某地去接受监督看管的。这件事对白居易影响很大，是他思想变化的转折点，从此他早期的斗争锐气逐渐消磨，消极情绪日渐增多。《琵琶行》作于他贬官到江州的第二年，作品借着叙述琵琶女的高超演技和她的凄凉身世，抒发了作者个人政治上受打击、遭贬斥的抑郁悲凄之情。

长诗共分四段，从"浔阳江头夜送客"到"犹抱琵琶半遮面"共14句为第一段，写琵琶女的出场；从"转轴拨弦三两声"到"唯见江心秋月白"共22句为第二段，写琵琶女的高超演技；从"沉吟放拨插弦中"到"梦啼妆泪红阑干"共24句为第三段，写琵琶女自述身世，她早年曾走红运，盛极一时，后来年长色衰遂飘零沦落；从"我闻琵琶已叹息"到最后的"江州司马青衫湿"共26句为第四段，写诗人感慨自己的身世，抒发与琵琶女的同病相怜之情。

这首诗的艺术性是很高的，其一，他把歌咏者与被歌咏者的思想感情融而为一，说你也是说我，说我也是说你，命运相同，息息相关。其二，诗中的写景物、写音乐，手段都极其高超，而且又都和写身世、抒悲慨紧密结合，气氛一致，使作品自始至终浸沉在一种悲凉哀怨的氛围里。其三，作品的语言生动形象，具有很强的概括力，而且转关跳跃简洁灵活，所以整首诗脍炙人口，极易背诵。

据五代时人王定保所作的《唐摭言》记载："白乐天去世，大中皇帝（唐宣宗）以诗吊之曰：'缀玉联珠六十年，谁教冥路作诗仙。浮云不系名居易，造化无为字乐天。童子解吟《长恨》曲，胡儿能唱《琵琶》篇。文章已满行人耳，一度思卿一怆然。'"就是说，早在白居易在世的时候，《长恨歌》与《琵琶行》就早已广泛传布得连少数民族的孩子都能背诵，那么，稍有文化的汉族人当然就更不必说了。

大林寺桃花

人间四月芳菲尽，山寺桃花始盛开。
长恨春归无觅处，不知转入此中来。

大林寺，在今江西庐山香炉峰上。作品写于唐宪宗元和十二年（817）初夏，白居易当时在江州司马任上。小诗写出了"山高地深，时节绝晚"（《游大林寺序》）的自然规律，表达了对春光的无限留恋之情。这首诗语言和内容都无深奥之处，却写得富于情趣。从满怀遗憾的叹逝之情，到有所发现的欣喜之情，写出了思绪上的跳跃，表现出诗人对春的诚挚热爱。同时诗中还用拟人化手法，把春光写得仿佛自己会转来躲去，甚至还像是有着颇为顽皮的性格，从而把大自然描摹得生动具体，天真可爱。诗人着意用了"人间"二字与山寺桃花对比，似乎是在对山林美景的赞叹中暗喻了现实世界的黑暗，表达了愿春长驻人间的愿望。后来，陆游诗中的"城中尚馀三伏热，秋光已到野人家"，辛弃疾词中的"城中桃李愁风雨，春在溪头荠菜花"，构思都与白居易此诗有共通之处。

思妇眉

春风摇荡自东来，折尽樱桃绽尽梅。
惟馀思妇愁眉结，无限春风吹不开。

白居易因言事被贬为江州司马的四年，是他一生中心情最晦暗的时期。后被改封为忠州刺史，官位高了些，离京城却更远了。这首诗被认为大约就写在由江州赴忠州的路上。诗人构思奇巧，要写思妇，却先用一半篇幅写春光，"自东来"表现出春至人间的动态画面，第二句连用两个"尽"字，说明百花争艳、竞相开放的生机。这两句都是为了对比衬托出第三、四句，有力的春风怎么也吹不开思妇凝结的双眉，可见其思念之情的浓重、深刻。这首诗是有深沉的寓意的，白居易政治上遭受打击，多年被贬，思念京国的心情一直很迫切，这首诗就是借写思妇的愁怨，寄托了诗人自己的失意。

后宫词

泪湿罗巾梦不成，夜深前殿按歌声[1]。
红颜未老恩先断，斜倚薰笼坐到明[2]。

1- 按歌：按着拍节唱歌。
2- 薰笼：蘸衣服的香笼，也可以取暖。

这是一首宫怨诗，写一位失宠宫廷女子的凄凉冷落之苦。作品第一、二句用前殿新宠的欢歌反衬后宫失宠的哀愁，一荣一枯，一乐一悲，有天壤之别。后两句刻画人物苦闷的心理和失意的神态，形象地表达了宫人的幽怨。"坐到明"三个字，既是写她痴想时间之长，又与首句"梦不成"相对应，不直接说出一个"愁"字，而其意味已经包含在无言之中了。诗中感情表达得百转千回，层层深入，倾注了诗人对被遗弃者命运的深挚同情。同时也很自然地使人联想到诗人忠于国家、关心政事反而遭贬的不幸遭遇，寄托着作者本人的政治痛苦。

暮江吟

一道残阳铺水中， 半江瑟瑟半江红[1]。
可怜九月初三夜[2]，露似真珠月似弓。

1- 瑟瑟：形容未受到残阳照射的江水所呈现的碧绿色。瑟：原指一种碧色的美玉，这里作碧色解。
2- 可怜：可爱。

唐穆宗长庆二年（822），白居易为避开朝中牛李党争的政治风波，主动请求外任。秋天被任命为杭州刺史，这首诗就写于赴任途中。诗中描绘了一幅奇丽的秋江图。诗人心情轻松愉悦，所以对美景流连忘返，从红日西沉一直欣赏到新月初升，表现了诗人对大自然的热爱之情。这首小诗随口吟成，明快率直，然而仍讲究用字。如"铺"字，既形象地写出了残阳接近地平线、几乎贴着江面照射过来的状态；而且"铺"字给人以舒展平缓的感觉，创造出和谐宁静的意境，与诗人的心情也十分切合。诗篇既体现了白居易对自然景物敏锐的观察力，也反映出他离开朝中政治漩涡后轻松的心情。

钱塘湖春行

孤山寺北贾亭西[1],水面初平云脚低[2]。
几处早莺争暖树[3],谁家新燕啄春泥[4]。
乱花渐欲迷人眼[5],浅草才能没马蹄。
最爱湖东行不足[6],绿杨阴里白沙堤[7]。

1- 孤山:是西湖里湖和外湖之间的一座小山,孤峰独耸,清幽秀丽,可览西湖全景,为西湖名胜之一。山上旧有孤山寺,原名永福寺,今废。贾亭:又名贾公亭,是唐德宗贞元(785—805)年间贾全任杭州刺史时所建。
2- 云脚:指雨前或雨后接近地面的云气。
3- 争暖树:争着飞占向阳的树枝。
4- 啄:衔。
5- 迷人眼:令人目不暇接,眼花缭乱。
6- 行不足:游赏不厌。
7- 白沙堤:简称白堤,西湖上两条长堤之一,西接孤山,东至断桥,介于外湖和里湖之间。

钱塘湖是西湖的别名。这首诗约作于唐穆宗长庆三年(823)或长庆四年,当时白居易任杭州刺史,写过不少歌颂杭州湖光山色的诗篇,这首诗最负盛名。全诗紧扣西湖早春的环境和季候特征,捕捉具有早春鲜明特色的早莺、新燕、乱花、浅草等形象,描绘了季节更换、春意初萌的迷人风光。"几处""谁家""渐欲""才能"这些词的运用,又能体会到作者用笔的细致入微,因为虽然已春意萌动,毕竟还是初春时节。同时这几个词又扣住了诗题中的"行"字,可见是诗人一路行去所见景观,条理井然。诗中写出了自然美景给诗人带来的饱满感受,表达了诗人面对明媚春光的喜悦之情,也显示了他对大自然敏锐细腻的观察力和表现力。

柳宗元

柳宗元(773—819),字子厚,河东(今属山西省)人。唐德宗贞元九年(793)进士,曾任秘书省校书郎、集贤殿正字、蓝田尉、监察御史里行。唐顺宗永贞元年(805),因参加王叔文革新活动,被贬为永州司马,后迁为柳州刺史,卒于任所。柳宗元以散文见称,与韩愈共同领导了唐代古文运动。他又是中唐著名诗人,现存诗一百六十余首,大多作于被贬之后,诗风朴素清淡,语言明快简洁,带有一种受压抑、受冷落的孤苦凄凉情绪。有《柳河东集》。

江 雪

千山鸟飞绝,万径人踪灭。
孤舟蓑笠翁,独钓寒江雪。

这首诗写于柳宗元被贬永州(今湖南零陵区)时期。作品的前两句用反衬手法写出了空间之广、江雪之大,为后面人物的出场作铺垫。后两句写了一个孤孤单单蓑笠翁,静静地持竿垂钓于界破万顷雪原的一道寒江的小舟上。人之渺小,与千山万径一片白雪的浩浩天地比起来,实在太不成比例了。但人物依然故我,独自持钓不顾。这又表现了一种何等的顽强与自信呢!近代王文濡说:"雪大则鸟断飞,人绝迹,独此蓑笠老翁犹棹孤舟而钓寒江之雪,其高旷为何如耶?子厚远谪江湖,宦情冷淡,因举此以自况云。"

作品运用了铺垫、反衬对比、典型概括等多种手法，语言凝练，构思精巧。今人傅庚生说："前两句句尾'绝''灭'二字，恰足以衬起后两句句首'孤''独'二字。而第一句之'鸟飞绝'，第二句之'人踪灭'，第三句之'蓑笠'，第四句之'寒江'，上、下，动、静，远、近，人、物，无一字妄费，逼出最后一个'雪'字，此画龙点睛之笔。"

登柳州城楼寄漳汀封连四州刺史

城上高楼接大荒，　海天愁思正茫茫。
惊风乱飐芙蓉水[1]，密雨斜侵薜荔墙[2]。
岭树重遮千里目，江流曲似九回肠[3]。
共来百越文身地[4]，犹自音书滞一乡！

1- 惊风：骤起的狂风。乱飐：指因风吹而水面颤动抖荡。芙蓉水：荷花塘里的水。这句比喻仕途风波险恶。
2- 侵：泼打。薜荔：一种常绿藤本植物。这句也是比喻仕途风波险恶。
3- 江：指柳江。九回肠：喻指愁思婉转郁结。司马迁《报任安书》中有"肠一日而九回"句。
4- 共来：指一起被贬到今广东、广西、福建一带。百越：古时对今福建、广东一带的少数民族的称呼。文身：即身上刺花纹，是古时南方少数民族的一种习俗。

柳宗元与刘禹锡、韩泰、韩晔、陈谏等因参与永贞革新（805）而同时被贬为远州司马。直到十年后的元和十年（815），五人才被召回京城，不料却又被派到更为荒凉边远的柳州、漳州、汀州、封州、连州为刺史。这首诗就是柳宗元初到柳州任上时所写。全诗气脉贯通，先从登城楼写起，感物而起兴，既有高屋建瓴的气势，又以辽阔的境界为下面的抒写创造了氛围。第二联写近景，"惊风""密雨"既是写自然界的风雨，又使人联想到政治斗争的风暴，是赋中兼有比兴的写法，景物描写中投射了诗人的主观感受。第三联自然过渡到极目远眺的远景，抒发了对挚友的关切之情，同样景中寓情，表达了无限愁思。尾联承第三联而来，由好友间共同的政治命运想到目前的处境，隐含了惆怅和愤慨之情。这首诗虽是写哀怨之情，但用词、造境都十分阔大，音节高亮，使苍茫的景色与沉郁的感情交织在一起。

与浩初上人同看山寄京华亲故

海畔尖山似剑铓[1]，秋来处处割愁肠。
若为化得身千亿[2]，散上峰头望故乡。

1- 剑铓：剑尖。
2- 化得身千亿：佛教认为佛能变化为种种形象，即"化身"。这里是说诗人想把自己"化"成"千亿"众多之身。

  这首诗写于柳宗元被贬柳州时。作品描写了诗人与好友龙安海禅师的弟子浩初上人在柳州登山所见的秋景，抒发了强烈的思乡之情和被贬蛮荒之地的抑郁悲愤。这首诗的突出特点就是比喻新颖贴切。诗人在政治上遭受沉重打击，当登山临水时，触景而生情，更觉百感交集。正因为有这种情绪，所以耸峙的群山在他眼中就仿佛化为利剑，使他愁肠寸断。更奇特的是，诗人迫切思乡无法实现，于是只好望乡聊作安慰。这里处处山头都能望乡，所以诗人竟然产生奇妙的联想，幻想自己化为千亿众多之身，这样就能尽情地满足望乡的渴望了。当然这种幻想并非无本之木，因为柳宗元精通佛典，和他同看山者又是僧人，所以想到佛经中关于"化身"的说法也就很自然了。

李 涉

李涉,生卒年不详,号清溪子,洛阳(今河南洛阳市)人。唐宪宗时为太子通事舍人,唐文宗时为太学博士。李涉的诗多写景咏物之作,语言通俗。《全唐诗》存其诗一卷。

井栏砂宿遇夜客

暮雨潇潇江上村[1],绿林豪客夜知闻[2]。
他时不用逃名姓[3],世上如今半是君[4]。

1- 江上村:即指井栏砂,在长江边上。
2- 绿林豪客:也就是题目中的"夜客",是"匪盗"的雅称。夜知闻:犹言在夜间相逢、相知了。
3- 他时:以后。逃名姓:指不愿吐露其真名实姓。
4- 半是君:意谓全国已有半数的人都和你们一样,或形式不同而实质已经一样了。

井栏砂是一个村落名,在今安徽安庆市附近。这首诗描写了李涉在井栏砂夜宿时遇到"匪盗"的情景。关于此诗,《唐诗纪事》记载说:"涉尝过九江,至皖口,遇盗,问:'何人?'从者曰:'李博士也。'其豪酋曰:'若是李涉博士,不用剽夺,久闻诗名,愿题一篇足矣。'涉赠一绝云。"这首诗风趣幽默地揭示了当时社会黑暗,民不聊生,以致"盗贼"横行,以及官也是匪,官匪不分的客观现实。而这首诗的由来,则又反映了唐代社会尊重诗人、爱好诗歌的时代风气,连"匪盗"也慕名求诗。

元 稹

元稹（779—831），字微之，河南（今河南洛阳市）人。唐德宗贞元九年（793）明经及第，曾任监察御史、江陵士曹参军、通州司马。唐穆宗长庆二年（822）拜为宰相，不久出为同州刺史、越州刺史、浙东观察使。元稹是中唐新乐府运动的倡导者之一，写了不少讽喻诗，但反映现实的深度不如白居易。有《元氏长庆集》，存诗八百余首。

行 宫

寥落古行宫，宫花寂寞红。
白头宫女在，闲坐说玄宗。

行宫，指京城以外为准备皇帝巡游居住而建筑的宫室。在这首诗里诗人自己没有说这是哪里的"行宫"，但是诗人写过长诗《连昌宫词》，而且其主题也和这首小诗的主题一样，所以我们也可以认为这里所说的"行宫"，就是指连昌宫。

两首诗所不同的是，《连昌宫词》假托为一个宫边的老人，而这首诗则假托为一个行宫里的老宫女。另一个所不同的是，《连昌宫词》将故事展开，详尽而具体地加以铺叙；而这首诗则点到为止，他只说"白头宫女在，闲坐说玄宗"。至于她都说了些什么，则一切都在不言中，而让读者自己去进行想象了。

前两句中的所谓"寥落""寂寞",都是写行宫现在的凄凉,而"宫花寂寞红"五个字,更给人以物是人非的感觉。后两句中的"白头"二字,令人格外感慨,因为这些宫女当年侍候唐玄宗的时候,正是"盛世",而她们也都正值妙龄;到如今五六十过去了,"宫花"还像当年一样"红",而她们的头发却已经被流走的时光染"白"了。在她们的头发被时光逐渐染白的这段时间里,周围的世界发生了多么惊天动地的变化啊!到如今,唐玄宗已经死去多年,唐王朝的国势也已经大不如昔。虽然细说起来时光也只是过去了几十年,但让人感到的却似乎是已经漫长得有如隔世了。只有这"寥落行宫"里的几个"白头宫女",是亲眼见过唐玄宗与当年"盛世"的人,她们是在寂寞无聊的时候,在漫不经心地谈着自己当年所见所闻的有关唐玄宗与当时"盛世"的故事,这就更增加了凄凉感觉。

这首小诗简短含蓄而又包容深广,很像是杜甫的《江南逢李龟年》。

离　思

曾经沧海难为水[1],除却巫山不是云[2]。
取次花丛懒回顾[3],半缘修道半缘君[4]。

1-"曾经"句:是说沧海无比深广,使别处的水都相形见绌。语自《孟子·尽心》"观于海者难为水,游于圣人之门者难为言"变化而来。

2- 巫山：在重庆巫山县东南，山上长年多云。据宋玉《高唐赋》中的神女说，她"旦为朝云，暮为行雨，朝朝暮暮，阳台之下"。
3- 取次：任意、随便。花丛：比喻美人之多。
4- 缘：因为。修道：专心于品德学问的修养和尊佛奉道。君：指所爱的人。

  关于这首诗的主题，有人说是元稹为悼念他的妻子韦丛而作，也有人说这是元稹写给他婚前的情人莺莺的。关于元稹和莺莺的关系，请参看元稹写的传奇作品《莺莺传》。

  作为一首爱情诗，这篇作品的技巧是非常成功的。他以"沧海"之大、"巫山"之高，来比喻所爱的女子的绝伦。他说自从认识、自从占有了这个女子之后，从此便对其他一切女子都不再发生兴趣。这种构思，首先就是很巧妙的。同时，他在打比喻时所使用的"沧海"与"巫山"，其中又是带着多么绚丽与多么动人情思的神话色彩啊！

  作为一首表达坚贞爱情的诗，这首诗的确有力量，也流传很广。但作为元稹，是否真有这种感情，是否真有这种持久性，那就不一定了。元稹对于莺莺，自然是始乱终弃的，这方面的情况在传奇作品《莺莺传》里，他自己已经写得很清楚。至于对韦丛，据今人陈寅恪考证，在韦丛去世不到几个月的时间里，元稹就纳了妾。我们说这话，并不是想从道德上谴责元稹，我们只是说，有些人的诗文，并不一定就恰如其人。

遣悲怀（三首）

其一

谢公最小偏怜女[1]，自嫁黔娄百事乖[2]。
顾我无衣搜荩箧[3]，泥他沽酒拔金钗[4]。
野蔬充膳甘长藿[5]，落叶添薪仰古槐[6]。
今日俸钱过十万[7]，与君营奠复营斋[8]。

其二

昔日戏言身后意[9]，今朝都到眼前来。
衣裳已施行看尽[10]，针线犹存未忍开。
尚想旧情怜婢仆，也曾因梦送钱财[11]。
诚知此恨人人有，贫贱夫妻百事哀。

其三

闲坐悲君亦自悲，百年都是几多时[12]！
邓攸无子寻知命[13]，潘岳悼亡犹费词[14]。
同穴窅冥何所望[15]？他生缘会更难期[16]！
惟将终夜长开眼，报答平生未展眉。

1- 谢公：指东晋谢安，谢安曾对其侄女谢道蕴异常喜爱，这里代指其亡妻韦丛的父亲韦夏卿。最小：指韦丛，韦丛在其姐妹中最年幼。偏怜：最疼爱。
2- 黔娄：春秋时齐国清高的寒士。这里诗人以黔娄自比。百事乖：事事不顺心。
3- 荩箧：荩草编的箱子。"搜荩箧"指翻箱倒柜地寻找。
4- 泥（nì）：软缠，柔和地请求。他：指韦丛。

5- 充膳：当饭食。藿：豆叶。
6- 仰：仰仗、依赖。这句的意思是由于家穷只好以落叶当柴烧。
7- 俸钱：薪金。
8- 君：指韦丛。奠：祭祀。斋：斋事，即请道士做道场，为死者超度亡魂。
9- 身后意：对于死后的种种设想。
10- 衣裳：指韦丛的遗物。行看尽：快完了。
11- "也曾"句：是说诗人在梦中给亡妻送去钱财。
12- "百年"句：是说夫妻共同生活的时间不长。韦丛是唐德宗贞元十九年（803）和元稹结婚，唐宪宗元和四年（809）去世，总共不过七年。
13- 邓攸：西晋人，字伯道。据《晋书·邓攸传》载，永嘉末年战乱中，他为保存侄儿，舍弃了自己的儿子，后终无子。当时有人说："天道无知，使伯道无儿。"寻：很快地。寻知命，指邓攸自己认命。
14- 潘岳：西晋人，字安仁。妻亡后，写有《悼亡诗》三首。所谓"费词"即指此。以上两句是诗人以邓攸、潘岳自喻，慨叹自己无子、丧妻的悲哀。
15- 同穴：指合葬。窅（yǎo）冥：深暗的样子。
16- 他生缘会：指来世再做夫妻。

  《遣悲怀三首》是元稹为悼念亡妻韦丛而作，写于唐宪宗元和四年（809）。这年秋天，元稹第一个妻子韦丛病逝，年仅二十七岁。元稹伤悼不已，为她写了不少悼亡诗，其中以这组诗最著名。第一首先运用典故，追忆妻子由名门闺秀下嫁自己这贫寒之士，婚后生活艰苦，全靠妻子勤俭持家，诗中句句渗透着对贤慧妻子的赞叹与怀念之情，以及对爱妻不能与自己共享荣华的无限遗憾。第二首写妻子去世后，家中的遗物、身边的婢仆，也都常常引发自己的哀思，甚至在梦中也一片痴情，表达了诗人难于排遣的痛苦和凄凉。第三首由哀悼亡妻转而自伤身世，表现了时而悲观、时而达观，时而希望、时而绝望的复杂心情。《遣悲怀三首》是以"悲"字为线索贯穿始终，三篇相互补充，构成一幅完整画面：前两首悲对方，末一首悲自己，句句发自肺腑。诗中没有华丽的辞藻，语言极其质朴，叙事也都是夫妻日常生活中的小事，但由于情真意切，所以深深打动了读者的心，成为古今悼亡诗中的绝唱。

贾 岛

贾岛（779—843），字阆仙，范阳（今河北涿州市）人。早年屡试不中，出家为僧，法名无本。后还俗，再应试，仍不中。唐文宗时做过遂州长江主簿、普州司仓参军等小官。贾岛写诗讲究雕章琢句，是有名的"苦吟诗人"。风格清奇僻苦，以写荒凉枯寂之景见长。有《长江集》。

寻隐者不遇

松下问童子，言师采药去。
只在此山中，云深不知处。

隐者：隐居山中以采药修炼为事的人。《寻隐者不遇》描写了作者入山寻访隐者而结果未遇的刹那间情景。童子说师父采药去了，不会出这座山，但具体地方不知道。一共四句话，三句是童子的回答，自然简洁，意境深远。作品流露的不是失意怅惘之感，而是一种皈依山林、向往融身于大自然的恬淡情趣。

题李凝幽居

闲居少邻并， 草径入荒园[1]。
鸟宿池边树， 僧敲月下门。
过桥分野色[2]，移石动云根[3]。
暂去还来此， 幽期不负言[4]。

1- 荒园：指李凝宅舍。
2-"过桥"句：是说要过桥来与李凝为邻，分享郊野的景色。
3- 云根：古人认为云气是从山峰中生出来的，所以称石为云根，这句是指运石建造房屋。
4- 幽期：共同隐居的约定。

贾岛作品以"幽奇寒僻"的风格著称，往往用凝练的字句烘托出一种灰暗冷寂的情调，这首诗就体现了他的这一创作特色。诗中用简洁的笔法，描写了友人李凝居所的清幽静谧，最后点出诗的主旨，表现了诗人对幽雅的隐居生活的向往。第三、四句是历来传诵的名句，还包含着这样一个故事：一天，贾岛骑在驴上，忽然得句"鸟宿池边树，僧推月下门"，又觉得应将"推"改为"敲"，决定不下，无意中一头撞到了京兆尹韩愈的仪仗队。贾岛向韩愈说明原委，韩愈沉思许久，说："敲字好。"从此，两人还成为朋友。故事仅为传说，未必确实，但生动传神地表现了贾岛的炼字之苦。贾岛也因此成为以"推敲"出名的苦吟诗人。

韩琮

韩琮,字成封,唐穆宗长庆四年(824)进士,曾任中书舍人、湖南观察使等职。《唐才子传》说他"有诗名,多清新之制,喧满人口"。《全唐诗》有其诗一卷。

暮春浐水送别

绿暗红稀出凤城[1],暮云楼阁古今情[2]。
行人莫听宫前水[3],流尽年光是此声。

1- 绿暗红稀:绿叶茂密,红花减少,是暮春初夏的自然景象。凤城:即指京城。
2- 古今情:思今怀古之情。此句含意甚广,可作多种引申。
3- 宫前水:即指浐水。

作品大约写于韩琮在朝任中书舍人时期。浐水发源于蓝田县西南的秦岭,西北流入灞水,二水汇合后流经当时的大明宫前,再北入渭水。这首送别诗,撇开一般离别诗抒写离愁别恨的套路,别出心裁,着重抒发浓重的人世沧桑之情和天下兴亡之感。诗中"绿暗""红稀""暮云"等寂寥衰飒的景致,景中融情,收到了意在言外的艺术效果,也是中唐日趋没落的政治形势的反应。这条宫前水,流走的不仅仅是美好年光,也流尽了日薄西山的唐王朝的国运。全诗紧紧扣住"古今情",显得匠心独运,寄慨无穷。

张 祐

张祐（？—859？），字承吉，清河（今河北清河县）人。唐文宗大和年间，受天平节度使令狐楚赏识。令狐楚曾上表向皇帝推荐张祐，但未被任用。张祐遂漫游淮南等地，因爱丹阳曲阿的风景，乃筑庐隐居。唐宣宗大中年间死于丹阳。张祐平生行为不羁，任侠尚气，浪迹名山大川。诗以宫词和山水诗居多，以绝句见长，风格轻巧流畅，含意深远。有《张承吉文集》，存诗三百余首。

题金陵渡

金陵津渡小山楼[1]，一宿行人自可愁[2]。
潮落夜江斜月里，两三星火是瓜洲[3]。

1- 金陵津渡：即京口，在今江苏镇江市的长江边。小山楼：渡口附近的小楼，作者旅宿之处。
2- 一宿：一夜。行人：作者自指。
3- 瓜洲：当时的市镇名，在今江苏邗江区南，与镇江隔江相对。

  这首诗写于张祐漫游江南时。前两句写旅宿的时间地点，扣题目"金陵渡"，又用"愁"字点出了作品立意。后两句就从这个"愁"字上生发开来。但诗人并不抒写情感心绪，而将目光投向了孤寂的夜景，"潮落""夜江""斜月""两三星火"等景象，共同构成一种清丽朦胧的意境，带有微妙的怅惘意味。从其中暗示的时间的推移,可以想见"行人"被愁绪缠绕、彻夜难眠的情形,妙在诗人将这一切写得不露痕迹,而将羁旅之愁与空灵之景打成了一片。至于诗人求官不遂,只得漫游各地、浪迹江湖的落拓失意的心情,就只能从诗句的言外去体味了。

朱庆馀

朱庆馀(797？—？)，越州(今浙江绍兴市)人。唐敬宗宝历二年(826)进士，曾任秘书省校书郎。诗作辞意清新，描写细致，为张籍所赏识。有《朱庆馀诗集》，《全唐诗》存其诗二卷。

闺意献张水部

洞房昨夜停红烛[1]，待晓堂前拜舅姑[2]。
妆罢低声问夫婿[3]：画眉深浅入时无[4]？

1- 洞房：新房。停红烛：使红烛通宵不灭。
2- 舅姑：指公婆，这里隐喻主考官。
3- 夫婿：丈夫，这里借指张籍。
4- 入时无：够不够时髦？也是问自己的文章能不能合主考官的意。

　　这首诗题又名《近试上张水部》，是朱庆馀参加进士考试前呈献给考官水部员外郎张籍，以试探底细的诗。诗人通过描写一位新嫁娘拜见公婆前的忐忑不安，生动形象地比拟了自己临考前对于考试紧张担心的情景，巧妙委婉地表达了自己希望被录取的心情。据尤袤《全唐诗话》说，张籍看了朱庆馀所献的这首诗后，即写了一首酬答诗："越女新妆出镜心，自知明艳更沉吟。齐纨未足时人贵，一曲菱歌敌万金。"张籍的这首答诗也是用的比喻，他将朱庆馀比作一位采菱姑娘,说她才艺出众,受人赞赏,暗示他不必为考试担心,可以打消"入时无"的顾虑。沈祖棻对此认为:"朱的赠诗写得好,张也答得妙,可谓珠联璧合,千年来传为诗坛佳话。"而喻守真又进一步说:"此诗就是丢开讽喻不讲,即以诗言诗,也是一首极尽新婚夫妻旖旎风光的好诗。"

李 贺

李贺(790—816),字长吉,福昌(今河南宜阳县)人。父亲李晋肃官卑早死,家境困窘。李贺因避父名讳,无法应考进士。他曾做过几年奉礼郎的九品小官,后辞官回乡。李贺一生穷愁潦倒,郁郁不得志,死时年仅 27 岁。李贺的诗多抒写怀才不遇的郁愤。作品想象奇特,词采浓丽,诗风奇峭冷艳。有《昌谷集》。

雁门太守行

黑云压城城欲摧[1],甲光向日金鳞开[2]。
角声满天秋色里, 塞上燕脂凝夜紫[3]。
半卷红旗临易水[4],霜重鼓寒声不起[5]。
报君黄金台上意[6],提携玉龙为君死[7]。

1- 黑云:浓重的云块,这里指战云,形容敌军攻城的声势。
2- "甲光"句:是说太阳照射在将士鱼鳞般的铠甲上,光芒耀眼。
3- 塞上:通常用以指我国北部、西北部的长城一带。燕脂:同"胭脂",形容塞上的红土。崔豹《古今注》:"秦筑长城,土色皆紫,故曰紫塞。"燕脂凝夜紫,暗指战场血迹。
4- 半卷红旗:描写奔袭敌人火速行军的情景。易水:在今河北易县境内。这里暗用荆轲悲歌典故,表现了将士们卫国杀敌的决心。
5- "霜重"句:是说由于寒夜的浓霜把进军的战鼓都浸湿了,因此鼓声低沉,打不响。
6- 黄金台:战国时燕昭王所筑,上置黄金,用来招揽天下的贤才,故址在今河北易县东南。这句表现了一种"士为知己者死"的思想。
7- 提携:拿起。玉龙:指宝剑。

《雁门太守行》是汉乐府古题名，这里是李贺模仿旧题写作的新词。这首诗表现了唐代北部地区一支边防部队为抗击敌人入侵奋勇战斗的悲壮情景，反映了中唐时期我国北部、西部复杂的民族矛盾，表达了诗人关心国家的安定统一，志欲为国效力的情怀。

作品的前六句，描写了战争形势的紧张和秋天傍晚边城、边地的凄凉悲壮景象。其中"黑云压城城欲摧"一句，历来被人引用、传诵。"半卷红旗临易水"一联，也极为形象、动人。后两句是代为这支边防军队立言，表现了一种慷慨豪迈，志欲为国捐躯的决心。

全诗有动有静，有声有色，立体感极强。而且诗人像个油画家，特别善于运用光线的强弱、色彩的冷暖，以构成鲜明的对比，给人的感官以强烈的刺激。诗中又引用了一些悲壮的典故，描绘了许多低沉、衰飒的声音和色彩，而且多数是押仄声韵，从而构成了整个作品的悲凉气氛。用词新涩奇诡，但又似乎无一字不准确，这也是李贺诗的成功处。

关于这首诗，相传还有个故事。说是李贺未入仕前，曾去求见韩愈，韩愈当时正要睡午觉，不想接见。李贺给他递进去一个诗卷，韩愈打开一看，第一首就是《雁门太守行》。韩愈看了十分赞赏，立刻穿好衣服，戴好帽子，出来接见了他。

南园（二首）

其一

男儿何不带吴钩[1]，收取关山五十州[2]。
请君暂上凌烟阁[3]，若个书生万户侯[4]？

其二

寻章摘句老雕虫[5]，晓月当帘挂玉弓[6]。
不见年年辽海上[7]，文章何处哭秋风[8]？

1- 吴钩：似剑的弯刃刀。传说春秋时吴王阖闾曾铸宝刀金钩，故称这种刀为吴钩。
2- 五十州：指黄河以北被藩镇势力控制的大片国土。
3- 凌烟阁：长安皇宫内的殿阁名。唐太宗贞观十七年（公元643），为表彰开国功臣，命当时名画家阎立本给长孙无忌、魏征等二十四人画像于凌烟阁上，由书法家褚遂良题阁名，太宗亲自作赞。
4- 若个：哪个。
5- 寻章摘句：指写诗作文时到典籍中寻觅典故，摘取词句。老雕虫：喻指长年累月埋头写诗作文。雕虫语出扬雄《法言·吾子篇》："童子雕虫篆刻，壮夫不为也。"这里用此典是说吟诗作赋是没有什么大用的技艺。
6- "晓月"句：是说整夜写诗作文直到天亮。
7- 辽海：辽东之地濒临渤海，故称辽海。唐代这里常有战争，所以借指战场。这里指应到战场立功。
8- 哭秋风：即悲秋的意思，这里借指悲秋一类的诗文没有用场。

　　李贺有《南园》十三首，是他辞官回乡后所作。这里所选是其中的第五、第六首。前一首直抒胸臆，用反诘的句式，表达了诗人复杂愤懑的矛盾心理。一方面，诗人有急切的收拾河山的心愿，有报效国家的豪情；另一方面，他又认识到自己作为一介书生，要摆脱目前悲凉的处境并不容易。强烈的感情波澜用顿挫急促的音调表达出来，使读者深受感染，体会到诗中的不平之气。后一首慨叹读书无用，表达了自己怀才不遇的怨艾之情。诗人不是直接吐露牢骚，而是用明抑暗扬的手法，曲折隐晦地暗示出来。诗中还表现了对世事的感慨。"辽海"一词，既点明了文人不被重用的缘由，也揭示了战争频繁的局面，将个人遭遇与国家命运联系起来，显得含蓄而深沉。

金铜仙人辞汉歌

魏明帝青龙元年八月[1]，诏宫官牵车西取汉孝武捧露盘仙人[2]，欲立置前殿。宫官既拆盘，仙人临载，乃潸然泪下[3]。唐诸王孙李长吉遂作《金铜仙人辞汉歌》[4]。

茂陵刘郎秋风客[5]，　夜闻马嘶晓无迹[6]。
画栏桂树悬秋香[7]，　三十六宫土花碧[8]。
魏官牵车指千里[9]，　东关酸风射眸子[10]。
空将汉月出宫门，　忆君清泪如铅水[11]。
衰兰送客咸阳道[12]，　天若有情天亦老。
携盘独出月荒凉，　渭城已远波声小[13]。

1- 魏明帝：曹操的孙子曹睿。青龙元年：即233年，据历史记载，魏明帝拆汉武帝的金铜仙人是在景初元年（237），李贺说是青龙元年，误。
2- 捧露盘仙人：汉武帝为祈求长生而作。《三辅黄图》说，汉武帝造神明台，"上有承露盘，有铜仙人舒掌捧铜盘、玉杯，以承云表之露。以露和玉屑服之，以求仙道"。
3- 潸（shān）然：涕泪下流的样子。
4- 唐诸王孙李长吉：李贺是唐宗室郑王的后代，故称。长吉，是李贺的字。
5- 茂陵：汉武帝刘彻的陵墓，在今陕西兴平市。秋风客：指汉武帝，因他曾作过有名的《秋风辞》。
6- 夜闻马嘶：夜里听到汉武帝幽灵出入汉宫时的仪仗队中的马叫。《汉武故事》说："甘泉宫恒自然有钟鼓声，候者时见从官卤簿似天子仪卫，自后转稀。"
7- 秋香：指桂花的芬芳。
8- 三十六宫：汉代上林苑里有宫馆三十六所。土花：指苔藓。
9- 指千里：向东方的洛阳进发。
10- 东关：东边的城门。酸风：凄楚的风。
11- 君：指汉武帝。如铅水：想象铜人的眼泪似铅水一般滴落着。
12- 咸阳：秦朝都城，在今陕西西安市北，唐人常借以指长安。
13- 渭城：即咸阳，因其处于渭水北岸，故也称渭城，这里也是借指长安。

这首诗大约写于唐宪宗元和八年（813）。

作品通过吟咏一个离奇的汉魏故事，表现了一种盛衰无常、后事难以预料的悲悯怅惘情绪；说的是古代历史，但却带着浓厚的中唐政治气氛的悲凉。

诗前的小序，简要地叙述了诗人写这首诗的缘由。

作品的前四句，描写了长安汉武帝宫廷的荒凉冷落。其中的"画栏桂树悬秋香，三十六宫土花碧"，已是满目凄凉；而"夜闻马嘶晓无迹"一语，更是鬼气森森。作品的中间四句，是写金铜仙人被魏明帝的夫役拆出拉走的情形。其中的"东关酸风射眸子"和"忆君清泪如铅水"构思奇特,苦语动人。作品的后四句,写长安的环境景物和金铜仙人的依依惜别。其中的"天若有情天亦老"一句,毛泽东在《人民解放军占领南京》诗中引用过,可谓石破天惊,发前人所未发。

构思奇特,形象鲜明,用词新涩奇诡,而富于跳跃性,是李贺诗的普遍特征。而这首诗尤其令人毛骨悚然,明代许学夷在《诗源辨体》中曾称这首诗为"鬼仙之词"。

许 浑

许浑(791?—854?),字用晦,润州丹阳(今江苏丹阳市)人。唐文宗大和六年(832)进士,曾任当涂、太平县令,监察御史、虞部员外郎,睦、郢二州刺史。后因病辞官,回润州隐居。许浑的诗以律诗居多,内容多登高怀古,叙写个人生活经历。有《丁卯集》。

咸阳城西楼晚眺

一上高城万里愁, 蒹葭杨柳似汀洲[1]。
溪云初起日沉阁[2],山雨欲来风满楼。
鸟下绿芜秦苑夕[3],蝉鸣黄叶汉宫秋。
行人莫问当年事[4],故国东来渭水流[5]。

1- 蒹葭(jiān jiā):芦苇一类的水草。
2-"溪云"句:诗人自注:"(咸阳城)南近磻溪,西对慈福寺阁。"这句是说磻溪开始升起乌云,夕阳已沉没在慈福寺阁的背后。
3- 绿芜:指杂草丛生的荒地。秦苑:指上林苑。在今西安市西南。秦汉时统治者打猎游乐的地方。
4- 当年事:指前朝事,即秦汉以来历代的兴亡变化之事。
5- 故国:古都。渭水:黄河支流,横贯陕西中部。这句的意思是说,过去的一切都像是渭水东流一样一去不复返了。

这首诗写于许浑任监察御史时。作品写诗人在一个秋天的傍晚登咸阳城西楼远眺的所见之景，其中主景是秋色之中的咸阳古城，背景是云起日沉、雨来风满，衬以旧时禁苑、当日深宫，点缀以渭水东流，富有参差错落的图画美。写境是为了传神，诗人登高，由思乡发展到怀古，联想到晚唐的政治形势．产生吊古伤今之情。颔联中"山雨欲来风满楼"一句，既形象地写出了骤雨之前狂风四起的自然景象，又比喻了社会政治大变动前危机四伏的情景，寓意深远，成为千古名句。尾联"莫问"两句，不仅感慨很深，哲理意味也极强。渭水之流，由西向东，本身也就包含了万里之愁、千古之思。全诗纵览历史，联系现实，体味哲理，使读者产生无穷的感慨。

塞下曲

夜战桑乾北[1]，秦兵半不归[2]。
朝来有乡信[3]，犹自寄寒衣。

1- 桑乾：即桑干河，永定河上游，流经今山西北部与河北省西北部。
2- 秦兵：指唐朝关中地区的士兵。
3- 乡信：来自故乡的书信。

这首诗写的是一个战争年代很常见、很普通、也很真实的悲剧：一场战役之后，半数的士兵丧生；而第二天还有牺牲者的家信，告诉御寒衣服已经寄出。这首诗纯是叙事，采用白描手法，不发任何议论，而诗人的倾向性已从他提炼的典型情节中反映出来，从而表达了对士兵及其家人的深刻同情，也谴责了统治者的穷兵黩武。作品平淡、质朴，情调凄苦、哀伤，自然而动人，悲剧气氛很浓。诗中所表达的厌战之情，与陈陶的"可怜无定河边骨，犹是春闺梦里人"一诗有相近的意味。

杜 牧

杜牧（803—852），字牧之，号樊川，京兆万年（今陕西西安市）人，唐文宗大和二年（828）进士，曾任弘文馆校书郎、左补阙、监察御史，黄、池、睦、湖等州刺史，官终中书舍人。杜牧受祖父杜佑影响．关心国事，有政治抱负。牛李党争时期，牛李两派都赏识他的才能，但因他"刚直有奇节"（《新唐书》），不愿趋炎附势，因此两派对他都不重用，一生郁郁不得志，未能施展抱负。杜牧的诗多指陈时政之作，诗风飘逸俊爽，"雄姿英发"（刘熙载语），别具一格。杜牧擅长近体，以七言绝句最为出色，是唐代绝句大家。他又是晚唐著名散文家，代表作有《阿房宫赋》。有《樊川文集》，存诗二百余首。

赤 壁

折戟沉沙铁未销， 自将磨洗认前朝[1]。

东风不与周郎便[2]，铜雀春深锁二乔[3]。

1- 将：拿起。认前朝：辨认出是前朝的遗物。
2- 周郎：指周瑜。建安三年（198）周瑜被孙策授为"建威中郎将"，"瑜时年二十四，吴中皆呼为周郎"。（《三国志·吴志·周瑜传》）
3- 铜雀：台名，建安十五年（210）曹操所建，因楼台顶端立有巨大铜雀而得名，故址在今河北临漳县西南古邺城西北隅。二乔：三国时东吴乔公的两个女儿。大乔嫁孙策，小乔嫁周瑜，均为绝代美女。

赤壁：在今湖北赤壁市西北的长江南岸，三国时孙权、周瑜用火攻大破曹操于此。作品以著名的赤壁之战为题材发议论,一反众人歌颂周瑜的旧套,而提出火烧赤壁的成功,只不过是得之于天意与偶然的时机而已。同时还从反面假想了周瑜失败后的情景,立论精辟新颖,别出心裁。宋代谢枋得说:"后二句绝妙,众人咏赤壁,只善当时之胜;杜牧之咏赤壁,乃忧当时之败,此是无中生有,死中求活,非浅识可到。"今人沈祖棻说:"用形象思维观察生活,别出心裁地反映生活,乃是诗的生命。杜牧此诗通过'铜雀春深'这一富于形象的诗句,以小见大,这正是他艺术处理上独特的成功之处。"

赠别(二首)

其一

娉娉袅袅十三馀[1], 豆蔻梢头二月初[2]。
春风十里扬州路, 卷上珠帘总不如[3]。

其二

多情却似总无情, 唯觉樽前笑不成。
蜡烛有心还惜别[4], 替人垂泪到天明。

1- 娉娉袅袅:身姿轻盈美好的样子。
2- 豆蔻:产于南方的多年生草本植物,叶片细长形,淡色,密集成穗状花序,南方人摘其含苞待放者,曰"含胎花",常用来比喻处女。诗人在这里用"二月初"的豆蔻花来比喻十三四岁的小歌女。

3-"卷上"句：是说十里扬州路上，所有卷起珠帘招呼客人的歌女都不如诗人结识的这位美貌。
4-有心："心"与"芯"双关，诗人这里把蜡烛拟人化。于是烛芯变成了惜别之心。

这两首赠别诗是唐文宗大和九年（835）杜牧离开扬州与一位相好的歌女分别时所写。两首诗重点不同。前一首写歌女的美丽，用了比喻和衬托的手法，先将小歌女比为含苞待放的豆蔻，形象地表现了歌女身姿轻盈、清纯美好的样子，十分贴切生动；接着用繁华扬州的如云美女，来烘托一人之美，起到了众星捧月的效果，显示了诗人的痴迷。这首诗没有直接写到惜别，但已初步引起了惜别的意味。第二首写诗人对歌女难舍难分的留恋之情。妙在借物抒情，以拟人、移情的手法写惜别之苦。一方面，诗人把无生命的蜡烛看作有感情的，所以也在为男女主人公的分别而伤心；另一方面，诗人当时的心情是缠绵感伤的，所以他眼中的事物也就蒙上了一层伤感的色彩。这种构思，新鲜而巧妙。这两首诗是杜牧当年在扬州不拘小节的风流生活的写照。

遣　怀

落魄江湖载酒行[1]，楚腰纤细掌中轻[2]。
十年一觉扬州梦[3]，赢得青楼薄幸名[4]。

1-落魄：潦倒失意。江湖：相对于朝廷的其他地方。
2-楚腰：指楚国的细腰美女。旧有"楚王好细腰，宫中多饿死"之语。这里泛指美人的细腰。掌中轻：传说西汉成帝的皇后赵飞燕"体轻，能为掌上舞"，后常用以形容美女的体态轻盈。
3- 十年：表示时间长。一觉：一梦醒来。扬州：即今江苏扬州市，当时为南方第一繁华城市，几乎与京城相比美。
4- 青楼：这里指歌楼妓院。薄幸：负心、薄情。这里是"轻佻""浪荡"的意思。

遣怀，指排遣、抒发心灵深处的感受。这首诗是杜牧回顾在扬州当幕僚那段生活的抒情之作。前两句是扬州十年的缩影和总括，叙写自己饮酒纵情，放浪形骸，沉湎于声色之中；后两句是对自己虚掷光阴的反躬自省，颇有几分悔恨，这是这首诗的表面意思。但其中还有更深的奥妙。因为杜牧不仅是风流才子，而且作为名门之后，他关心国家、敢论大事，是有理想、有抱负的正直文人，所以诗中"落魄"两个字，实际上流露出诗人放荡生涯是和他沉沦下僚、潦倒江湖的不得志有关；而一个"梦"字，更说明诗人醒悟之后，发现自己两手空空而感到抑郁和痛苦。总之这首诗抒发了杜牧十年来几处调转、功业无成的烦闷，大有前尘如梦、不堪回首的意味。

九日齐山登高

江涵秋影雁初飞，与客携壶上翠微[1]。
尘世难逢开口笑[2]，菊花须插满头归[3]。
但将酩酊酬佳节，不用登临恨落晖。
古往今来只如此，牛山何必独沾衣[4]。

1- 客：指诗人张祜。翠微：指翠微亭，在齐山九顶洞南隅。一说即指绿色的齐山。
2- "尘世"句：是说人世间难得碰到高兴的事。化用庄子的"人上寿百岁，中寿八十，下寿六十，除病瘦、死丧、忧患，其中开口而笑者，一月之中，不过四五日而已矣"。
3- "菊花"句：表现诗人的放浪不拘和兴致勃勃。
4- 牛山：在山东临淄南。据《列子·力命》载："齐景公游于牛山，北临其国城而流涕曰：'美哉国乎，郁郁芊芊，若何滴滴去此国而死乎'！"这两句是说。人生无常的感慨，古往今来都是如此的，何必像齐景公那样登牛山而伤感落泪呢？

　　九日，指九月九日重阳节。齐山，在今安徽贵池区东。这首诗写于唐武宗会昌五年（845）杜牧任池州刺史时。当时诗人张祜从江苏丹阳赶来与杜牧相聚，他们一起登山临水，吟咏唱和，这首诗就作于当时。该诗的突出特点是乐观旷达与悲观抑郁并存，爽利豪宕与低回凄恻交织，可以清楚地看到作者在心理上、感情上的矛盾与挣扎。重阳佳节，饮酒登高，故友相逢，秋山佳景，都令诗人心情愉悦；但另一方面，诗人空有为国为民的抱负，却难于施展、志愿落空，又令他感到怀才不遇、人生无常。诗人既想流连于节日美景中一释千愁，又难于真正得到排遣和解脱，篇中"须插""但将""不用""何必"等词的运用，就是他复杂心境的体现，既是劝慰友人，也是自我排解。

清　明

清明时节雨纷纷[1]，路上行人欲断魂[2]。
借问酒家何处有，牧童遥指杏花村[3]。

1- 清明：农历二十四节气之一，在阴历三月上旬，相当于阳历四月五日前后，民间于此日有扫墓或郊游之风俗。
2- 行人：作者自指。**断魂**：指愁苦到了极点。
3- 杏花村：在今安徽贵池区西。据《江南通志》载：杜牧任池州刺史时常到城西杏花村一家姓黄的酒店去畅饮。一说是指山西汾阳市等处的杏花村。

  这是一首语言通俗、境界优美的小诗，它的韵味首先表现在诗意的抑扬曲折上。诗的开端就使人产生"佳节清明桃李笑""况是清明好天气"的联想，但今年的清明偏是细雨纷纷，这是一重曲折；接着写到力尽神疲、欲归不可、欲歇无处的行人，把他心情的凄迷用"断魂"来夸大形容，这又是一重曲折；忽逢牧童指点酒家所在，总算可以暂避风雨、稍作休息了，这是第三重曲折；然而这酒家又并非近在咫尺，而是遥遥在望，还需加劲儿赶路，这还是曲折。诗篇到这里打住，而不写饮酒休憩的乐趣，更给人饱含希望的魅力和乐趣。这首诗的韵味还体现在图画美上。不仅春雨、行人、牧童、酒家组成了一幅动人的画面，而且行人纷乱的心事、心理的变化与牧童轻松的神态都如在眼前，给人以美的享受。

泊秦淮

烟笼寒水月笼沙[1]，夜泊秦淮近酒家。
商女不知亡国恨[2]，隔江犹唱《后庭花》。[3]

1- 寒水：寒冷的水流，此处指秦淮河水。
2- 商女：卖唱以助人酒兴的歌女。亡国恨：指陈后主（陈叔宝）自取灭亡的历史感慨。
3- 后庭花：乐曲名，即《玉树后庭花》的简称，此曲是陈后主所作，史载陈后主在金陵时，沉溺声色，作《玉树后庭花》舞曲，终朝与妃嫔们饮酒作乐，不理政事，终至亡国。故后世以此曲为亡国之音。

　　秦淮，即流经今南京市的秦淮河，古时有许多歌楼、妓院、茶馆、酒肆集聚在这里。这首小诗描写了诗人夜泊秦淮河时的所闻所见，反映了当时达官贵人声色歌舞、纸醉金迷的腐朽生活，表达了诗人对晚唐国势日趋衰败的隐忧。清代李锳说："首句写秦淮夜景，次句点明夜泊，而以'近酒家'三字引起后两句，感慨最深，寄托甚微。通首音节神韵，无不入妙。"

江南春

千里莺啼绿映红¹，水村山郭酒旗风²。
南朝四百八十寺³，多少楼台烟雨中⁴。

1- 绿映红：指绿叶与红花交相辉映。
2- 山郭：泛指山边城镇。酒旗：酒家门前悬挂的酒帘，用蓝布或白布做成。
3- 南朝：指东晋以后在建康（今南京市）建都的宋、齐、梁、陈四个朝代。
4- 楼台：指寺院佛殿的建筑。

　　作品展示了江南水乡特有的明媚春光，表现了诗人对江南景物的无限喜爱之情，同时借着寺院佛殿掩映于烟雨迷蒙中的景象，讽喻了崇尚佛教的统治者，表现了一种惆怅心情与兴亡之感。清代何文焕说:"题云'江南春',江南方广千里,千里之中,莺啼而绿映焉。山村水郭,无处无酒旗,四百八十寺,楼台多在烟雨中也。此诗之意既广,不得专指一处,故总而名曰'江南春',诗家善立题者也。"清代宋宗元说:"江南春景,描写难尽,能以简括,胜人多许。"这两人的说法,正道出了这首短诗在立题、用语方面的优点和特点。

过华清宫

长安回望绣成堆[1],山顶千门次第开[2]。
一骑红尘妃子笑[3],无人知是荔枝来[4]。

1- 绣成堆:骊山右侧有东绣岭,左侧有西绣岭,唐玄宗时岭上广植花木,望去像成堆的锦绣一般。
2- 千门:指建在骊山上的华清宫的宫门。次第:一个连着一个。
3- 一骑:指飞快传送荔枝的驿马。
4-"无人"句:因为驿骑是传送紧急公文的,所以无人知道送来的竟是荔枝。

华清宫,唐代最高统治者避寒的离宫,在今陕西临潼区南。因其地处骊山,所以也称作"骊宫"。杜牧的《过华清宫》诗共有三首,这里选的是其第一首。作品通过描写远道传送荔枝这一件事鞭挞了唐玄宗与杨贵妃骄奢淫逸、劳民伤财的罪行。小诗含蓄委婉,韵味深长。今人周本淳说:"不着一字评沦,而于繁华耀眼之中,自有风霜之冽。"

至于这首诗是否真正符合历史事实，有人说"明皇以十月幸骊山，至春即还宫，是未尝六月在骊山也。荔枝暑月方熟，词意虽美，而失事实。"但细推诗意，亦只形容杨氏之专宠，不必过分拘泥于事实的有无，只要得其神情，就正所谓"淡妆浓抹总相宜"的意思了。

山　行

远上寒山石径斜[1]，白云生处有人家[2]。
停车坐爱枫林晚[3]，霜叶红于二月花。

1- 斜：指山路曲曲弯弯。
2- 白云生处：指山林的最深处。
3- 坐：因。

　　作品摆脱了历代文人悲秋的感伤情调，描写了深秋时节清丽高远的自然景观，抒发了一种蓬勃向上的豪迈之情。近人俞陛云说："诗人咏及红叶者多矣，如'林间暖酒烧红叶'，'红树青山好放船'等句，而脍炙词坛，播诸图画，惟杜牧诗专赏其色之艳，谓胜于春花。当风劲霜严之际，独绚秋光，红黄绀紫，诸色咸备，笼山络野，春花无此大观，宜司勋特赏于艳李浓桃外也。"今人周本淳说："写秋景而充满生机，三四句千古传诵。景色既美，寓意亦深，与刘禹锡《秋词》异曲同工，后先辉映。"

按：刘禹锡《秋词》云："自古逢秋悲寂寥，我言秋日胜春朝。晴空一鹤排云上，便引诗情到碧霄。"

秋　夕

银烛秋光冷画屏[1]，轻罗小扇扑流萤[2]。
天阶夜色凉如水[3]，卧看牵牛织女星[4]。

1- 银烛：白蜡烛。画屏：用彩画装饰的屏风。
2- 轻罗小扇：薄丝制成的小巧团扇，即纨扇。
3- 天阶：皇宫中的石阶。
4-"卧看"句：有两层意思，一是用牛郎织女二星的被天河阻隔来比喻自己的孤单寂寞；二是织女纵使不能常与牛郎生活在一起，但毕竟还有个丈夫，而自己则是连织女也不如。卧看：一作"坐看"。

　　这首诗描绘了一幅深宫生活的图景，表现了宫女在秋夜中孤寂凄凉的情境，被历代评诗者认为是"含蓄"的典范之作。诗中用"扑流萤"的动作表现宫女的无所事事，寂寞难耐；用深夜不眠，卧看天河的举动表现她的满腹心事。诗里虽没有愁、怨、泪、恨等字眼儿，却将宫女有所思、有所哀又有所期待的情态勾画得十分逼真，含不尽的意味于言外，虽不明写，而读者自明，并且浮想联翩。同时它还从一个侧面反映了封建时代妇女的不幸命运，流露了诗人的同情之意。

温庭筠

温庭筠（812—870？），本名岐，字飞卿，太原（今山西太原市）人。出身没落官僚家庭，少有文才，常与贵族子弟出入花街柳巷，酗酒赌博，行为放浪。屡次考进士，不中，终生潦倒。曾任方城县尉和国子监助教。温庭筠的诗辞藻华丽，在当时与李商隐齐名，人称"温李"。温庭筠还是晚唐著名词人，词风浓艳，与其诗风相类似。有《温飞卿诗集》七卷。

苏武庙

苏武魂销汉使前[1]，古祠高树两茫然[2]。
云边雁断胡天月[3]，陇上羊归塞草烟[4]。
回日楼台非甲帐[5]，去时冠剑是丁年[6]。
茂陵不见封侯印[7]，空向秋波哭逝川[8]。

1- 苏武：汉武帝时人。武帝天汉元年（前100）出使匈奴，被扣留。匈奴多次逼降，他坚贞不屈，在北海（今贝加尔湖）度过了十九年牧羊生活，于汉昭帝始元六年（前81）回长安。魂销：指感情激动，不知所以之状。苏武被扣十九年后，汉昭帝派使者去匈奴，向单于要苏武。单于谎说苏武已死，使者说皇帝打猎时，猎获一只北来的雁。上系苏武的信。单于无奈，才将苏武交出。见《汉书·苏武传》。
2- 古祠：指苏武庙。茫然：渺然久远的意思。
3- 云边雁断：指鸿雁南飞，没于天际。
4- 陇：沙漠丘陵。以上三句是写苏武被扣时的生活情景。

5- 甲帐：《汉武故事》载：武帝"以琉璃、珠玉、明月、夜光错杂天下珍宝为甲帐，其次为乙帐。甲以居神，乙以自居"。这句是说苏武归国后，见往日的楼台殿阁依旧，而武帝已逝去，当年的"甲帐"也不复存在。
6- 丁年：这里即指盛壮之年。《苏武传》说："始以强壮出，及还，须发皆白。"
7- 茂陵：汉武帝的坟墓。
8- 逝川：东去的流水。《论语·子罕》："子在川上曰：逝者如斯夫！不舍昼夜！"最后两句是说，当苏武回朝，带着祭品向汉武帝的陵墓汇报的时候，还只是一个管理各归顺民族事务的典属国，而没有得到封侯，汉王朝对功臣节士的报答就是如此，这怎么不叫人对着流水痛哭呢！

这是诗人瞻仰苏武庙后所写的咏史诗。诗人由苏武庙的荒凉联想到苏武崇高而坎坷的一生，艺术地概括了苏武被扣匈奴、为守汉节而艰难备尝、耗尽青春的经历，对这个坚持民族气节的英雄人物表示了深深的敬意和感慨，对朝廷功高赏薄、不能对苏武及时封侯表现了无限惋惜，对统治者压抑功臣节士也表示了愤慨。诗中吊古怀古，实际是借古人酒杯浇胸中块垒，表达了自己仕途的失意和人生的失落之感。晚唐国势衰颓，民族矛盾尖锐。表彰民族气节，歌颂民族气节，也正是时代的需要。

蔡中郎坟

古坟零落野花春，　闻说中郎有后身[1]。
今日爱才非昔日，　莫抛心力作词人[2]。

1- 中郎：即蔡邕，曾官居中郎将之职。后身：指人死后转世投胎。据殷芸《小说》:"张衡死日,蔡邕母始怀孕,二人才貌甚相类,人云邕是张衡后身。"这里是说蔡邕也有了后身。
2-"今日"二句:是说今日文士不像当年那样受人重视,所以蔡中郎如也有后身的话,不要再枉费心力去做词人。

　　蔡中郎即东汉末年文学家蔡邕,其坟在毗陵(今江苏常州市)。诗人由蔡邕坟墓的残破荒凉引发感慨,表现了文士不遇的主题。诗篇的主旨包含在第三、四句中。中晚唐时期,宦官专权,党争不断,藩镇猖獗,政治日趋黑暗。如孟郊、李贺、李商隐、温庭筠等人,或穷愁潦倒,或英年早逝,或沉沦下僚,都命运坎坷,怀才不遇。所以他们往往要在诗中发出不平的声音。温庭筠这首诗就是在这种社会背景下,结合自己的处境和遭遇,对唐朝统治者不重视文人表示了强烈不满。末二句直率而尖锐,是对社会现实的高度概括、深刻揭发,反映了当时文士的共同心声。

陈 陶

陈陶（812？—885？），字嵩伯，鄱阳（今江西鄱阳县）人，一作岭南（今广东省一带）人。唐武宗大中年间游学长安，后隐居南昌西山。有《陈嵩伯诗集》一卷。

陇西行

誓扫匈奴不顾身[1]，五千貂锦丧胡尘[2]。
可怜无定河边骨[3]，犹是春闺梦里人。

1- 不顾身：司马迁《报任安书》说李陵"常思奋不顾身，以徇国家之急"。
2- 貂锦：貂裘锦衣，汉代羽林军的服饰，这里借指精锐部队。《报任安书》："李陵提步卒不满五千，深践戎马之地。"
3- 无定河：黄河中游支流，在今陕西省北部。因急流挟沙，深浅不定，故名。

陇西，指今甘肃、宁夏等陇山以西地区。《陇西行》是乐府旧题名，内容多写西北地区的风光景物与军旅生活。陈陶的《陇西行》共四首，这里选的是其中的第二首。

作品以汉代李陵伐匈奴全军覆没的事实为题材，描写了战争的残酷和对劳动人民幸福生活的严重破坏，表现了诗人对战争的极端厌恶之情。前两句叙事，后两句议论，由于后两句出奇地生动形象，遂使后人以"春闺梦"为题目，将这首诗的意思铺展成了一出反对战争的戏文。在这首诗之前，有盛唐时代李华的《吊古战场文》，文中有云："其存其没，家莫闻知。人或有言，将信将疑。悁悁心目，寝寐见之。"意思相同而陈陶则化二十四字为十四字："可怜无定河边骨，犹是春闺梦里人"，足见诗语言的形象、生动和简括。

李群玉

李群玉（813—860），字文山，澧州（今湖南澧县）人。唐宣宗大中年间入长安献诗，得宰相裴休推荐，授弘文馆校书郎。今《全唐诗》有其诗三卷。

放 鱼

早觅为龙去[1]，江湖莫漫游。
须知香饵下， 触口是铦钩[2]！

1- 为龙：《水经注·河水》中记载有鲤鱼度龙门的说法，说每年三月鲤鱼逆流而上，如能渡过龙门（在今陕西韩城市东的黄河上），则变为龙。这里诗人用龙来暗喻人的看破红尘，归隐远害。《史记·老子列传》记孔子对弟子曰："鸟，吾知其能飞；鱼，吾知其能游；兽，吾知其能走。走者可以为网，游者可以为纶，飞者可以为矰。至于龙，吾不能知，其乘风云而上天。吾今日见老子，其犹龙邪！"
2- 铦（xiān）：锋利。

这是一首寓言诗。作品借着放鱼归水，嘱咐鱼要去自己寻觅成龙，不要在江湖上乱闯，更不可贪图口食，表现了一种劝人躲避官场，不要贪图利禄的全身隐退思想。这种思想的出现应与晚唐时期的党争以及此起彼落、朝不保夕的政局变化有关。汉乐府中有"枯鱼过河泣，嗟时何复及。寄言鲤与鲂，相教慎出入。"与此情绪略同。

司马札

司马札,有本作"司马礼"。生卒年不详,约生活在唐宣宗时期,长安附近人。司马札的诗不少是抒写个人身世的感怀之作,也有反映人民疾苦的。《全唐诗》录存其诗一卷。

宫 怨

柳色参差掩画楼[1],晓莺啼送满宫愁。
年年花落无人见, 空逐春泉出御沟[2]。

1- 参差:长短不齐的样子。这里形容柳色浓淡不一,明暗不齐。画楼:指宫苑中华丽的楼阁。
2- 御沟:宫苑中的小河。

这首诗写宫女的愁怨和悲苦,但诗中并不直接出现宫女的形象,而是用富有暗示性和象征意味的景物描写表现主题。第一句用柳色掩映中的画楼,传达出深宫锁闭的特点。第二句的"啼"字,不仅是黄莺的啼叫,也很自然地使人联想到年华葬送的伤心人的啼哭。末二句通过宫花零落、随水湮灭的景象,象征美人迟暮的悲哀,写出了宫女的痛苦命运。描写宫女的痛苦感情与遭遇,是唐诗中的常见题材。这首诗全篇从景物下笔,委婉而蕴藉,别具特色。

李商隐

李商隐(813—858),字义山,号玉谿生,怀州河内(今河南沁阳市)人。唐文宗开成二年(837)进士。因受牛李党争影响,一生屡遭排抑,屈沉下僚。曾任秘书省校书郎、弘农县尉、盐铁推官、东川节度使判官等职。李商隐是晚唐重要诗人,与杜牧齐名,人称"小李杜"。李商隐的诗富有文采,喜用典故,词句精警,善于运用象征、暗示、比喻、衬托等手法,形成一种深邃迷离、婉曲朦胧的特色。有《李义山诗集》。

无 题

相见时难别亦难[1],东风无力百花残。
春蚕到死丝方尽[2],蜡炬成灰泪始干[3]。
晓镜但愁云鬓改[4],夜吟应觉月光寒。
蓬山此去无多路[5],青鸟殷勤为探看[6]。

1- "相见"句:前一"难",是困难、难得之意;后一"难"字是难以忍受的意思。
2- 丝:双关语,与"思"谐音。
3- 蜡炬成灰:指蜡烛芯烧成灰。泪:烛泪,也暗指相思泪。
4- 晓镜:早晨照镜子。云鬓改:指黑发变白。
5- 蓬山:即蓬莱山,神话中的海中仙山。这里借指对方的居处。
6- 青鸟:神话传说中为西王母传递信息的神鸟,这里借指信使。

这首诗大约作于唐文宗开成三年（838）之前。作品描写了暮春时节一对情人难舍难分、柔肠寸断的离别情景，抒写了两个人分别后那种刻骨铭心的相思和彼此细致入微的体贴之情，表现了在爱情波折中不甘屈服、不懈追求的信念。

　　作品的第一、二句，是描写离别时的季节景象和彼此的内心痛苦。第三、四句，是写彼此的相思之深和彼此情谊的坚贞永恒。第五、六句，是慨叹年华渐老和悬想对方深夜不寐对月吟诗的凄凉。第七、八句，是期望别后还能互通消息，互相关心安慰。

　　诗中的"春蚕到死丝方尽，蜡炬成灰泪始干"两句，是从南朝乐府的"春蚕不应老，昼夜常怀丝。何惜微躯尽，缠绵自有时"中获得灵感，并进一步发展，把情人之间的那种坚贞、执着、缠绵、沉痛的感情，表现得淋漓尽致，从而成了描写爱情的千古名句，同时还启发了后人对爱情人物形象的塑造，如《红楼梦》中有关林黛玉流泪至死的描写，就是一例。

宿骆氏亭寄怀崔雍崔衮

　　竹坞无尘水槛清[1]，相思迢递隔重城[2]。
　　秋阴不散霜飞晚[3]，留得枯荷听雨声。

1- 竹坞：绿竹丛生的土坡。筑土为障叫坞。水槛（jiàn）：指临水有栏杆的亭轩，即骆氏亭。
2- 迢递：遥远的样子。重城：一道道城关。
3- "秋阴"句：是说由于连日阴云不散，使下霜的日子推迟了。

骆氏亭：骆姓人家的亭轩，地址不详。冯浩据本篇诗意，旁引白居易《过骆氏山人野居小池诗》及杜牧《骆处士墓志》，认为亭系长庆前后骆氏处士所筑，在灞陵附近，可供参考。崔雍、崔衮，是诗人表叔兼知遇者崔戎的两个儿子。这首诗作于唐文宗大和九年（835），是旅途中所写的寄怀诗。诗人从所宿骆氏亭凄清幽静的环境写起，由此牵引出孤寂的思绪、惆怅的情怀，同时也因无良朋共赏而生出相思之意。地理上"重城"的阻隔恰恰反衬了相思之情的绵长与深切。"秋阴不散"一句仍是渲染景色的阴翳和心情的黯淡，同时也为末句埋下伏笔。正是由于"霜飞晚"，使枯荷得以保留。给人以衰败萧瑟之感的枯荷，本没有"留"的必要，但是对于旅居寂寞的人来说，雨打残荷的声韵，仿佛一个美好的伴侣，能够稍解寂寥，聊慰相思，也算是"于无可慰藉中留一点慰藉"（罗宗强：《唐诗小史》）。诗人从衰败中发掘出一种萧瑟的美感，这也是晚唐诗中所特有的。

贾　生

宣室求贤访逐臣[1]，贾生才调更无伦[2]。
可怜夜半虚前席[3]，不问苍生问鬼神[4]。

1- 宣室：汉未央宫前殿正室，汉代皇帝祈神求福的地方。
2- 才调：才气、才能。无伦：无与伦比。
3- 可怜：可惜。虚：白白地，徒劳无益地。前席：古人席地而坐，当谈话投机时，会情不自禁地向前移动。

4- 不问苍生：不询问有关国计民生的事。问鬼神：《史记·贾生列传》："后岁馀，贾生征见。孝文帝方受厘，坐宣室。上因感鬼神事，而问鬼神之本。贾生因具道所以然之状。至夜半，文帝前席。"李商隐这首诗即针对这段文字而发。

贾生即西汉著名政论家、文学家贾谊。这首诗约作于唐武宗会昌五年（845）。

这是一首托古慨今之作。诗中采用欲抑先扬的手法，截取贾谊自长沙召回，宣室夜对的情节片断，先用"夜半前席"，把汉文帝当时虚心垂询的神态描摹得惟妙惟肖，似乎贾谊才干得到了赏识，最后一句则点明文帝不关心百姓，只是询问虚无荒诞的鬼神之事，实际不是真正识贤、任贤。

晚唐统治者大多崇佛媚道，热衷求仙，不顾民生疾苦，不重用贤才，诗人讽刺的矛头，显然是指向现实中的这些帝王的。此外，诗人也是以贾谊自比，表达了怀才不遇、壮志难酬的悲愤。

夜雨寄北

君问归期未有期， 巴山夜雨涨秋池[1]。
何当共剪西窗烛[2]，却话巴山夜雨时[3]。

1- 巴山：又名大巴山、巴岭，其山脉斜亘于今陕西、四川两省边境，这里泛指巴蜀之地。
2- 何当：何时能够。剪西窗烛：剪去烧残的烛芯，使烛明亮。
3- 却话：在一起追忆谈论。

作品约写于唐宣宗大中五年（851）秋，当时诗人在东川节度使柳仲郢幕中。这首诗描写了夜雨淅沥中巴山蜀水之地萧瑟的秋景，表现了诗人独居异地的孤寂凄凉和对妻子的思念之情。作品的巧妙之处在于，跨越现在去悬想未来，不直接说当前的痛苦，而通过企盼将来的团聚来反衬当前的苦楚；而当前的孤苦反过来又成了来日重聚时的谈资，增添了那时的欢乐。这其中的感情波澜，写得曲折而委婉。该诗的另一个特点表现在章法上。短短一首小诗中，"期"字用了两次，一次是妻子询问，一次是诗人回答；"巴山夜雨"也出现两次，一次实写眼前景象，一次虚写想象境界。这两次重复，既明白如话地叙出了事实，又使诗篇具有回环往复之美。

马　嵬

海外徒闻更九州[1]，他生未卜此生休[2]。
空闻虎旅传宵柝[3]，无复鸡人报晓筹[4]。
此日六军同驻马[5]，当时七夕笑牵牛[6]。
如何四纪为天子[7]，不及卢家有莫愁[8]？

1- "海外"句：此即白居易《长恨歌》所说的"忽闻海上有仙山，山在虚无缥缈间"云云。
2- 他生未卜：指他生为夫妇之约难以预测。指《长恨歌》所谓"在天愿作比翼鸟，在地愿为连理枝"云云。此生休：指马嵬兵变，唐明皇把杨贵妃赐死。
3- 虎旅：指警卫唐玄宗入蜀的禁兵。柝（tuò）：即刁斗，军中夜间巡逻时用。

4- 鸡人：宫中掌管报时的人员。皇宫中不养公鸡，有专人守夜，到了鸡叫的时候，向宫中报晓。以上两句是说唐明皇离开了皇宫，随军队向成都逃难。

5- 此日：指杨贵妃缢死之日。六军同驻马：指马嵬坡禁军哗变不再前行，请诛杨贵妃事。

6- 当时：指天宝十年（751）七月七日玄宗和贵妃在长生殿密约世世为夫妇的时候。笑牵牛：当时李、杨讥笑牵牛、织女一年只能相见一次，而他们两人则可以长相厮守在一起。

7- 四纪：岁星十二年行天一周，称为一纪。四纪为四十八年，玄宗在位四十五年（712—756），将近四纪。

8- "不及"句：是说不及民间夫妇能够生活在一起。莫愁：东晋时的洛阳女子，嫁为卢家妇。

马嵬，即马嵬坡，在今陕西兴平市，天宝十五年马嵬兵变，玄宗在这里不得已令杨贵妃自缢而死。作者就是以那段历史为题材，写成这首政治讽刺诗。开头用逆入法，先写唐玄宗派方士到处寻觅贵妃的魂魄；中间两联写马嵬之变的经过，并将逃难前后作今昔对比；最后一联同样包含强烈对比，发出耐人深思的诘问。这首诗批判了唐玄宗、杨贵妃沉溺享乐、不理朝政，从而招致安史之乱的荒淫误国行为，也嘲弄并同情玄宗身为皇帝而保不住自己宠妃的可悲之处，用意深刻。诗中"徒闻"与"未卜"，"空闻"与"无复"，"此日"与"当时"，都有对比的成分，蕴含着冷峻辛辣的讽刺意味。

筹笔驿

猿鸟犹疑畏简书[1],风云长为护储胥[2]。
徒令上将挥神笔[3],终见降王走传车[4]。
管乐有才真不忝[5],关张无命欲何如[6]?
他年锦里经祠庙[7],梁父吟成恨有馀[8]。

1- 犹疑:还好像。简书:这里指军中文书。
2- 储胥:军营的藩篱栅栏之类。
3- 上将:指诸葛亮。挥神笔:指挥笔疾书军令或草拟军事计划。
4- 降王:指向魏将邓艾投降的蜀后主刘禅。传车:这里指押送刘禅的车子。
5- 管乐:指春秋时的管仲和战国时的乐毅。诸葛亮居隆中时,常自比管仲乐毅。不忝:无愧,指不比管仲乐毅差。
6- 关张:指蜀汉大将关羽、张飞。无命:寿命不长。关羽和张飞都死在诸葛亮伐魏之前。
7- 他年:往年,即写此诗的前五年,李商隐曾到过成都,瞻仰了成都的诸葛武侯祠,并写了《武侯庙古柏》。锦里:在成都城南,是武侯庙的所在地。
8- 梁父吟:乐府曲调名。诸葛亮曾写有《梁父吟》,以抒发自己的政治抱负。最后这句是说,自己读了诸葛亮的《梁父吟》,为他深深地感到遗憾。

这首诗大约写于唐宣宗大中九年(855),李商隐随柳仲郢由梓州回长安途中。筹笔驿,是驿站名,在今四川利州区北。相传三国时诸葛亮出兵伐魏,曾驻此筹划军事,书写公文,因此得名。

作品的第一、二句,是写筹笔驿周围庄严肃穆而带有神秘意味的自然景象。"猿鸟犹疑""风云长护"八个字,是说诸葛亮的人格事业感动上苍,以至于从三国到晚唐的六百年间其生存战斗的遗址竟一直受到天地神灵的呵护。第三、四句笔力一转,说当年尽管诸葛亮运筹帷幄,费了那么大的力气,但最后刘禅还是没能守住西蜀,而是投降了曹魏,被人家押解到洛阳去了。第五、六句是补充第三、四句,进一步申说诸葛亮为什么没有能使西蜀长存。诗人认为就诸葛亮个人的才干而言那是没有问题的,他绝对不比管仲、乐毅逊色;但可惜的是西蜀人才太少,而关羽、张飞等一帮老将又都去世过早,这就使诸葛亮一人孤掌难鸣、独木难支了。第七、八句是诗人回忆当年拜访成都武侯祠,并吟咏诸葛亮所喜爱的诗篇《梁父吟》的情景,表明自己对诸葛亮的崇敬和对诸葛亮大业未成的遗憾,是由来已久的。

清代何焯说这首诗:"议论固高,尤当观其抑扬顿挫处,使人一唱三叹,转有余味。"今人刘学锴说:"晚唐政治腐败,危机深重,才智之士因客观环境限制既难成大业,且往往不免遭受排挤打击,李德裕之遭遇即其显例。作者于吊古中,常融有现实感慨。"

隋宫(二首)

其一

紫泉宫殿锁烟霞[1],欲取芜城作帝家[2]。
玉玺不缘归日角[3],锦帆应是到天涯[4]。
于今腐草无萤火[5],终古垂杨有暮鸦[6]。
地下若逢陈后主[7],岂宜重问《后庭花》[8]!

其二

乘兴南游不戒严[9]，九重谁省谏书函[10]？
春风举国裁宫锦[11]，半作障泥半作帆[12]。

1- 紫泉：即紫渊，水名，在长安北。这里代指隋都长安。锁烟霞：锁闭于烟云之中，喻指宫殿锁禁不用。
2- 芜城：扬州的别称。因鲍照曾为扬州写过《芜城赋》，故云。作帝家：作为京都。
3- 玉玺：皇帝的传国玉印。缘：因。日角：额角隆起如日，古代迷信以为这是帝王之相。这里指唐高祖李渊。李渊早年有人说他"日角龙庭"有帝王之相。
4- 锦帆：指隋炀帝巡游的船队。
5- 腐草：这句的意思是，当年隋炀帝为了取乐，曾大量收集萤火虫，以至于到今天再也找不到萤火虫了。
6- 终古：久远的意思。这句是说，隋朝已灭，隋宫与隋堤的柳树上只有乌鸦夜啼。
7- 地下：九泉之下，即死后。陈后主：陈朝的末代皇帝陈叔宝，荒淫误国为隋所灭。
8- 《后庭花》：《玉树后庭花》舞曲的简称，陈后主所作。据《隋遗录》，隋炀帝在位时曾梦见陈后主与张丽华，并请她演唱了《玉树后庭花》。这里是说，当初杨广灭陈时，曾斥责陈叔宝制作《玉树后庭花》，荒淫误国；如今你也灭亡了，和陈后主走的同一条路，倘若你们今天再在地下见面，你还责问他《后庭花》的事吗？
9- 不戒严：指隋炀帝南游，为显示自己的华贵气派，让人观看，不加拦阻。
10- 九重：深宫，借指隋炀帝。省：看。谏书函：密封的谏书。
11- 举国：全国。
12- 障泥：即马鞯（jiān），垫在马鞍下面，两侧垂下，用以挡泥土。半作障泥半作帆，指一半用于陆行，一半用于水行。

　　《隋宫》二首，写于唐宣宗大中十一年（857），当时李商隐任盐铁推官，游江东。隋宫指隋炀帝在江都（今扬州市）营建的豪华行宫。两首诗都是总结隋炀帝荒淫亡国的历史教训，给晚唐统治者提出警告。前一首描写隋炀帝一味追求享乐，为所欲为，重蹈陈后主的覆辙，成为可耻的亡国之君。该诗布局严密，对仗精工，命意深婉，具有动荡开合的气势和沉郁顿挫的风格。第二首写隋炀帝为享乐南游，不惜劳民伤财、骚扰全国的情景。诗人构思独特，选材精心，只对"裁宫锦"一事进行集中描写，南游的豪华奢侈、所耗费人力物力的巨大也就不言而喻，从而收到了窥一斑以见全豹的效果。而这种骄横任性、不惜民力所会造成的恶果也就可想而知了。其中寄寓着深沉的思索。

嫦　娥

云母屏风烛影深[1]，长河渐落晓星沉[2]。
嫦娥应悔偷灵药，　碧海青天夜夜心[3]。

1- 云母屏风：指室内华贵的陈设品。
2- 长河：指银河。晓星沉：晨星在曙色中悄悄隐没。
3- 夜夜心：指每夜都不能入眠的痛苦之心。

　　嫦娥，是古代神话中后羿的妻子，因偷吃了后羿从西王母处偷来的不死之药，飞奔月宫成了仙子。作品描绘了主人公长夜难眠、黯然孤寂的情形，并由自身的处境，设想嫦娥在月宫中过着孤寂的生活，也一定难于排遣寂寥的心绪。诗中包含了李商隐的现实人生感受。在黑暗污浊的社会氛围中，诗人一方面不愿同流合污，不甘于逢迎媚俗，但这种清高的秉性又往往使自己陷于孤苦无依的境地，内心充满苦闷。诗人含蓄曲折地表现了这一心理，具有一种伤感的美。

霜 月

初闻征雁已无蝉[1]，百尺楼高水接天。
青女素娥俱耐冷[2]，月中霜里斗婵娟[3]。

1- 征雁：南归的鸿雁。秋风起后，雁回南方，像长途远征，故名。
2- 青女：即青霄玉女，司管霜雪的女神。素娥：即嫦娥。
3- 斗：赌赛。婵（chán）娟：美好的容态。

这首诗展现了深秋季节寥廓高远的景象，写"霜月"，不直接描绘霜、月本身，而从代表着霜月魂魄和精神的青女、素娥着笔，赞美她们不但耐冷，而且要在高寒环境中争奇斗艳的性格，表达了诗人在污浊的现实环境中对美好、高雅境界的追求向往，反映了他玉洁冰清、高标绝俗的思想品格。诗人笔法空灵高超，创造了一种空净澄明的境界，很好地寄托了他的理想，使内涵与形象互相映衬，相得益彰。

端 居

远书归梦两悠悠,只有空床敌素秋。
阶下青苔与红树,雨中寥落月中愁。

端居,也就是静居、闲居的意思。作品描写了清秋之夜一位游子的情思,他独宿异乡,远书不至,归梦不成,心头被虚无、寂寥的思绪所缠绕,从而表现了长年游宦在外、思乡怀人的寂寞惆怅之情。诗人给客观景物蒙上了浓重的主观色彩,青苔、红树在雨中、月下失去了明艳的色泽,而给人以空濛的印象,似乎也含悲带愁。雨中、月中并举,暗示着时间的转换、延伸,表明主人公思念情怀之绵长。弥漫心头的深沉感伤是通过极优美的情辞表现出来的。

乐游原

向晚意不适[1],驱车登古原[2]。
夕阳无限好, 只是近黄昏。

1- 向晚:傍晚。意不适:心情不好。
2- 古原:指乐游原,在长安城南。汉宣帝时就建有乐游庙,至此已有900年历史,故称"古原"。

乐游原，也写作"乐游苑"，在今陕西西安市大雁塔的东北方。秦汉以来，一直是著名的风景游览区。

这首小诗描写了乐游原傍晚的自然景象，表现了诗人对光阴易逝、好景难留的无限悲哀与惆怅。诗人在这里所悲哀的既有自然界的时光变化，又有国家政局的日益衰颓，更有个人年华虚度、功业无成的感慨。总之，是一种江河滚滚永不再来的没落之感，一种时代的悲凉之音。现代人也常用诗的末两句来评论、比喻一些行将没落的事物，或表达自己年岁已暮、力不从心的感慨。而叶剑英在《八十抒怀》中则有"老夫喜作黄昏颂，满目青山夕照明"之句，一反原诗没落悲哀的情调，表达了革命者老当益壮的豪情。

曹 邺

曹邺(816？—875？),字邺之,桂州(今广西阳朔县)人。唐宣宗大中四年(850)进士,曾任祠部郎中、洋州刺史、太常博士。曹邺的诗多写当时的社会矛盾,诗风古朴刚健。有《曹祠部集》,存诗九十余首。

官仓鼠

官仓老鼠大如斗,见人开仓亦不走。
健儿无粮百姓饥,谁遣朝朝入君口？

这是一首讽刺贪官污吏的诗。以老鼠比喻剥削者,早在《诗经·硕鼠》中就有。《史记·李斯列传》中也记载了李斯有感于"仓中鼠,食积粟,居大庑之下,不见人犬之忧"的感叹。曹邺在诗中用"斗"喻鼠之肥大,夸张而形象;将"鼠"又拟称为"君",于是立刻使人联想到两条腿的"大老鼠",揭露深刻,讽刺味强。

韩 氏

韩氏,相传为唐宣宗时宫女,生平事迹不详。

题红叶

流水何太急, 深宫尽日闲[1]。
殷勤谢红叶[2],好去到人间。

1- 尽日:整天。天天如此。
2- 谢:告,嘱咐。

这首诗表现一个失去自由的宫女对自身命运的嗟叹,以及对幸福美好生活的向往和憧憬。

作者情思奇特,不直接表达对拘禁于宫禁深处的怨意,而借对流水的期望、对红叶的叮嘱,暗示出难言的隐衷和痛苦。诗写得近于口语,念来朗朗上口,又能在明快中见出曲折,用字并不草率。如"尽"字,写出了无止无休的感觉;"闲"则把百无聊赖的生活传达得十分妥帖;"殷勤"二字,可见宫女虽有无限幽怨,但尚未转为绝望,仍有无限的期待;"人间"一词,则含蓄地表明深宫非人居之处。

这首诗通过宫女的思想活动，深刻揭露了封建制度反人道的现实。后来的作家们发挥这首诗的意思，将其写成了小说《流红记》和戏剧《红叶题诗》。

曹 松

曹松(830？—？)，字梦征，舒州（今安徽潜山县）人。屡试不第，流落江湖，直到唐昭宗天复元年（901），才与诗人王希羽等五人同时及第，年皆七十余岁，对称"五老榜"。曾官秘书正字，不久病卒。曹松一生南北漫游，所以诗多旅游之作。《全唐诗》录其诗二卷。

己亥岁

泽国江山入战图[1]，生民何计乐樵苏[2]。
凭君莫话封侯事[3]，一将功成万骨枯[4]。

1- 泽国：沼泽地区，水乡。这里指江浙一带。入战图：指陷入战争状态。
2- 生民：老百姓、人民。何计：有什么办法。樵苏：打柴曰樵，割草曰苏。这里指农业劳动。
3- 凭君：犹言"请您"。
4- 一将功成：即指高骈的受赏而言。

唐僖宗乾符六年（879），即己亥岁，镇海节度使高骈因屠杀黄巢起义军有"功"，受到朝廷封赏。诗人有感于此，写了这首含有斑斑血泪的诗作。作品反映了当时兵荒马乱的政治现实，对生灵涂炭表达了深深的关切，并对战争中的残暴进行了沉痛的呼告。诗中最后一句尤其具有高度的概括性。古代战争是以获取首级数统计功劳,所谓功绩,也就是功在杀人多而已。而将军加官晋爵同时也是以士卒牺牲的代价换取的,所以诗人用"万"与"一"对照,"枯"与"成"对照,写出了血淋淋的现实,具有典型性,十分精警。

罗 隐

罗隐（833—909），本名横，字昭谏，新城（今浙江杭州市富阳区新登镇）人。少有诗名，因爱议论时政、讥刺公卿，十考进士而不中，遂改名为隐。后在吴越王钱镠处做过钱塘令、节度判官、著作佐郎等。罗隐因长期受打击，接近下层人民，故诗中对晚唐的黑暗政治多有讽刺批判，对人民疾苦多有同情。今《全唐诗》有其诗十一卷，另有散文集《谗书》一种。

黄 河

莫把阿胶向此倾[1]，此中天意固难明。
解通银汉应须曲[2]，才出昆仑便不清[3]。
高祖誓功衣带小[4]，仙人占斗客槎轻[5]。
三千年后知谁在[6]？何必劳君报太平！

1- 阿胶：药名，据说将其投入浊水，可使浊水变清。
2- 解：能。通银汉：古人说黄河的上游叫通天河，与天上的银河相通连。应须曲：双关语，既是说黄河的曲曲弯弯上通天河，也是说人们只有逢迎拍马不走正道才能混进朝廷，谋取高位。汉代民谣有"直如弦，死道边；曲如钩，反封侯"，即是此意。
3- 出昆仑：先秦人以为黄河发源于昆仑山，至张骞上考河源才知不是。这里仍是姑妄言之。
4- 衣带：刘邦平定天下，在分封功臣的誓词中说："使黄河如带，泰山如砺。国以永宁，爱及苗裔。"（《高祖功臣年表》）意思是不论今后出现什么事情，你们的领地也将世世代代传下去。与汉乐府中的所谓"冬雷震震夏雨雪，天地合，乃敢与君绝"意思相同。
5. 占斗：指严君平观测星象。客槎（chá）：指张骞乘槎上天。张华《博物志》："夫河与海通，近世有人居海渚者，年年八月有浮槎去来不失期。人有奇志，立飞阁于槎上，多赍粮，乘槎而去。至一处，有城郭状，居舍甚严，遥望宫中多织妇，见一丈夫牵牛，渚次饮之。此人问：'此是何处？'答曰：'君还至蜀郡，访严君平则知之。'后至蜀，问君平，曰：'某年月日，有客星犯牵牛宿。'计年月正是此人到天河时也。"后《荆楚岁时记》引此，乃谓此人是张骞。
6. 三千年：旧说黄河五百年清一次，河清是圣人出现、天下太平的征兆。王嘉《拾遗记》又说黄河一千年清一次，今罗隐又说"三千年"，取其意可也。

　　这是一首有深刻含蓄意义的咏物诗。它的每一句，都紧紧而又十分明确地扣定黄河，把黄河写得形象生动，故事连篇；而同时每一句又都十分明确地别有所指，表现了作者的满腹牢骚和对当时黑暗政治的愤慨与不平。

　　作品的前四句，描写了黄河的既"曲"且"浑"，并说这种既"曲"且"浑"，是由来已久，谁也无法改变的。其中"解通银汉应须曲，才出昆仑便不清"两句，措词激烈，近于漫骂。但由于字面上他是说黄河，所以也就很有风趣了。作品的第五、六句，用上了有关黄河的两个典故，这就使这首描写"黄河"的诗显得更为具体、更为真实；第七、八两句是借用古代相传的黄河几百年、几千年清一次，对黄河清是预报天下太平、盛世将临的说法发牢骚，说我们现代人谁能活到几百年、几千年以后去看黄河清、去过你所预报的太平盛世呢？言外之意，是对现实黑暗政治表现了彻底的绝望与愤慨。

　　罗隐是一个擅长写讽刺诗的作家，《唐才子传》说他"诗文凡以讥刺为主，虽荒祠木偶，莫能免者"。他曾讥刺过牡丹花、柳树、浮云、汴河等，看这里不是又讥刺到黄河上来了吗？

西 施

家国兴亡自有时， 吴人何苦怨西施[1]。
西施若解倾吴国[2]，越国亡来又是谁？

1- 西施：西施的名字最早见于东汉赵晔的《吴越春秋》，在此以前的《左传》《国语》《史记》中都没有西施其人。自《吴越春秋》后，西施作为一个"美人计"的扮演者，故事遂越演越多。
2- 解：能。

 这是一首咏史诗。诗人翻历史旧案，认为吴国的灭亡自有其深刻原因，讽刺把吴国灭亡归结到西施身上的观点，旗帜鲜明地驳斥了"女人祸水"论、"女人亡国"论，具有唯物主义色彩。末二句的推理有很强的逻辑力量，锋芒毕露。虽然诗写得稍嫌直白，但诗人勇于破除传统观念，显得颇有见地。鲁迅先生也曾说过："我一向不相信妲己亡殷，西施沼吴，杨妃乱唐的那些古老话。我以为在男权社会里，女人是决不会有这种大力量的，兴亡的责任都应该男的负。"

蜂

不论平地与山尖，无限风光尽被占。
采得百花成蜜后，为谁辛苦为谁甜？

这是一首带有寓言性质的咏物诗。诗人采用了欲抑先扬的表现手法，前两句先写蜜蜂占尽风光，充满夸奖的口吻；后面用一个反问句，指出蜜蜂劳苦一生，积累甚多而享受甚少。诗篇抓住了蜜蜂的生物特性，至于其中的寓意，历来有不同的解释。有人认为它揭示了劳动者创造了一切财富而自己反被盘剥、贫困无依的不合理现象，歌颂辛勤的劳动者，批判不劳而获者；有人认为是讽刺那些为世俗利禄奔忙、执迷不悟者。两种观点都可通。我们从不同的角度去观照，自然可以从中得到不同的启发和领悟。

皮日休

皮日休（834？—？），字逸少，后改袭美，襄阳竟陵（今湖北天门市）人。唐懿宗咸通八年（867）进士，曾任著作郎、太常博士、毗陵副使，后参加黄巢起义，任翰林学士。卒年和死因都不明。皮日休的诗继承白居易新乐府的传统，反映现实，关心民瘼。有《皮子文薮》十卷，《全唐诗》录其诗九卷。

汴河怀古

尽道隋亡为此河， 至今千里赖通波[1]。
若无水殿龙舟事[2]，共禹论功不较多[3]。

1- 赖通波：赖以通航。通济渠是南北水路交通的总干线，在当时对中原与江淮地区之间经济、文化的交流发展起了促进作用。
2- 水殿龙舟：指隋炀帝去扬州游玩时所乘的龙舟，高四层，龙舟上设有正殿、内殿、水殿等。
3- 禹：传说中的古代圣王，以疏通江河、治理洪水闻名于世。事见《史记·夏本纪》。不较多：差不多。

汴河即通济渠，是隋炀帝时开凿的运河，沟通了黄河与淮水。唐代有不少诗人吟咏这一题材，但大都着眼于隋炀帝搜刮民脂民膏满足其享乐需求，于是大运河成为暴政的象征。但皮日休为这段历史翻案，以公允的态度，辩证地看待隋炀帝的功过问题，客观地肯定了大运河的开凿在繁荣经济、发展运输事业方面的重大意义，结论全面精当。议论新奇，出人意外，却又不违背情理，是对"翻案法"的妙用。当然，诗人也并非一味追求立意的新颖，从其中第三句中，就流露出对于隋炀帝奢靡生活的严正批判和斥责。

陆龟蒙

陆龟蒙(？—881？)，字鲁望，姑苏(今江苏苏州市)人。曾任苏州、湖州刺史的幕僚，后隐居松江甫里，自号天随子、江湖散人、甫里先生。陆龟蒙善文工诗，与皮日休齐名，世称"皮陆"。诗歌以写景咏物为多。有《笠泽丛书》《甫里集》。

新 沙

渤澥声中涨小堤[1]，官家知后海鸥知[2]。
蓬莱有路教人到[3]，应亦年年税紫芝[4]。

1- 渤澥：原指渤海，这里指江河入海的流水声。涨：这里是增生、突起的意思。小堤：指海中突起的沙洲。
2- "官家"句：是说官府发现新涨成的沙洲比栖息在海边的海鸥还早。
3- 蓬莱：传说中的海中仙山名。
4- 紫芝：紫色的灵芝，一种珍贵药材，传说服之可以长生。税紫芝，即征收紫芝税。

新沙，指江河在其入海口新造出的平原。讥刺官府捐税征敛的苛重，是晚唐有责任感的诗人们常涉及的内容，因为这也正是当时极尖锐、极现实的社会矛盾。而这首诗的表现手法十分奇特，它并不直接正面铺排这一事实，而是采用极度的夸张手法，又提出假想推测之词，从两个方面讽刺了官府征收赋税时的无孔不入，揭露了统治者的贪得无厌。诗中用的是一种近乎开玩笑的幽默口吻，增强了讽刺意味。杜荀鹤诗中"任是深山更深处，也应无计避征徭"，说的也是这个意思。只是陆诗从仙境着笔，显得更翻空出奇。

韦 庄

韦庄（836—910），字端己，京兆（今陕西西安市）人。唐昭宗乾宁元年（894）进士，曾任校书郎等职，后入蜀。唐亡，王建称帝建前蜀，韦庄任吏部侍郎兼平章事。韦庄的诗大多描写晚唐末期的社会动乱，最著名的有长诗《秦妇吟》。韦庄又是著名词人，与温庭筠齐名，人称"温韦"。有《浣花集》十卷。

台 城

江雨霏霏江草齐，六朝如梦鸟空啼。
无情最是台城柳，依旧烟笼十里堤。

台城，在今南京市鸡鸣山南，是吴、东晋、宋、齐、梁、陈六个朝代的皇宫及中央政权所在地。这是一首题在"金陵图"上的题图诗，原作共两首，此为第二首。这是一首吊古伤时之作。前两句写春景，景中含情，给人以迷惘惆怅的感觉，对六朝走马灯般的衰败覆亡、空留荒芜表达了无限感慨之情；后两句捕捉"杨柳"这一形象，用终古长在的长堤烟柳与已逝的六朝繁华进行对比，令人沉思不已。树的"无情"，正反衬了人的"有情"。末句"依旧"两个字，寄寓了强烈的历史之感，暗示了历史的不断重现。在诗中如梦如幻的迷茫气氛中，流露了作者浓重的伤感无奈，折射出晚唐衰颓之势无可挽回所给予诗人的消极、沉痛的感觉。

古离别

晴烟漠漠柳毵毵[1],不那离情酒半酣[2]。
更把玉鞭云外指, 断肠春色在江南。

1- 毵毵(sān):细长下垂的样子。
2-不那:无奈,奈何不了。这句的意思是,春日的景色再好也挡不住离愁别绪的涌来,尤其是当似醉非醉的时候,感觉更加突出。

  作品大约作于唐僖宗中和三年(883),因当时黄巢农民军占领长安,关中地区动乱,韦庄离关中远赴江南,临行而有此作。按写诗背景说,这和当年王粲写《七哀诗》的情形大体相同,但出现在韦庄笔下的形象却大不相同了。在这里出现在读者眼前的是美丽的春景,半酣的离宴和浸透纸背的满目迷离的别愁。"云外"是"江南","春色"可能更好,但人生漂泊、吉凶未卜使诗人高兴不起来,而诗中"不那""断肠"等词的运用,更增加了人生无奈与迷惘失意的感觉,但又一切都不说破,全融在写景之中。这,正是这首诗的特色。

章 碣

章碣,生卒年不详,桐庐(今浙江桐庐县)人。唐僖宗乾符(874—879)年间进士,后流浪江湖,不知所终。今存诗二十余首,多为七律。《全唐诗》录存其诗一卷。

焚书坑

竹帛烟销帝业虚[1],关河空锁祖龙居[2]。
坑灰未冷山东乱[3],刘项原来不读书[4]。

1- 竹帛:是古代书写用的材料,这里指书籍。秦始皇三十四年(前213),采纳丞相李斯的奏议,下令"史官非秦记皆烧之。非博士官所职天下敢有藏《诗》《书》百家语者,悉诣守尉杂烧之"。(《史记·始皇本记》)
2- 关河:这里指函谷关和黄河。祖龙居:指秦都咸阳。祖龙,指秦始皇。以上两句是说,焚书的烟雾和秦政权早都过去了,如今的关中只留有秦朝宫殿的旧址。
3- 山东:华山以东地区。
4- 刘项:指刘邦、项羽,都是推翻秦王朝的领袖人物。一个是市井小吏。一个是行伍出身,两个都不是读书人。以上两句是说,焚书对于维持统治毫无用处。

焚书坑是当年秦始皇焚毁天下典籍的地方,在今陕西临潼区骊山上。章碣对这一遗址有所感慨,发而为诗,嘲讽了秦始皇治国方针的愚蠢荒谬,谴责了他毁灭文化的罪行。全诗采用了正反对比、虚实相间的手法,用"竹帛烟销"映衬帝业灭亡,用关河险固对比都城空锁，用"坑灰未冷"与"山东乱"并举，并用"焚书"与"不读书"形成强烈对比，通过揭示矛盾，使讽刺更加鲜明有力，评论入木三分。实际上也揭示出所有统治者愚民政策本身的愚蠢之处。

东都望幸

懒修珠翠上高台， 眉月连娟恨不开[1]。
纵使东巡也无益[2]，君王自领美人来。

1- 眉月：弯弯如月的眉毛。连娟：美好的样子。
2- 东巡：指皇帝由长安来洛阳。当时洛阳是唐王朝的东都，不论是朝廷的各种办事机构，还是后宫的一应人员设备，洛阳都和长安差不多，有它完整的一套，以备唐朝皇帝随时来此使用。

　　这是一首别有寓意的宫怨诗。诗中描写了东都洛阳宫中嫔妃对于难于得到临幸而对皇帝产生的怨恨之情，表达了应试士人对于主考官提拔私人，而自己得不到赏识的不满。章碣在进士及第之前曾有过落第的经历，这首诗针对的就是那次的主考官高湘，表现的是诗人的亲身感受。他以不幸的东都嫔妃比喻像自己这样的不第举子，以君王比拟高湘，以美人比拟高湘提拔的邵安石，妙用隐喻，而能使人心领神会，自然而含蓄。这首诗还具有普遍意义，是对整个封建考场乃至封建官场中不公正一面的揭露。

来 鹄

来鹄（？—883），豫章（今江西南昌市附近）人。屡试进士不中，后隐居山泽。来鹄的诗以七绝居多，内容有表现羁旅生活的，也有反映社会现实，关心民生疾苦的。《全唐诗》录存其诗一卷。

云

千形万象竟还空[1]，映水藏山片复重[2]。

无限旱苗枯欲尽，悠悠闲处作奇峰[3]。

1- 竟：终究，结果。
2- 映水藏山：映照在水中，隐藏在山上。片复重：有时化成一片片，有时又聚为一重重。
3- 悠悠：自由自在的样子。闲处（chǔ）：悠闲地处在天空。

这是一首有所寄托的咏物诗。诗人抓住了夏云变幻莫测的特点，写出了它千姿百态的从容悠闲的形象。但他对云的姿态似乎并没欣赏的兴致，答案就在诗的末两句中。原来地上禾苗即将枯死，极盼甘霖，所以夏云此时的悠然自得，漠不关心也就显得尤其可憎。诗中一方面反映了作者久旱盼雨、关心农事的心情，同时也借夏云概括了那些把持权势却不关心百姓死活的统治者的特征，对他们进行了生动的描绘和批判。诗人能站在劳动者的角度来观察、评价云彩，这反映了他思想中对人民的同情。

杜荀鹤

杜荀鹤（846—904），字彦之，号九华山人，池州石埭（今安徽石台县）人。杜荀鹤早年屡试不中，直到唐昭宗大顺二年（891）才中进士。唐亡，任后梁翰林学士，仅五天，便病逝。杜荀鹤的诗大多为反映现实，揭露时弊，同情人民之作，语言通俗，风格清新。有《唐风集》三卷，存诗三百余首。

山中寡妇

夫因兵死守蓬茅[1]，麻苎衣衫鬓发焦[2]。
桑柘废来犹纳税[3]，田园荒后尚征苗[4]。
时挑野菜和根煮[5]，旋斫生柴带叶烧[6]。
任是深山更深处[7]，也应无计避征徭。

1- 蓬茅：茅草，这里指简陋的茅屋。
2- 麻苎：即苎麻，可制作麻布的一种植物。
3- 柘：柘树。柘叶可用来养蚕。纳税：指缴纳丝税。
4- 征苗：指征收青苗税。
5- 时挑：经常采摘。
6- 旋斫：用时现砍。生柴：活的湿树枝。
7- 任：即使。

作品描写了一个山中寡妇的贫困艰辛情景，并写出了造成她如此贫困艰辛的政治原因，谴责了晚唐统治者对劳动人民的残酷掠夺与压榨。

作品的前四句追述了造成这位老妇贫困的根本原因：其一是她的丈夫因当兵死去，家中失去了劳动力；其二是这位孤苦无依的老妇不仅得不到官府的丝毫抚恤，相反地官府仍对其已经无人耕种的土地照常征税不止。

作品的第五、六句是描写老妇当前生活的苦况，这两句写的是"食"，前面的第二句写的是"衣"，这三句合起来共同描绘了这位可怜老妇的肖像和她艰辛的衣食情景。今人刘开扬说："'时挑'两句，写寡妇生活之贫困，非目击不能写出。"

作品的第七、八句，是诗人从这位老妇的个人境遇进一步扩展到整个社会，指出像诗中这位老妇所受的这种盘剥，是到处如此，是任何地方也逃脱不了的。这就最大限度地突出了当时劳动人民所受灾难的深重，也正是苛政猛于虎的写照。

再经胡城县

去岁曾经此县城， 县民无口不冤声[1]。
今来县宰加朱绂[2]，便是生灵血染成。

1- 无口不冤声：没有不喊冤屈的。
2- 县宰：即县令。朱绂：朱红色的官服。按唐制，四、五品官穿朱绂，县令不穿朱绂。加朱绂，是对县令的特别奖赏。

胡城县，在今安徽省阜阳市西北。作品描写了诗人"初经"与"再经"胡城县的见闻，反映了地方官草菅人命、踏着百姓血迹爬升的残酷现实，指出了人民与官府之间的尖锐对立。这首诗不但是对一个胡城县令的斥责，也是对整个官场中黑暗的指斥。唐朝行将灭亡之前，兵祸频繁，盘剥日益加剧，暴虐更甚。县令作为基层的官员，是对百姓的直接剥削者。盘剥越厉害，越能博得上司的欢心。于是这个令百姓叫苦连天的县令才能获得特别嘉奖。他往后又会干些什么，也就可想而知了。诗句语言浅近，但揭示深刻，对照鲜明，给人以强烈震动。

聂夷中

聂夷中（837—？），字坦之，河东（今属山西省）人，僖宗时曾为华阳县尉。聂夷中出身贫寒，一生困顿，对下层人民的生活颇多了解，是晚唐以反映民间疾苦而久负盛名的作家。《全唐诗》中录有他的作品一卷。

田　家

父耕原上田，子劚山下荒[1]。
六月禾未秀，官家已修仓。

1- 劚（zhǔ）：砍伐。

《田家》描写了贫苦人民劳动的艰辛和官家搜刮人民不惜民命的尖锐对立。父亲耕田，儿子开荒，他们是多么辛苦、多么劳累啊！每天都这么没死没活地开，换来的是什么呢？是挨饿，是喝西北风。你看吧，现在地里的庄稼还没有秀穗，而官府里已经调人修仓库准备征税了。这是多么让人恨的一座仓库啊。这种仓库在全国有千千万万，劳动人民不彻底捣毁它，就永远别想有饭吃。作品的前两句是写景，是铺垫，后两句是议论，是主题。篇幅虽短，但批判力很强。

伤田家

二月卖新丝,五月粜新谷。
医得眼前疮,剜却心头肉。
我愿君王心,化作光明烛。
不照绮罗筵,只照逃亡屋。

作品的前四句描述了贫苦农民的生活困苦,他们在二月份蚕还没有吐丝的时候就预先把丝卖出去了;在五月份谷子还没有上场的时候就把粮食又卖出去了。这种卖法当然得不到大价钱,谁也知道这是饮鸩止渴、挖肉补疮,这样会越滚越穷,但是不这么做又有什么法子呢?后四句是向统治者发出呼吁,希望他们睁开眼,看看穷苦人民都过的是什么日子;别总是去欣赏官僚贵族们的豪华筵席,认为天下人都生活得像他们一样,或者说除了他们别的都不是人。这后四句与其说是呼吁,不如说是愤怒地斥责,因为"厩(jiù)有肥马,野有饿莩(piǎo)","朱门酒肉臭,路有冻死骨",历来如此,统治者什么时候关心过穷苦人民呢!

王 驾

王驾(851—?),字大用,号守素先生,河中(今属山西省)人。唐昭宗大顺元年(890)进士,官至礼部员外郎。他的诗格调轻巧明快。《全唐诗》录存其诗六首。

社 日

鹅湖山下稻粱肥[1],豚栅鸡栖半掩扉[2]。
桑柘影斜春社散[3],家家扶得醉人归。

1- 鹅湖山:在今江西铅山县境内。稻粱肥:指田里庄稼长势良好,丰收在望。
2- 豚栅:小猪猪圈。鸡栖:鸡舍。半掩扉:家门半掩着,未上锁。
3- 桑柘:桑树和柘树。桑柘是宅旁栽的树木。影斜:即树影斜,指太阳偏西。

社日,是古代农村在春秋两季例行的祭祀土神的日子,一般在立春和立秋后的第五个戊日,分别称为春社和秋社。作品描写了江南农村传统节日春社日的热闹景象,反映了当地农村中安定、富足的生活面貌,也表现了庄稼人淳朴憨厚的性格,富有生活气息。这首诗的特点表现在不写正面写侧面上。诗的开篇从乡村风光写起,一个"肥"字,活画出丰收在望的年景。"半掩扉"则写出了农家安居乐业、太平宁静的气氛,也暗示出村民家家出门娱乐，为后半部分做了过渡。第三、四句仍不直接写节日的热闹场面，而是通过散场时的尾声，用"醉人"来表现村民们的兴高采烈。这首诗是一幅简朴而迷人的风俗画。

陈玉兰

陈玉兰，生卒年不详，唐代诗人王驾的妻子。《全唐诗》存其诗一首。

寄 夫

夫戍边关妾在吴[1]，西风吹妾妾忧夫。
一行书信千行泪， 寒到君边衣到无？

1- 戍：驻守。吴：指今江苏南部、浙江北部一带。

作品描写一位思妇给驻守边塞的丈夫写信询问寒衣是否收到的情景，表现了妻子的无限关心体贴之情。诗中每一句都包含有相关或相对的两层意思。第一句"夫戍边关"与"妾在吴"对比，强调了天涯之感；第二句从"西风吹妾"到"妾忧夫"，展示了妻子细腻入微的心理活动；第三句又用"一行书信"与"千行泪"形成强烈对比，暗示了纸短而情长；最后因"寒到君边"揣想"衣到无"，表达了焦虑和关切之情。这种句式的运用，构成了回环往复、一唱三叹的语调，反复中又带有变化，富有音韵美，有利于表达缠绵悱恻的深情。诗中写内心独白，纯用白描，不事雕琢，真挚而感人。

郑 谷

郑谷,字守愚,袁州(今江西宜春市)人。光启进士,官至都官郎中,人称"郑都官"。其诗多写景咏物之作。存《云台编》。

淮上与友人别

扬子江头杨柳春, 杨花愁杀渡江人。
数声风笛离亭晚[1],君向潇湘我向秦[2]。

1- 离亭:驿亭。是古时设在路边的亭舍。
2- 潇湘:二水名,都在今湖南境内。此即指湖南一带。秦:陕西一带。

这是在暮霭笼罩下、笛声伴奏中,作者与友人一次各奔前程的分别。诗人用牵人衣襟的柳条、惹人愁绪的杨花,表达了双方不宁的思绪,营造了离别的背景,加重了离愁。末句是看似直白的道别语,假如直写在开篇,就缺乏味道;而用在结尾,则产生了一种情意悠长、涵咏不尽的效果,令读者感到余音袅袅。短短一首绝句中,用了两个"江"字,三个"杨"("扬")字,两个"向"字,有意地重复,反而具备了一种流利清爽、回环往复的效果,富有情韵美。晚唐绝句自小李杜之后,单纯议论成为风气,而郑谷的诗歌仍保持着唐诗抒情性、形象性、音乐性俱佳的特点。

秦韬玉

秦韬玉（？—890？），字仲明，京兆（今陕西西安市）人，一说湖南人。唐僖宗中和二年（881）特赐进士及第，后以工部侍郎身份做了神策军的判官。秦韬玉以七律见长，不少诗篇反映了晚唐时期的社会现实。诗歌语言清丽浅显。有《秦韬玉诗集》，存诗三十余首。

贫 女

蓬门未识绮罗香[1]，拟托良媒益自伤。
谁爱风流高格调[2]，共怜时世俭梳妆[3]。
敢将十指夸针巧， 不把双眉斗画长[4]。
苦恨年年压金线[5]，为他人作嫁衣裳[6]。

1- 蓬门：蓬茅编扎的门户，指穷人家。绮罗：丝织品，这里指富贵人家妇女的华丽衣裳。
2- 风流：风采。格调：风度、品格、情操。
3- 怜：喜爱。时世：当今。俭梳妆："俭"通"险"，怪异高耸的意思。唐朝中叶以后，妇女的时妆日趋怪异，这里指发髻挽得很高的时髦装束。
4- "不把"句：是说不愿把双眉画得长长的和别人争妍斗丽。
5- 苦恨：深恨。压金线：用金线刺绣。"压"是刺绣的一种手法。
6- 他人：别人，指富贵人家的姑娘。

作品描写了一个虽然贫困，但自己有身份、有神韵、有才艺，就因为不肯随从流俗，于是便受压抑、受埋没，终日为人效力的贫女形象。

　　作品的第一、二句，说这位女子虽然出身贫穷，但却不肯自我炫耀、托人张扬。第三、四句是说这位女子有自己的审美观点，不肯改变自己以随从社会潮流。第五、六句是说自己有本领、有才艺，从来不想用邪门歪道的手段以迎合世俗。第七、八句是说，由于自己坚持以上的为人处世原则，于是便只有受压抑、为别人做苦力去了。

　　单从字面上看，这完全是一首描写贫女身世、赞颂贫女才德、同情贫女处境的好诗，它句句扣紧贫女，把一个贫女的生活、思想表现得极为鲜明突出。而"为人作嫁"一语，更成了人们口头上常用的典故。

　　有人认为这首诗字面上虽写贫女，实际上是以贫女隐指寒士，是替怀才不遇的读书人发牢骚，表不平；字面的描写极好，背后的隐指又极为恰当准确。

金昌绪

金昌绪,生卒年不详,余杭(今浙江杭州市)人。《全唐诗》存其诗一首。

春 怨

打起黄莺儿,莫教枝上啼。
啼时惊妾梦,不得到辽西。

这首诗的题目又叫《伊州歌》。作品通过女主人公生气地责怪打扰醒了她会夫美梦的黄莺这样一个逗人的镜头,巧妙地表现了少妇思念远戍辽西丈夫的急切心情。在此以前的李端曾写过一首《闺情》,其中有所谓:"披衣更向门前望,不忿朝来喜鹊声!"也是因思人而责鸟,但由于它的语言不如这篇畅达明快,所以流传的程度也就无法与这篇相比了。明代王世贞说这首诗:"不惟语意之高妙而已,其篇法圆紧,中间增一字不得,着一意不得。起结极斩决,然中自舒缓,无余法而有余味。"是说它语言精练恰当,篇幅紧凑,好到无以复加的程度。

太上隐者

太上隐者，据《古今诗话》记载，隐者居终南山。自称太上隐者，不知姓氏年寿。

答　人

偶来松树下，高枕石头眠。
山中无历日，寒尽不知年。

作品以自述的口吻，刻画了一个无拘无束的隐者形象。诗仅短短二十个字，却颇能表现隐者朴野悠闲、超尘脱俗的古风。这是由于作者善于选择能体现隐者身份、性格的景物与动作。松树，往往被隐者高士所喜欢，也是隐士高洁情怀的象征。而枕石而眠的姿态，又写出了隐者与世无争的逍遥。后两句的"无历日""不知年"，化用了陶渊明《桃花源诗》中"虽无纪历志，四时自成岁"两句，把隐者在空间上独来独往、在时间上无挂无碍的情态表现得潇洒自如。诗句语言古淡，富于野逸情趣。

无名氏

金缕衣

劝君莫惜金缕衣[1],劝君惜取少年时。
有花堪折直须折[2],莫待无花空折枝。

1- 金缕衣:金线所织之衣,极言其贵重。
2- 堪:可以。

作品以形象的比喻,恳切的言辞,劝人珍惜时光,抓紧机会做事。从后代人们引用的实际情况看,多是用于恋爱求婚诸事,因此若说是一歌女向其意中男子示意之词,或许更好。

（京）新登字083号

图书在版编目（CIP）数据

唐诗精讲／韩兆琦著.—北京：中国青年出版社，2016.8
ISBN 978-7-5153-4163-7

Ⅰ.①唐… Ⅱ.①韩… Ⅲ.①唐诗—诗歌欣赏—青少年读物 Ⅳ.①I207.22-49

中国版本图书馆CIP数据核字（2016）第088979号

责任编辑：叶施水
书籍设计：瞿中华

出版发行：中国青年出版社
社　　址：北京东四12条21号
邮政编码：100708
网　　址：www.cyp.com.cn
电子邮件：shishuiye@sina.com
编辑部电话：（010）57350406
门市部电话：（010）57350370
印　　刷：北京科信印刷有限公司
经　　销：新华书店
开　　本：880×1230 1/32
印　　张：12.375
插　　页：8
字　　数：350千字
版　　次：2017年1月北京第1版
印　　次：2018年8月北京第3次印刷
定　　价：36.00元

本图书如有印装质量问题，请凭购书发票与质检部联系调换
联系电话：（010）57350337